쉬운 우리말로 고쳐 읽는

대통령 연설문

쉬운 우리 말로 고쳐 읽는

대통령 연설문

초판 1쇄 발행	2022년 5월 9일
지은이	차광주
편집	김영미
펴낸곳	이상북스
펴낸이	송성호
출판등록	제313-2009-7호(2009년 1월 13일)
주소	서울시 마포구 망원로 19, 501호
전화번호	02-6082-2562
팩스	02-3144-2562
이메일	beditor@hanmail.net

ⓒ 차광주 2022
ISBN 978-89-93690-59-0 (03800)

쉬운 우리말로 고쳐 읽는

대통령 연설문

차광주 지음

문재인 대통령 연설문으로 정리한
'공적 글쓰기의 기준'

상상북스

소박하고 쉽게 우리글을 쓴다는 것

이상석(북녘동포에게편지쓰는사람들 대표)

오늘 아침에도 신문과 라디오에서 수많은 소식을 쏟아놓습니다. 거기에 외국말과 어려운 한자말이 비빔밥에 나물처럼 가득 섞여서 우리 앞에 펼쳐졌습니다.

이 말은 무슨 뜻이지? 몇 번 들었는데 정확한 뜻을 몰라 사전을 찾아 메모하다 보면 거기에 알맞은 쉬운 우리말이 있는데 싶은 것들이 너무나 많습니다. 이런 문제를 드러내놓고 이야기하려 해도 들어주는 사람조차 없습니다.

"글로벌화한 세상에 남의 라이프 스타일에 너무 디테일하게 따지지 마."

이렇듯 외국말이 판치는 세상이 되었습니다. 모두 지식인들이 하는 짓입니다. 아이들 세상도 마찬가지입니다. 아이들이 빠져 있는 게임 세상에 가보면 거의 다 외국말이라고 합니다. 아이들은 그것을 거부감 없이 받아들이고 또 온 세계 사람들과 이야기 나누고 있습니다. 그런 아이들에게 우리말만을 고집한다는 것은 어림없다는 걸 압니다. 하지만 우리말을 죽이고 남의 것을 써서는 안 될 일이지요. 반드시 지켜야 할 우리말이 있다는 것, 잊지 말아야 하겠습니다.

여기에 대놓고 반대할 사람은 없을 것입니다. 하지만 대부분 이런 형편을 아주 잠깐 불편해하다가 금방 자기 생활 속으로 돌아가고 맙니다. 누가 나서서 막아주겠지, 안 되면 할 수 없고. 외국말이 배 째고 들어올 것도 아니고. 어찌 되겠지. 그래서 머리 허연 차광주 선생은 혼자 바쁘나 봅니다. 야무지게 살펴서 우리말글살이를 다잡아줍니다.

차광주 선생을 나는 잘 몰랐습니다. 보리출판사, 작은책 같은 데서 출판할 책을 기획·제작·판매하는 일에 더해 함께 일하는 사람들 아우르는 일까지 해내는 출판쟁이 정도로만 알았지요. 그가 '우리말 바로 쓰기'에 관심이 남달랐다는 것은 까맣게 몰랐습니다. 그런 그가 원고 뭉치를 나에게 보냈습니다. 대통령 연설문을 온 국민이 다 알아들을 수 있는 쉽고 바른 말로 다듬어놓은 것입니다. 그것도 자기가 존경하고 사랑하는 문재인 대통령이 했던 연설을 벌겋게 고쳐놓았습니다.

다듬어놓은 글을 읽으며 많이 놀랐습니다. 대통령이 온 국민에게 전하는 이야기가 이렇게 어려운 글로 되어 있었구나. 나도 이미 먹물이 들어 있어 예사로 읽어 내렸던 것입니다. 이렇게 쉽게 이야기할 수도 있는 것을! 뒤늦게 깨달았습니다. 청와대에서 내는 글이라 격조를 생각했을까. 이전 정권 때 글에 견주면 시민을 대하는 마음부터가 사뭇 다른 글이지만 얼마든지 더 편하게 읽힐 글이었지요. 그래야 더 귀한 것 아닌가 싶기도 하고요.

군데군데 다듬은 것이 오히려 어색한 부분도 없지 않았습니다. 그것은 내 생각과 차 선생 생각이 다르기 때문일 것입니다. 차 선생도 자기가 고친 것이 다 옳다고 주장하지 않습니다. 거듭 말하건대 대통령이 온 국민에게 이야기한다고 했을 때 가장 낮은 곳의 사람들이 이해할 수 있도록 쓰는 것이 바른 글이란 것을 우리 모두가 알았으면 좋겠습니다. 뿐만 아니라 아파트 게시판에 붙이는 안내글부터 법관이 쓰는 판결문에 이르기까지 그 글을 쓰는 사람들 마음에 권위가 배어 있는 것이 보입니다. 글이 본디부터 가지고 있던 성질, 잘난 체하고 뻐기고 낮추어 보는 일 때문일 것입니다. 이제 이따위 용감하게 걷어낼 때가 왔습니다.

권위주의를 버리고 소박하고 쉬운 글을 쓸 때 대통령과 국민이 하나가 되어 서로 마음을 알게 될 것이라 믿습니다. 온 국민 사이에 이런 믿음이 퍼질 때 우리는 권력에 주눅 들지 않는 자기 주체를 우뚝 세워서 당당하게 살아갈 것입니다. 또한 아름다운 공동체를 이룰 수 있을 것입니다.

높은 사람 낮은 사람이 없는 세상
돈과 권력으로 사람을 부리는 일이 없는 세상에서

이 아름답고 귀하고 좋은 한글로

온 국민이 제 할 말 하면서 살았으면 좋겠습니다.

말은 서로 알아들을 수 있어야 하고, 글은 누구나 쉽게 읽을 수 있어야 합니다. 말과 글에 반짝이는 느낌과 깊이 있는 생각이 들어 있다면 그런 말과 글은 더욱 빛이 납니다. 거기에다가 느낌과 생각을 뒷받침할 만한 자료를 이치에 맞게 펼친다면 누구라도 받아들일 수 있는 말과 글이 됩니다. 누구든지 이렇게 말도 하고 글도 쓰면 좋겠습니다. 그러려면 먼저 말과 글이 하나가 되어야 합니다.

　말과 글이 반드시 하나가 되어야 하는 글에는 대통령 연설문이 있습니다. 대통령 연설문은 초등학생이나 교육을 받지 않은 사람이라도 누구나 라디오나 텔레비전으로 들을 때 머리에 쏙쏙 들어오도록 써야 합니다. 그래야 대통령의 느낌과 생각이 국민 마음속에 흘러넘쳐서 다른 사람이 엉뚱한 말을 하더라도 그 말에 속아 넘어가지 않을 수 있습니다.

따라서 대통령 연설문은 책으로 배운 사람들이 주로 쓰는 한자말, 일본말, 미국말을 되도록 쓰지 말아야 하고, 다른 나라 말을 쓸 때 함께 따라오는 말투도 고쳐서 써야 합니다. 우리가 살면서 늘 쓰는 말을 써야 합니다.

1998년에 충청북도 괴산 산골로 와서 들은 이야기가 있습니다. 겨울이면 마을회관에서 어르신들 사는 이야기를 듣다가 한 아주머니가 "방송에 나오는 말의 절반도 못 알아먹는다"고 하는 말에 깜짝 놀랐습니다.

이 이야기는 신문 기사에 난 통계로도 확인할 수 있습니다.

- 공공기관이나 언론이 사용하는 외국어 표현에 대해 국민 이해도는 61.8점밖에 되지 않는다. 70세 이상은 28.4점이다.
- 루저, 리워드, 스트리밍, 리스펙트, 스킬, 메디컬, 3D 등 1천 245개 표현에 대해 이해하기 쉽다고 답한 70세 이상 응답자는 10%를 밑돈다. 《연합뉴스》 2020년 3월 23일자 기사에서 추림.)

우스갯소리로 대통령 하기보다 힘들다는 이장 일을 2000년대 초에 한 적 있습니다. 이장 일을 하면 정부의 여러 부처에서 보내온 공문을 받습니다. 어느 날 공문을 보다가 '어메니티'란 낱말에 화가 났습니다. '대학 나온 나도 모르는 말을 누가 알아들으라고!'

요즘 며칠 동안 방송에서 나오는 미국말을 듣는 대로 적어보았습니다.

게이트, 플렉시블, 위딩, 스탠스, 컨벤션, 패밀리, 젠더, 어필, 포인트, 미스테리, 케이스 바이 케이스, 코인, 토큰, 페미니즘, 플레이, 메리트, 쉴드, 메시지, 컨택, 쿠펀, 아젠다, 프레임, 포퓰리즘, 레전드, 업그레이드, 매치, 나이브, 스포트라이트, 패싱, 투 트랙, 리프레쉬, 타이밍, 데코레이션, 모토….

이제 미국말을 모르면 방송에서 하는 말을 알아들을 수 없습니다. 배운 사람도 사전을 찾아보지 않으면 알 수 없는 말이 이루 헤아릴 수 없습니다.

국어기본법 제14조 1항을 보면 "공공기관 등은 공문서를 일반 국민이 알기 쉬운 용어와 문장으로 써야 하며, 어문 규범에 맞추어 한글로 작성해야 한다. 다만 대통령령으로 정하는 경우에는 괄호 안에 한자 또는 다른 외국 글자를 쓸 수 있다"고 되어 있습니다.

이 조항을 공무원이나 방송인은 알고나 있는 걸까요? 한글을 만든 세종대왕이 쓴 훈민정음 머리말을 깊이 되새겨보아야 할 때입니다.

> 우리말이 중국과 달라 한문으로는 서로 소통하지 못하니, 어리석은 백성은 말하고 싶은 게 있어도 끝내 제 뜻을 펴지 못한다. 이런 상태가 가여워 새로 스물여덟 글자를 만드니 백성이 쉽게 배워 날마다 써서 제 뜻을 펴면 좋겠다. (요즘 쓰는 말로 다듬었습니다.)

위 머리말에서 가장 중요한 건 '말과 글은 쉬워야 한다'는 것입니다. 그래야 저마다 뜻을 펼 수 있기 때문입니다. 세종대왕이 지금 훈

민정음 머리말을 다시 쓴다면 이렇게 쓰지 않을까요?

한자말, 일본말, 미국말이 우리말을 지나치게 더럽혀, 우리말과 글을 제대로 알아듣지 못하는 사람이 너무 많구나. 우리 국민이 신문이나 방송에서 하는 말을 알아듣지 못하는 게 너무 가여워, 정부 여러 부처에서 우리말을 되살려 국민이 잘 소통할 수 있는 글을 만들어 세상에 내놓는다. 이번에는 대통령 연설문을 다듬어 내놓으니 이 글을 출발점으로 삼아 공공기관, 교육기관, 언론기관, 단체, 기업 들은 우리말을 잘 되살려 쓰기를 바란다. 또 요즘 번역도 하고 글이나 기사도 쓰는 인공지능에게 모범 글을 잘 가르쳐 앞으로 영원히 다른 나라 말이 우리말을 더럽히지 못하게 하기를 바라는 마음이다.

우리가 세종대왕의 뜻을 제대로 실천했다면 임진왜란도, 식민지도, 분단도 겪지 않았을 것입니다. 이제 이 모든 걸 겪고 나서 뒤늦게 이룬 '촛불혁명'의 불꽃이 또 사그라지지 않게 하려면, 우리말과 글을 온 국민이 알아듣기 쉽게 잘 가꿔서 국민과 국민 사이, 단체와 단체 사이, 국민과 정부 사이에 말길이 막히지 않게 해야 합니다.

지난 5년 동안 촛불정부는 나라다운 나라를 만들려고 온 힘을 쏟았습니다. 또 코로나19 팬데믹 위기를 맞아 위기를 기회로 바꾸려고 온 힘을 다했습니다. 앞으로 대통령과 국민의 말이 하나가 되고, 대통령이 내는 맑고 깨끗한 말길을 좇아가는 국민이 온 누리를 덮으면 좋겠습니다.

한 치 앞을 알 수 없는 기후위기를 맞아 나무를 심어도 모자랄 판에 나무를 베어내는 잘못을 저지르는 것은 아닌지 조심스러운 마음입니다만, 말과 글에 관심이 있는 모든 분이 나무를 심는 마음으로 이 글을 읽어주시기를 바랄 뿐입니다.

이 책에 잘못된 게 있다면 오로지 제 능력이 모자란 탓입니다. 잘 다듬은 건 받아주시고 모자란 건 채워주시기를 바랍니다. 이 글을 첫걸음으로 정부의 모든 부처가 모범 글을 만드는 일을 뚜벅뚜벅 해나가면 좋겠습니다.

대통령 연설문을 고른 기준은 딱 한 가지입니다. 온 국민이 꼭 마음에 새겼으면 하는 연설문입니다. 그러다보니 2020년부터는 되풀이되는 느낌을 주는 연설문은 빼고 신년사만 싣게 되었습니다.

연설문을 고르고 다듬기를 하면서 참 많은 것을 배웠습니다. 우리말은 느낌이 펄펄 살아 있는 말이고, 한글은 그런 느낌을 그대로 담을 수 있는 글이라는 걸 새삼 깨달았습니다. 이제 제가 배운 걸 온 국민과 함께 나누고 싶습니다.

2022년 4월

괴산 산골에서, 차광주

차례

1부 2017년 대통령 연설문

"대화하고 소통하는 대통령이 되겠습니다"

2부 2018년 대통령 연설문

"더 좋은 민주주의를 위해 노력하겠습니다"

3부 2019년 대통령 연설문

"더디더라도 민주주의 절차를 존중하고 끝까지 지킬 것입니다"

4부 2020-2021년 대통령 연설문

"위기일수록 서로의 손을 잡고 함께 가야 합니다"

일러두기: 다듬어 고친 기준

연설문을 다듬으면서 '우리가 날마다 일하고 살면서 어떻게 말하나'를 원칙으로 삼았다. 그래야 누구나 알아들을 수 있는 연설문이 되기 때문이다. 사람마다 말법이나 말투가 다르기 때문에 여기서 다듬은 글이 모두 옳을 수는 없다. 함께 서로 고쳐주면서 우리말을 더 아끼고 아름답게 가꾸기를 바랄 뿐이다.

우리말을 더럽히는 말, 다른 나라 말이나 말투를 고친 내용은 아래와 같다. 덧붙일 말은 '주'를 달았다. 책 뒤에 '찾아보기'를 두어 낱말이나 문장을 고치고 싶을 때 찾기 쉽게 했다.

- 한자말: 되도록 우리말이나 늘 쓰는 한자말로 바꿨다.
- 미국말: 되도록 알기 쉽게 바꿨다. 국어기본법에 맞춰 썼다.
- 수동형 문장: 능동형 문장으로 바꿨다.
- ─적: 빼거나, '스러운' '다운' '의'로 바꾸거나, 문장을 다듬어 자연스럽게 빠지게 했다.
- ─화: 되도록 뺐다.
- ─의: 되도록 뺐다. 우리말은 원래 '의'를 잘 쓰지 않는다. '우리나라'라고 하지 '우리의 나라'라고 하지 않는다. 소유격 조사 '의'가 되풀이되는 경우 앞 '의'는 뺐다.
- ─을 통해: 되도록 '─(으)로' '─해(서)' '─을(를) 거쳐'로 바꿨다.
- ─를 향한: '─로 가는'이나 '─로 나아가는'으로 바꿨다.

- –으로부터/–과의: 겹조사는 군더더기를 빼고 썼다.
- 및: '과'나 '와'로 바꿨다. '(이)냐'나 '(이)랑'으로 바꿀 수도 있다.
- 들: 되도록 뺐다. '우리들'에서 '들'은 군더더기기 때문이다.
- – 등: '– 같은'이나 '– 들'로 바꿨다.
- 그리고: 되도록 '또'로 바꿨다. 말할 때는 '그리고'를 잘 쓰지 않기 때문이다.
- 또한: '한'이 군더더기일 때는 '또'로 바꿨다.
- –고자: 말할 때는 '–려고'가 자연스럽다.
- –하여: 되도록 '– 해'나 '–해서'로 바꿨다.
- – 바: '적이'로 바꿨다. 예를 들면 '말씀드린 바'는 '말씀드린 적이'로 바꿨다.
- "……"(라)는, "……"(라)고: 여기에서 '라'가 군더더긴 경우 뺐다.
- –에 있어서: 여기에서 '있어'는 군더더기라서 뺐다.
- –에도 불구하고: 여기에서 '불구하고'는 군더더기라서 뺐다.
- 그/이: 우리가 말할 때는 인칭대명사나 지시대명사로 잘 쓰지 않는다. 여기서는 되도록 관형사로만 썼다.
- '새로운 창조' '쓰다 버린 폐기물' '앞으로 전진하다' '착공을 시작한': 되풀이한 말은 고쳤다.
- '다듬어 고칠 말'에는 밑줄을 치고, '다듬어 고친 말'은 바로 옆에 붙여 진한 글씨로 썼다.
- 대통령 연설문은 대통령 비서실에서 펴낸 《문재인 대통령 연설문집》에서 따왔고, 띄어쓰기와 외국어 병기, 수치 및 단위 표기는 출판사 규정에 맞추어 통일했다.

"대화하고 소통하는
대통령이 되겠습니다."

대통령 취임 선서문[*]

2017년 5월 10일

나는 헌법을 준수하고

국가를 보위하며

조국의 평화적 통일과

국민의 자유와

복리의 증진 및 민족문화의 창달에 노력하여

대통령으로서의 직책을 성실히 수행할 것을

국민 앞에 엄숙히 선서합니다.

다듬어 고친 글

나는 헌법을 준수하고*잘 지키고

국가를 보위하며†보호하고 적의 공격에서 지켜내며

조국의 평화적 통일과‡평화통일과/평화스러운 통일과

국민의 자유와

복리의 증진 및§ 복리를 더 좋게 하고 민족문화의 창달에 노력하여민족

* 한자말을 다듬을 때 어떻게 해야 할까? 먼저 어려운 한자말은 반드시 쉬운 우리말로 풀어 써야 한다. 그럼 어렵지 않은 한자말은? 모두가 알아들을 수 있는 한자말이라면 꼭 바꿀 필요는 없다. 하지만 우리말이 있고 우리말을 써도 자연스럽다면 바꾸는 게 좋겠다. 우리말을 자꾸 살려 쓰는 게 중요하니까 우리말을 자꾸 써서 한자말을 쫓아낸다면 그것보다 좋은 일이 또 있을까! 우리말을 살려 써야 할 중요한 까닭도 있다. 한자말에 기대기 시작하면서 우리말 명사(이름씨)가 사라져갔다. 마침내 어원을 찾기도 힘들고 새로 우리말을 만들기도 힘들다. 우리말이 더 사라진다면 우리 어원을 찾는 일은 영원히 수수께끼로 남을 것이다. 준수는 어려운 한자말은 아니지만 우리말로 자연스럽게 바꿀 수 있는 말이다. 준수(遵守)는 쫓을 준, 지킬 수다. 따라서 그대로 풀면 '헌법을 쫓아 헌법을 지키고'가 된다. 한자는 뜻글자이므로 한 글자마다 뜻이 있다. 하지만 그 뜻을 그대로 풀이할 필요는 없으므로 '잘 지키고'로 바꾸면 된다.

† 보위도 준수와 마찬가지로 어려운 한자말은 아니다. 보위(保衛)는 보호할 보, 지킬 위다. 그대로 풀면 '국가를 보호하고 지키며'가 된다. 그대로 써도 되지만 여기서는 '보호하고 적의 공격에서 지켜내며'로 고치면 뜻을 더 분명하게 전달할 수 있다.

‡ '평화적 통일'에서 '적'은 우리말 '스러운'을 사라지게 만든 말이다. 일본책을 보면 '적'을 되풀이해서 쓰는 것을 자주 볼 수 있다. 여기서는 '평화스러운 통일과'로 바꾸면 우리말 느낌이 확 살아난다. 그냥 '적'을 빼도 된다.

§ 중학교 때 영어 선생님은 우리나라는 아직 소유의식이 발달하지 못해서 소유격 '의'를 쓰지 않는다고 했다. 미국 사람은 소유의식이 분명해 소유격 '의'를 쓴다고 하

문화가 거침없이 뻗어나가도록 힘써서

대통령~~으로서의~~**대통령으로서** 직책을 성실히 수행할**실천할** 것을

국민 앞에 엄숙히 선서합니다.

면서 소유의식이 없는 우리를 비판했다. 하지만 과연 그럴까? 개인주의와 개인주의에 바탕을 둔 소유욕이 인류를 위기로 몰아넣고 있는 것을 보면 소유격 '의'를 다시 없애는 게 필요하지 않을까 하는 생각이 든다. '의'를 잘못 쓴 대표 사례가 동요 〈고향의 봄〉에 나오는 '나의 살던 고향은'이다. 이런 말을 우리는 일상생활에서 쓰지 않는다. '내가 살던 고향은'이나 '나 살던 고향은'이라고 써야 맞다. 하지만 일본말에 오염된 지식인들은 일본말에 흔히 나오는 '의'(の)를 자연스럽게 썼다. 그러니 못 배운 국민은 그저 따라서 쓸 수밖에. 지금부터라도 되도록 '의'를 안 쓰는 게 좋다. 글을 쓸 때 '의'가 되풀이되면 한 번쯤 글쓰기를 멈추고 생각하는 게 좋다. '내가 말하듯이 글을 쓰고 있는가?' 말하듯이 쓰지 않으면 글이 잘 안 읽힌다. 글은 안 읽히는 순간 독자와 멀어진다. 내가 쓴 글을 다른 사람이 끝까지 읽기를 바란다면 '의'를 되도록 안 써야 한다.

'및'은 '과'나 '와'와 똑같이 쓰는 말이다. 하지만 말할 때는 안 쓰는 말이다. 차이가 있다면 글에서는 띄어 쓰므로 눈에 잘 들어오는 효과가 있다고 할까. 하지만 말과 글은 하나가 돼야 잘 읽을 수 있으므로 안 쓰는 게 좋다.

제19대 대통령 취임식

2017년 5월 10일

존경하고 사랑하는 국민 여러분!

감사합니다. 국민 여러분의 위대한 선택에 머리 숙여 깊이 감사드립니다.

저는 오늘 대한민국 제19대 대통령으로서 새로운 대한민국을 향해 첫걸음을 내딛습니다. 지금 제 두 어깨는 국민 여러분으로부터 부여받은 막중한 소명감으로 무겁습니다. 지금 제 가슴은 한 번도 경험하지 못한 나라를 만들겠다는 열정으로 뜨겁습니다. 그리고 지금 제 머리는 통합과 공존의 새로운 세상을 열어갈 청사진으로 가득 차 있습니다.

우리가 만들어가려는 새로운 대한민국은 숱한 좌절과 패배에도 불구하고 우리의 선대들이 일관되게 추구했던 나라입니다. 또 많은 희생과 헌신을 감내하며 우리 젊은이들이 그토록 이루고 싶어 했던 나라입니다. 그런 대한민국을 만들기 위해 저는 역사와 국민 앞에 두렵지만 겸허히 대한민국 제19대 대통령으로서 책임과 소명을 다할 것을 천명합니다.

함께 선거를 치른 후보들께 감사의 말씀과 함께 심심한 위로를 전합니다. 이번 선거에서는 승자도 패자도 없습니다. 우리는 새로운 대한민국을 함께 이끌어가야 할 동반자입니다. 이제 치열했던 경쟁의 순간을 뒤로하고 함께 손을 맞잡고 미래로 전진해야 합니다.

존경하는 국민 여러분!

지난 몇 달간 우리는 유례없는 정치적 격변기를 보냈습니다. 정치는 혼란했지만 국민은 위대했습니다. 현직 대통령의 탄핵과 구속 앞에서도 국민께서 대한민국의 앞길을 열어주셨습니다. 우리 국민은 좌절하지 않고 오히려 전화위복의 계기로 삼아 마침내 오늘 새로운 세상을 열었습니다. 대한민국의 위대함은 국민의 위대함입니다. 그리고 이번 대통령 선거에서 우리 국민은 또 하나의 역사를 만들어주셨습니다. 전국 각지에서 고른 지지로 새로운 대한민국을 선택해주셨습니다. 오늘부터 저는 국민 모두의 대통령이 되겠습니다. 저를 지지하지 않았던 분도 진심으로 우리의 국민으로 섬기겠습니다. 저는 감히 약속드립니다. 2017년 5월 10일은 진정한 국민 통합이 시작된 날로 역사에 기록될 것입니다.

존경하고 사랑하는 국민 여러분!

힘들었던 지난 세월 국민은 이게 나라냐고 물었습니다. 대통령 문재인은 바로 그 질문에서 새로 시작하겠습니다.

오늘부터 나라를 나라답게 만드는 대통령이 되겠습니다. 구시대의 잘못된 관행과 과감히 결별하겠습니다. 대통령부터 새로워지겠습니다.

우선 권위적 대통령 문화를 청산하겠습니다. 준비를 마치는 대로 지금의 청와대에서 나와서 광화문 대통령 시대를 열겠습니다. 참모들과 머리와 어깨를

쉬운 우리말로 고쳐 읽는 대통령 연설문

맞대고 토론하겠습니다. 국민과 수시로 소통하는 대통령이 되겠습니다. 주요 사안은 대통령이 직접 언론에 브리핑하겠습니다. 퇴근길에는 시장에 들러 마주치는 시민 여러분과 격의 없는 대화를 나누겠습니다. 때로는 광화문광장에서 대토론회를 열겠습니다. 대통령의 제왕적 권력을 최대한 나누겠습니다.

권력기관은 정치로부터 완전히 독립시키겠습니다. 그 어떤 기관도 무소불위의 권력을 행사할 수 없도록 견제 장치를 만들겠습니다. 낮은 자세로 일하겠습니다. 국민과 눈높이를 맞추는 대통령이 되겠습니다.

안보위기도 서둘러 해결하겠습니다. 한반도 평화를 위해 동분서주하겠습니다. 필요하면 곧바로 워싱턴으로 날아가겠습니다. 베이징과 도쿄에도 가고, 여건이 조성되면 평양에도 가겠습니다. 한반도 평화정착을 위해서라면 제가 할 수 있는 모든 일을 다 하겠습니다. 한미동맹은 더욱 강화하겠습니다. 한편으로 사드 문제 해결을 위해 미국 및 중국과 진지하게 협상하겠습니다. 튼튼한 안보는 막강한 국방력에서 비롯됩니다. 자주 국방력 강화를 위해 노력하겠습니다. 북핵 문제를 해결할 토대도 마련하겠습니다. 동북아 평화구조를 정착시킴으로써 한반도 긴장완화의 전기를 마련하겠습니다.

분열과 갈등의 정치도 바꾸겠습니다. 보수와 진보의 갈등은 끝나야 합니다. 대통령이 나서서 직접 대화하겠습니다. 야당은 국정운영의 동반자입니다. 대화를 정례화하고 수시로 만나겠습니다.

전국의 인재를 고르게 등용하겠습니다. 능력과 적재적소를 인사의 대원칙으로 삼겠습니다. 저에 대한 지지 여부와 상관없이 유능한 인재를 삼고초려해서 일을 맡기겠습니다.

나라 안팎으로 경제가 어렵습니다. 민생도 어렵습니다. 선거 과정에서 약속했듯이 무엇보다 먼저 일자리를 챙기겠습니다. 동시에 재벌개혁에도 앞장서

겠습니다. 문재인 정부 시대에는 정경유착이라는 말이 완전히 사라질 것입니다. 지역과 계층과 세대 간 갈등을 해소하고 비정규직 문제도 해결의 길을 모색하겠습니다. 차별 없는 세상을 만들겠습니다.

거듭 말씀드립니다.

문재인과 더불어민주당 정부에서 기회는 평등할 것입니다.

과정은 공정할 것입니다.

결과는 정의로울 것입니다.

존경하는 국민 여러분!

이번 대통령선거는 전임 대통령의 탄핵으로 치렀습니다. '불행한 대통령'의 역사가 계속되고 있습니다. 문재인 정부를 시작으로 이런 불행한 역사는 종식되어야 합니다.

저는 대한민국 대통령의 새로운 모범이 되겠습니다. 국민과 역사가 평가하는 성공한 대통령이 되기 위해 최선을 다하겠습니다. 그것으로 지지와 성원에 보답하겠습니다.

깨끗한 대통령이 되겠습니다. 빈손으로 취임하고 빈손으로 퇴임하는 대통령이 되겠습니다. 훗날 고향으로 돌아가 평범한 시민이 되어 이웃과 정을 나누며 사는 대통령이 되겠습니다. 국민 여러분의 자랑으로 남겠습니다.

약속을 지키는 솔직한 대통령이 되겠습니다. 선거 과정에서 제가 했던 약속들을 꼼꼼하게 챙겨서 지키겠습니다. 대통령부터 신뢰받는 정치를 솔선수범해야 진정한 정치발전이 가능할 것입니다. 불가능한 일을 하겠다고 큰소리치지 않겠습니다. 잘못한 일은 잘못했다고 말씀드리겠습니다. 거짓으로 불리한 여론을 덮지 않겠습니다.

공정한 대통령이 되겠습니다. 특권과 반칙이 없는 세상을 만들겠습니다. 상식대로 해야 이득을 보는 세상을 만들겠습니다.

이웃의 아픔을 외면하지 않겠습니다. 소외된 국민이 없도록 노심초사하는 마음으로 항상 살피겠습니다. 국민들의 서러운 눈물을 닦아드리는 대통령이 되겠습니다.

소통하는 대통령이 되겠습니다. 낮은 사람, 겸손한 권력이 되어 가장 강력한 나라를 만들겠습니다. 군림하고 통치하는 대통령이 아니라 대화하고 소통하는 대통령이 되겠습니다.

광화문 시대 대통령이 되어 국민과 가까운 곳에 있겠습니다. 따뜻한 대통령, 친구 같은 대통령으로 남겠습니다.

사랑하고 존경하는 국민 여러분!

2017년 5월 10일 오늘 대한민국이 다시 시작합니다. 나라를 나라답게 만드는 대 역사가 시작됩니다. 이 길에 함께해 주십시오. 저의 신명을 바쳐 일하겠습니다.

감사합니다.

다듬어 고친 글

* 지금 제 두 어깨는 국민 여러분~~으로부터 부여받은~~*여러분이 주신 막중한 소명감으로 무겁습니다.

* ~~그리고~~또 지금 제 머리는 통합과 공존~~의~~**하나** 되고 **함께 사는** 새로운 세상을 열어갈 ~~청사진으로~~푸르른 꿈으로 가득 차 있습니다.

* 우리가 만들어가려는 ~~새로운 대한민국~~'새 대한민국'은 † 숱한 좌절과 패배에도 ~~불구하고~~‡패배를 딛고 ~~우리의~~우리 ~~선대들이~~선대가 일관되게 ~~추구했던~~이루려고 꾸준히 힘썼던/한결같이 좇던 나라입니다.

* 또 많은 희생과 헌신을 ~~감내하며~~참고 견디며 우리 젊은이들이 그토록 이루고 싶어 했던 나라입니다.

* 그런 대한민국을 만들기 위해 저는 역사와 국민 앞에 두렵지만 겸

---

* 문장은 능동형으로 써야 한다. 그래야 이해하기가 쉽고 문장도 산다. 《1984》를 지은 조지 오웰은 어쩔 수 없는 경우가 아니라면 모든 문장을 능동형으로 써야 한다고 말했다. 조지 오웰이 쓴 《위건 부두로 가는 길》을 보면 수동형 문장을 거의 볼 수 없다. 영어 문장은 원래 수동형 문장이 많아서 영어 문장을 번역하면 수동형 문장이 많은 걸로 알고 있는데 그렇지 않다는 것을 확인할 수 있다. 우리말도 당연히 능동형으로 쓰는 게 좋다.

† 작은따옴표를 써서 힘을 줄 필요가 있다.

‡ '불구하고'는 보통 우리말에서는 안 쓰는 말이다. 일본말에서 자주 쓰는 한자말이다. '그럼에도 불구하고'를 자주 쓰는데 '그런데도'로 쓰면 된다. 여기서는 '-에 아랑곳하지 않고'란 뜻으로 썼지만 그냥 '패배를 딛고'로 바꿔도 좋다.

허히 대한민국 제19대 대통령으로서 책임과 소명을 다할 것을 천명합니다. **뚜렷이 밝힙니다.**

* 이제 치열했던 경쟁의 **불꽃 튀게 겨루던** 순간을 뒤로하고 함께 손을 맞잡고 미래로 **앞으로** 전진해야 합니다. **나아가야 합니다.**

* 지난 몇 달간 우리는 유례없는 정치적 **정치의** 격변기를 보냈습니다.

* 그리고 **또** 이번 대통령 선거에서 우리 국민은 또 하나의 역사를 만들어주셨습니다.

* 저를 지지하지 않았던 분도 진심으로 우리의 **우리** 국민으로 섬기겠습니다.

* 2017년 5월 10일은 진정한 국민 통합이 시작된 **국민이 하나가 되기 시작한** 날로 역사에 기록될 **역사가 기록할** 것입니다.

* 구시대의 잘못된 관행과 과감히 결별하겠습니다. **관행을 꼭 끊겠습니다.**

* 우선 권위적 **권위를** 내세우는 대통령 문화를 청산하겠습니다. **깨끗이 치우겠습니다.**

* 국민과 수시로 **늘** 소통하는 대통령이 되겠습니다. 주요 사안은 대통령이 직접 언론에 브리핑하겠습니다. **요약해 설명하겠습니다.**

* 퇴근길에는 시장에 들러 마주치는 시민 여러분과 격의 없는 **마음을 열고** 대화를 나누겠습니다.

* 대통령의 제왕적 **황제나 국왕 같은** 권력을 최대한 나누겠습니다.

* 권력기관은 정치로부터 **정치에서** 완전히 독립시키겠습니다.

* 그 어떤 기관도 무소불위의 권력을 행사할 수 없도록 **함부로 권력을**

행사할 수 없도록 견제장치를 만들겠습니다.

* 한미동맹은 더욱 <u>강화하겠습니다.</u> **굳건히 하겠습니다.**

* 한편으로 사드<u>*</u><u>최고도 미사일 방어체계인 사드</u> 문제 해결을 위해 미국 및<u>미국이나</u> 중국과 진지하게 협상하겠습니다.

* 튼튼한 안보는 막강한 국방력에서 <u>비롯됩니다.</u> **비롯합니다.**

* 자주 국방력 <u>강화를 위해 노력하겠습니다.</u> **자주 국방력을 더 굳건히 하도록 힘쓰겠습니다.**

* 동북아 평화구조를 정착시킴으로써 한반도 <u>긴장완화의 전기를 마련하겠습니다.</u> **긴장을 부드럽게 누그러뜨리겠습니다.**

* 대화를 <u>정례화하고 수시로</u>**정한 날마다 하고 늘** 만나겠습니다.

* 저에 대한 지지 여부와 상관없이 유능한 인재를 <u>삼고초려해서</u>**삼고초려를 해서라도** 일을 맡기겠습니다.

* 지역과 계층과 세대 간<u>사이</u> 갈등을 <u>해소하고</u>**없애고** 비정규직 문제도 <u>해결의</u>**푸는** 길을 <u>모색하겠습니다.</u> **찾겠습니다.**

* '불행한 대통령'의 역사가 <u>계속되고</u>**이어지고** 있습니다.

* 문재인 정부를 시작으로 이런 불행한 역사는 <u>종식되어야</u>**이제 끝내야** 합니다.

---

* 국어기본법 제14조 1항을 보면 "공공기관 등은 공문서를 일반 국민이 알기 쉬운 용어와 문장으로 써야 하며, 어문 규범에 맞추어 한글로 작성해야 한다. 다만 대통령령으로 정하는 경우에는 괄호 안에 한자 또는 다른 외국 글자를 쓸 수 있다"고 되어 있다. 사드(THAAD/Terminal High Altitude Area Defense)는 최고도 미사일 방어체계나 종말단계 고고도 미사일 지역방어란 뜻이다. 미국의 미사일 방어체계는 탄도미사일 비행경로를 이륙-상승-중간-종말 네 단계로 나눈다. 따라서 그대로 번역하면 '탄도미사일의 마지막 단계인 가장 높은 곳에서 지역을 방어하는 체계'란 뜻이다. 여기서는 '최고도 미사일 방어체계인 사드'로 쓰면 좋겠다.

* 선거 과정에서 제가 했던 ~~약속들을~~**약속을** 꼼꼼하게 챙겨서 지키겠
  습니다.

* ~~국민들의~~**국민의** 서러운 눈물을 닦아드리는 대통령이 되겠습니다.

* 나라를 나라답게 만드는 ~~대역사가 시작됩니다.~~ **대역사를 시작합니
  다.**

* ~~저의~~**제** 신명을 바쳐 일하겠습니다.

* 감사합니다. *

---

* 언젠가 누군가에게 JTBC 〈뉴스룸〉 손석희 사회자가 사람들과 이야기를 나눈 뒤 "고
맙습니다" 인사를 하면 사람들이 거의 "감사합니다"로 받는데 참 이상하다고 말했더니
그분이 "고맙습니다"보다는 "감사합니다"란 말이 더 존중하는 느낌이 있어서일 거라고
말한다. 그래서 참고로 말씀드린다. '고맙다' 의 말뿌리 '고마' 는 곰과 같은 말이다. 고
마와 곰이 같은 말인 까닭은 여러 가지가 있지만 여기서는 용비어천가에서 웅진(熊津)
을 '고마ㄴ ㄹ' (고마나루)로 썼다는 것만 밝힌다. 우리말 곰이 무엇을 뜻하는지는 여러
가지 이야기가 있지만 여기서는 고려가요 "동동"에 "덕으란 곰비에 받잡고"란 표현만
살피기로 한다. 덕일랑 하늘님께 바친다는 뜻이다. 따라서 곰은 하늘이란 뜻을 갖고 있
다. '고맙다' 란 말은 "당신이 하늘이다!"란 뜻이다. '감사' (感謝)는 느낄 감, 사례할 사인
데, 여기서 사(謝)는 말씀 언, 몸 신, 마디 촌으로 이루어진 말이다. 따라서 '감사하다' 는
말은 "당신의 말이나 몸의 마디를 느낀다"는 말이다. 이제 다시 한번 고맙다와 감사하
다를 견주어보자, 어떤 말이 더 상대를 존중하는 뜻을 담고 있는지. 판단은 여러분이 하
면 좋겠다.

.

제37주년 5·18민주화운동 기념식

2017년 5월 18일

존경하는 국민 여러분!

오늘 5·18민주화운동 37주년을 맞아, 5·18묘역에 서니 감회가 매우 깊습니다. 37년 전 그날의 광주는 우리 현대사에서 가장 슬프고 아픈 장면입니다.

저는 먼저 80년 오월의 광주 시민들을 떠올립니다. 누군가의 가족이었고 이웃이었습니다. 평범한 시민이었고 학생이었습니다. 그들은 인권과 자유를 억압받지 않는, 평범한 일상을 지키기 위해 목숨을 걸었습니다.

저는 대한민국 대통령으로서 광주 영령들 앞에 깊이 머리 숙여 감사드립니다. 오월 광주가 남긴 아픔과 상처를 간직한 채 오늘을 살고 계시는 유가족과 부상자 여러분께도 깊은 위로의 말씀을 전합니다.

1980년 오월 광주는 지금도 살아 있는 현실입니다. 아직도 해결되지 않은 역사입니다. 대한민국의 민주주의는 이 비극의 역사를 딛고 섰습니다. 광주의 희생이 있었기에 우리의 민주주의는 버티고, 다시 일어설 수 있었습니다. 저는 오월 광주의 정신으로 민주주의를 지켜주신 광주 시민과 전남도민 여러분께 각별한 존경의 말씀을 드립니다.

존경하는 국민 여러분!

5·18민주화운동은 불의한 국가권력이 국민의 생명과 인권을 유린한 우리 현대사의 비극이었습니다. 하지만 이에 맞선 시민항쟁이 민주주의의 이정표를 세웠습니다. 진실은 오랜 시간 은폐되고, 왜곡되고, 탄압받았습니다. 그러나 서슬 퍼런 독재의 어둠 속에서도 국민은 광주의 불빛을 따라 한 걸음씩 나아갔습니다. 광주의 진실을 알리는 일이 민주화운동이 되었습니다.

부산에서 변호사로 활동하던 저도 다르지 않았습니다. 저 자신도 5·18민주화운동 때 구속된 일이 있었지만 제가 겪은 고통은 아무것도 아니었습니다. 광주의 진실은 저에게 외면할 수 없는 분노였고, 아픔을 함께 나누지 못했다는 크나큰 부채감이었습니다. 그 부채감이 민주화운동에 나설 용기를 주었습니다. 그것이 저를 오늘 이 자리에 서기까지 성장시켜준 힘이 되었습니다.

마침내 오월 광주는 지난겨울 전국을 밝힌 위대한 촛불혁명으로 부활했습니다. 불의에 타협하지 않는 분노와 정의가 그곳에 있었습니다. 나라의 주인은 국민임을 확인하는 함성이 그곳에 있었습니다. 나라를 나라답게 만들자는 치열한 열정과 하나 된 마음이 그곳에 있었습니다. 저는 이 자리에서 감히 말씀드립니다. 새롭게 출범한 문재인 정부는 5·18민주화운동의 연장선 위에 서 있습니다. 1987년 6월 항쟁과 국민의 정부, 참여정부의 맥을 잇고 있습니다.

저는 이 자리에서 다짐합니다. 새 정부는 5·18민주화운동과 촛불혁명의 정신을 받들어 이 땅에 민주주의를 온전히 복원할 것입니다. 광주 영령들이 마음 편히 쉬실 수 있도록 성숙한 민주주의 꽃을 피워낼 것입니다.

여전히 우리 사회 일각에서는 오월 광주를 왜곡하고 폄훼하려는 시도가 있습니다. 용납될 수 없는 일입니다. 역사를 왜곡하고 민주주의를 부정하는 일입니다. 우리는 많은 사람의 희생과 헌신으로 이룩된 이 땅의 민주주의의 역사에 자부심을 가져야 합니다.

새 정부는 5·18민주화운동의 진상을 규명하는 데 더욱 큰 노력을 기울일 것입니다. 헬기사격까지 포함하여 발포의 진상과 책임을 반드시 밝혀내겠습니다. 5·18민주화운동 관련 자료의 폐기와 역사왜곡을 막겠습니다. 전남도청 복원 문제는 광주시와 협의하고 협력하겠습니다.

완전한 진상규명은 결코 진보와 보수의 문제가 아닙니다. 상식과 정의의 문제입니다. 우리 국민 모두 함께 가꾸어야 할 민주주의의 가치를 보존하는 일입니다.

5·18민주화운동 정신을 헌법 전문에 담겠다는 저의 공약도 반드시 지키겠습니다. 광주정신을 헌법으로 계승하는 진정한 민주공화국 시대를 열겠습니다. 5·18민주화운동은 비로소 온 국민이 기억하고 배우는 자랑스러운 역사로 자리매김할 것입니다. 5·18정신을 헌법 전문에 담아 개헌을 완료할 수 있도록 이 자리를 빌려서 국회의 협력과 국민 여러분의 동의를 정중히 요청드립니다.

존경하는 국민 여러분!

〈임을 위한 행진곡〉은 단순한 노래가 아닙니다. 5월의 피와 혼이 응축된 상징입니다. 5·18민주화운동의 정신, 그 자체입니다. 〈임을 위한 행진곡〉을 부르는 것은 희생자의 명예를 지키고 민주주의의 역사를 기억하겠다는 것입니다. 오늘 〈임을 위한 행진곡〉 제창은 그동안 상처받은 광주정신을 다시 살리는 일이 될 것입니다. 오늘의 제창으로 불필요한 논란이 끝나기를 희망합니다.

존경하는 국민 여러분!

2년 전, 진도 팽목항에 5·18의 엄마가 4·16의 엄마에게 보낸 펼침막이 있었습니다. "당신 원통함을 내가 아오. 힘내소. 쓰러지지 마시오"라는 내용이었습니다. 국민의 생명을 짓밟은 국가, 국민의 생명을 지키지 못한 국가를 통렬히 꾸짖는 외침이었습니다. 다시는 그런 원통함이 반복되지 않도록 하겠습니다. 국민의 생명과 사람의 존엄함을 하늘처럼 존중하겠습니다. 저는 그것이 국가의 존재가치라고 믿습니다.

저는 오늘, 5월의 죽음과 광주의 아픔을 자신의 것으로 삼으며 세상에 알리려 했던 많은 이들의 희생과 헌신도 함께 기리고 싶습니다.

1982년 광주교도소에서 광주 진상규명을 위해 40일간의 단식으로 옥사한 스물아홉 살 전남대생 박관현, 1987년 '광주사태 책임자 처벌'을 외치며 분신 사망한 스물다섯 살 노동자 표정두, 1988년 '광주학살 진실규명'을 외치며 명동성당 교육관 4층에서 투신 사망한 스물네 살 서울대생 조성만, 1988년 '광주는 살아 있다' 외치며 숭실대 학생회관 옥상에서 분신 사망한 스물다섯 살 숭실대생 박래전.

수많은 젊음이 5월 영령의 넋을 위로하며 자신을 던졌습니다. 책임자 처벌과 진상 규명을 촉구하기 위해 목숨을 걸었습니다. 국가가 책임을 방기하고 있을 때 이들은 마땅히 밝히고 기억해야 할 것들을 위해 자신을 바쳤습니다. 진실을 밝히려던 많은 언론인과 지식인도 강제해직되고 투옥당했습니다.

저는 오월의 영령들과 함께 이들의 희생과 헌신을 헛되이 하지 않고 더 이상 서러운 죽음과 고난이 없는 대한민국으로 나아가겠습니다. 참이 거짓을 이기는 대한민국으로 나아가겠습니다.

광주시민께도 부탁드립니다. 광주정신으로 희생하며 평생을 살아온 전국의 5·18들을 함께 기억해주십시오. 이제 차별과 배제, 총칼의 상흔이 남긴 아픔을 딛고 광주가 먼저 정의로운 국민통합에 앞장서주십시오. 광주의 아픔이 아픔으로 머무르지 않고 국민 모두의 상처와 갈등을 품어 안을 때, 광주가 내민 손은 가장 질기고 강한 희망이 될 것입니다.

존경하는 국민 여러분!

5월 광주의 시민이 나눈 주먹밥과 헌혈이야말로 우리 자존의 역사입니다. 민주주의의 참모습입니다. 목숨이 오가는 극한 상황에서도 절제력을 잃지 않고 민주주의를 지켜낸 광주정신은 그대로 촛불광장에서 부활했습니다. 촛불은 5·18민주화운동의 정신 위에서 국민주권 시대를 열었습니다. 국민이 대한민국의 주인임을 선언했습니다.

문재인 정부는 국민의 뜻을 받드는 정부가 될 것임을 광주 영령들 앞에서 천명합니다. 서로가 서로를 위하고 서로의 아픔을 어루만져주는 대한민국이 새로운 대한민국입니다. 상식과 정의 앞에 손을 내미는 사람들이 많아질수록 숭고한 5·18정신은 현실 속에서 살아 숨 쉬는 가치로 완성될 것입니다.

다시 한번 삼가 5·18 영령들의 명복을 빕니다.

감사합니다.

다듬어 고친 글

* 저는 먼저 80년 오월의 광주 ~~시민들을~~**시민을** 떠올립니다.
* ~~그들은~~**그분들은** 인권과 자유를 억압받지 않는, 평범한 일상을 지키기 위해 목숨을 걸었습니다.
* 광주의 희생이 있었기에 ~~우리의~~**우리** 민주주의는 버티고, 다시 일어설 수 있었습니다.
* 5·18민주화운동은 ~~불의한~~**의롭지 않은** 국가권력이 국민의 생명과 인권을 ~~유린한~~**함부로 짓밟은** 우리 현대사의 비극이었습니다.
* 새 정부는 5·18민주화운동과 촛불혁명의 ~~정신을~~**얼을** 받들어 이 땅에 민주주의를 온전히 ~~복원할~~**되살릴** 것입니다.
* 여전히 우리 사회 ~~일각에서는~~**한 귀퉁이에서는** 오월 광주를 왜곡하고 폄훼하려는*~~광주에서 일어난 일을 사실과 다르게 이야기하거나 헐뜯는~~** 시도가 있습니다.
* ~~용납될~~**받아들일** 수 없는 일입니다.
* 우리는 많은 사람의 희생과 헌신으로 ~~이룩된~~**이룩한** 이 땅의 민주~~의의~~†**이 땅 민주주의의** 역사에 자부심을 가져야 합니다.

  ＊ 왜곡, 폄훼, 폄하는 자주 쓰는 한자말이다. '왜곡'(歪曲)은 비뚤 왜, 굽을 곡, 폄훼(貶毀)는 떨어뜨릴 폄, 헐 훼, 폄하(貶下)는 떨어뜨릴 폄, 아래 하로 어려운 한자말이다. 우리말로 왜곡은 사실을 비튼다, 폄훼는 헐뜯다, 폄하는 깎아내린다로 바꿀 수 있다. 여기서는 '왜곡하고 폄훼하다'를 '사실과 다르게 이야기하거나 헐뜯는'으로 풀어서 썼다.

  † '이 땅의 민주주의의'처럼 소유격 조사 '의'를 두 번, 세 번 반복해서 쓰는 것은 좋지

* 헬기사격까지 ~~포함하여~~**포함해** 발포의 진상과 책임을 반드시 밝혀 내겠습니다.
* 5·18민주화운동 정신을 헌법 전문에 담겠다는 ~~저의~~**제** 공약도 반드시 지키겠습니다. 광주정신을 헌법으로 ~~계승하는~~**잇는** 진정한 민주공화국 시대를 열겠습니다. **이래야 비로소** 5·18민주화운동은 ~~비로소~~(삭제) 온 국민이 기억하고 배우는 자랑스러운 역사로 자리매김 될 것입니다.
* 수많은 ~~젊음이~~**젊은이가** 5월 영령~~의~~**희생자의** 넋을 위로하며 자신을 던졌습니다.
* 저는 오월의 ~~영령들과~~**넋들과** 함께 ~~이들의~~**이분들의** 희생과 헌신을 헛되이 하지 ~~않고~~**않겠습니다.** 더 이상 서러운 죽음과 고난이 없는 대한민국으로 나아가겠습니다.
* 5월 광주의 ~~시민이~~**시민끼리** 나눈 주먹밥과 헌혈이야말로 우리 ~~자존의~~**우리 품위를** 스스로 높인 역사입니다.
* 문재인 정부는 국민의 뜻을 받드는 정부가 될 것임을 광주 영령들 **희생자의** 넋 앞에 ~~천명합니다.~~**뚜렷이 밝힙니다.**
* 상식과 정의 앞에 손을 내미는 ~~사람들이~~**사람이** 많아질수록 ~~숭고한~~ **드높은** 5·18정신은 현실 속에서 살아 숨 쉬는 가치로 완성될 것입니다.

않다. 일본말에서는 '의' (の)를 몇 번이고 반복해서 쓰는 경우가 많지만 우리말에서는 보통 앞에 오는 '의'는 **빼도 된다.**

노무현 대통령 서거 8주기 추도식

2017년 5월 23일

8년의 세월이 흘렀는데도, 이렇게 변함없이 노무현 대통령과 함께해주셔서, 뭐라고 감사 말씀드릴지 모르겠습니다. 제가 대선 때 했던 약속, 오늘 이 추도식에 대통령으로 참석하겠다고 한 약속을 지킬 수 있게 해주신 것에 대해서도 깊이 감사드립니다. 노무현 대통령님도 오늘만큼은, 여기 어디에선가 우리들 가운데서, 모든 분께 고마워하면서, "야, 기분 좋다!" 하실 것 같습니다.

애틋한 추모의 마음이 많이 가실 만큼 세월이 흘렀어도, 더 많은 사람이 노무현의 이름을 부릅니다. 노무현이란 이름은 반칙과 특권이 없는 세상, 상식과 원칙이 통하는 세상의 상징이 되었습니다. 우리가 함께 아파했던 노무현의 죽음은 수많은 '깨어 있는' 시민으로 되살아났습니다. 그리고 끝내 세상을 바꾸는 힘이 되었습니다.

저는 요즘 국민의 과분한 칭찬과 사랑을 받고 있습니다. 제가 뭔가 특별한 일을 해서가 아닙니다. 그저 정상적인 나라를 만들겠다는 노력, 정상적인 대통령이 되겠다는 마음가짐이 특별한 일처럼 되었습니다. 정상을 위한 노력이 특별한 일이 될 만큼 우리 사회가 오랫동안 심각하게 비정상으로 병들어 있었다는 뜻입니다.

노무현 대통령의 꿈도 다르지 않았습니다. 민주주의와 인권과 복지가 정상적으로 작동하는 나라, 지역주의와 이념갈등, 차별의 비정상이 없는 나라가 그의 꿈이었습니다. 그런 나라를 만들기 위해, 대통령부터 먼저 초법적인 권력과 권위를 내려놓고, 서민의 언어로 국민과 소통하고자 노력했습니다. 그러나 이상은 높았고, 힘은 부족했습니다. 현실의 벽을 넘지 못했습니다. 노무현의 좌절 이후 우리 사회, 특히 우리 정치는 비정상을 향해 거꾸로 흘러갔고, 국민의 희망과 갈수록 멀어졌습니다.

하지만 이제 그 꿈이 다시 시작됐습니다. 노무현의 꿈은 '깨어 있는 시민의 힘'으로 부활했습니다. 우리가 함께 꾼 꿈이 우리를 여기까지 오게 했습니다. 이제 우리는 다시 실패하지 않을 것입니다. 우리는 이명박, 박근혜 정부뿐 아니라, 국민의정부와 참여정부까지 지난 20년 전체를 성찰하며 성공의 길로 나아갈 것입니다.

참여정부를 뛰어넘어 우리의 꿈을 완전히 새로운 대한민국, 나라다운 나라로 확장해야 합니다. 노무현 대통령님을 지켜주지 못해 미안한 마음을 이제 가슴에 묻고, 다 함께 나라다운 나라를 만들어봅시다. 우리가 안보도, 경제도, 국정 전반에서 훨씬 유능함을 다시 한번 보여줍시다.

저의 꿈은 국민 모두의 정부, 모든 국민의 대통령입니다. 무엇보다 중요한 것은 국민의 손을 놓지 않고 국민과 함께 가는 것입니다. 개혁도, '저 문재인의 신념이기 때문에' 또는 '옳은 길이기 때문에' 하는 것이 아니라, 국민과 눈을 맞추면서 국민이 원하고 국민에게 이익이기 때문에 하는 것이라는 마음가짐으로 해나가겠습니다. 국민이 앞서가면 더 속도를 내고, 국민이 늦추면 소통하면서 설득하겠습니다. 문재인 정부가 못다 한 일은 다음 민주정부가 이어나갈 수 있도록 단단하게 개혁해나가겠습니다.

노무현 대통령님, 당신이 그립습니다. 보고 싶습니다. 하지만 저는 앞으로 임기 동안 대통령님을 가슴에만 간직하겠습니다. 현직 대통령으로서 이 자리에 참석하는 것은 오늘이 마지막일 것입니다. 이제 당신을 온전히 국민께 돌려드립니다.

반드시 성공한 대통령이 되어 임무를 다한 다음 다시 찾아뵙겠습니다. 그때 당신이 했던 그 말, "야, 기분 좋다!"를 다시 하며 환한 웃음으로 반겨주십시오.

다시 한번 참석해주신 여러분께 감사드리고, 꿋꿋하게 견뎌주신 권양숙 여사님과 유족들께 위로 말씀을 드립니다.

감사합니다.

다듬어 고친 글

* 노무현 대통령님도 오늘만큼은, 여기 어디에선가 ~~우리들~~**우리** 가운데서, 모든 분께 고마워하면서, "야, 기분 좋다!" 하실 것 같습니다.

* ~~애틋한 추모의~~**애틋하게 추모하는** 마음이 많이 가실 만큼 세월이 흘러도, 더 많은 사람이 노무현의 이름을 부릅니다.

* 그저 ~~정상적인~~**정상인** 나라를 만들겠다는 노력, ~~정상적인~~**정상인** 대통령이 되겠다는 마음가짐이 특별한 일처럼 되었습니다.

* 민주주의와 인권과 복지가 ~~정상적으로~~**정상으로** 작동하는 나라, 지역주의와 이념갈등, 차별의 비정상이 없는 나라가 ~~그의~~**그분의** 꿈이었습니다.

* 그런 나라를 만들기 위해, 대통령부터 먼저 ~~초법적인~~**법을 넘어서는** 권력과 권위를 내려놓고, 서민의 ~~언어로~~**말과** 글로 국민과 ~~소통하고자~~**소통하려고** ~~노력했습니다.~~ **힘썼습니다.**

* 노무현의 좌절 ~~이후~~**뒤** 우리 사회, ~~특히 우리~~**더구나 우리** 정치는 더욱 ~~비정상을 향해~~**비정상으로** 거꾸로 흘러갔고, 국민의 희망과 갈수록 멀어졌습니다.

* 우리는 이명박, 박근혜 정부뿐 아니라, 국민의정부와 참여정부까지 지난 20년 전체를 성찰하며 ~~성공의~~**성공하는** 길로 나아갈 것입니다.

* 참여정부를 뛰어넘어 <u>우리의</u>**우리** 꿈을 완전히 새로운 대한민국, 나라다운 나라로 <u>확장해야</u>**크게 넓혀야** 합니다.

* <u>저의</u>**제** 꿈은 국민 모두의 정부, 모든 국민의 대통령입니다.

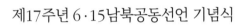

제17주년 6·15남북공동선언 기념식

2017년 6월 15일

존경하는 국민 여러분, 내외 귀빈 여러분!

우리는 오늘 6·15남북정상회담을 기념하기 위해 모였습니다. 김대중 대통령님의 고뇌와 용기, 그리고 역사적 결단을 기억하고, 그 정신을 되살리기 위해 모였습니다.

특별히 이희호 여사님의 건강을 기원합니다. 김대중 대통령님께서 생전에 여사님께 보냈던 존경과 사랑을 우리 모두가 기억하고 있습니다. 여사님께서 평화를 이룬 한반도를 보시는 것이 우리 모두의 기쁨이 될 것입니다. 이희호 여사님, 오래오래 건강하셔서 꼭 좋은 세상 보십시오.

오늘 이 자리에 서니, 김대중 대통령님께서 짊어지셨던 역사의 무게가 깊게 느껴집니다. 김대중 대통령님은 '행동하는 양심으로', '두렵지만 나서야 하기 때문에 나서는' 참된 용기를 보여주신 분입니다. 그 용기가 대한민국의 민주화 시대를 열었습니다. 그러나 무엇보다 김대중 대통령님의 큰 발걸음은 남북

화해와 평화, 햇볕정책에 있었습니다. 김대중 대통령님은 한반도 문제의 주인은 우리 자신이라는 것을 몸소 실천해 보여주셨습니다. 분단 후 최초의 남북정상회담으로 남북관계의 대전환을 이끌어냈습니다. 남과 북의 평화통일이 가능하다는 사실을 처음으로 확인시켜주셨습니다. 우리가 운전석에 앉아 주변국과의 협력을 바탕으로 한반도 문제를 이끌어갈 수 있음을 보여주셨습니다. IMF 외환위기 속에서 남북 화해와 협력의 새로운 장을 열었고 IMF 외환위기까지 극복하였습니다.

내외 귀빈 여러분!

오늘 우리가 겪고 있는 위기를 해결하기 위해서라도 남북관계는 새롭게 정립되고 발전되어야 합니다.

김대중 대통령님은 6·15남북정상회담을 위해 위험을 무릅쓰고 평양에 가셨습니다. 결코 순탄대로가 아니었습니다. 김대중 대통령님께서 임기를 시작하고 얼마 지나지 않아 북한은 대포동 1호 미사일을 발사했습니다. 금창리에 제2의 지하 핵시설이 있다는 의혹도 제기되었습니다. 미국이 북한의 영변 핵시설에 대한 폭격까지 검토했던 1994년 이후 또다시 한반도 정세가 긴장 국면으로 빠져들고 있었습니다.

그러나 김대중 대통령님은 이러한 위기를 극복하고, 미국의 클린턴 행정부를 설득하면서 남북관계가 발전할 수 있는 토대를 주도적으로 닦으셨습니다. 오늘 우리에게 무엇이 필요한지를 분명하게 보여주셨습니다.

북한의 핵과 미사일 개발이 지역과 국제사회의 평화와 안정을 위협하는 심각한 우려 사항으로 대두되었습니다. 이는 물론 우리의 안보에도 매우 심각한 우려가 아닐 수 없습니다. 이 자리를 빌려서 다시 한번 촉구합니다. 북한은 핵

개발을 포기하고 국제사회와 협력할 수 있는 길을 찾아야 합니다.

우리 모두는 분명히 기억합니다. 김대중 대통령님은 북한의 도발 행동으로 인한 한반도 위기 속에서도 남북 화해중점협력의 새로운 장을 열었습니다. 위기는 기회입니다. 미국을 비롯해 국제적 공조를 바탕으로 북한 핵문제를 해결하고 한반도에 평화를 정착시키며, 남과 북이 함께 번영을 구가할 수 있는 의지와 지혜, 역량을 우리는 갖고 있습니다. 김대중 대통령님께서 북한의 핵과 도발을 불용하겠다는 원칙을 지키면서 남북 관계 발전을 이루어냈듯이 우리도 새롭게 담대한 구상과 의지를 갖고 해결해나가야 할 것입니다.

내외 귀빈 여러분!

그동안 남과 북은 반목과 대결이 계속되는 속에서도 몇 차례 중요한 역사를 만들어냈습니다. 1972년 7·4남북공동성명부터 1991년 남북기본합의서를 지나 2000년 6·15남북공동선언까지, 그리고 그 토대 위에서 2007년 남북 관계 발전과 평화번영을 위한 10·4남북정상선언으로 발전시켜왔습니다.

남북당국 간의 이러한 합의가 지켜졌다면, 또 국회에서 비준되었더라면 정권의 부침에 따라 대북정책이 오락가락하는 일은 없었을 것입니다. 그래서 남북합의를 준수하고 법제화하는 일은 무엇보다 중요합니다. 역대 정권에서 추진한 남북합의는 정권이 바뀌어도 반드시 존중되어야 하는 중요한 자산입니다. 정부는 역대 정권의 남북합의를 남북이 함께 되돌아가야 할 원칙으로 대할 것입니다. 또한 당면한 남북문제와 한반도 문제 해결의 방법을 그간의 합의에서부터 찾아나갈 것입니다.

존경하는 국민 여러분, 내외 귀빈 여러분!

6·15남북공동선언은 남북문제의 주인이 우리 민족임을 천명했습니다. 남과 북은 또 10·4남북정상선언으로 분명히 약속했습니다. 남북의 군사적 적대관계 종식, 한반도에서 긴장완화와 평화보장을 위한 긴밀한 협력을 약속했습니다. 한반도에 항구적 평화 체제 구축을 위해 관련국 정상들의 종전 선언을 추진해가기로 약속했습니다. 핵문제 해결을 위해 6자회담, 9·19공동성명과 2·13합의가 순조롭게 이행되도록 공동으로 노력한다고 약속했습니다. 이 약속에 북한 핵문제 해결의 해법이 모두 들어 있습니다. 우리 국민이 안심할 수 있는 약속이 담겨 있습니다. 남과 북이 함께 발전할 수 있는 방안이 모두 담겨 있습니다.

최근 북한이 6·15남북공동선언과 10·4남북정상선언의 존중과 이행을 촉구하고 있습니다. 그러나 핵과 미사일 고도화로 '말 따로 행동 따로'인 것은 바로 북한입니다. 우리는 우리대로 노력할 것입니다. 북한도 그렇게 해야 할 것입니다. 북한의 핵 포기 결단은 남북 간 합의의 이행 의지를 보여주는 증표입니다. 이를 실천한다면 적극 도울 것입니다. 북한이 핵과 미사일의 추가 도발을 중단한다면 북한과 조건 없이 대화에 나설 수 있음을 분명히 밝힙니다.

북한의 호응을 촉구합니다. 저는 무릎을 마주하고 머리를 맞대고, 어떻게 기존의 남북 간 합의를 이행해나갈지 협의할 의사가 있습니다. 북한 핵의 완전한 폐기와 한반도 평화체제의 구축, 그리고 북미 관계의 정상화까지 포괄적으로 논의할 수 있을 것입니다.

내외 귀빈 여러분!

17년 전 6월 13일, 평양 순안공항에서 김대중 대통령님과 김정일 국방위원장이 뜨겁게 포옹하던 그 모습을 여러분 모두가 기억하실 것입니다. 전 세계

쉬운 우리말로 고쳐 읽는 대통령 연설문

를 가슴 뛰게 한 장면이었습니다. 저는 또, 기억합니다. 6·15남북공동선언을 합의한 후 김대중 대통령님께서 하셨다는 그 말씀, "젖 먹던 힘까지 다했다. 내 평생 가장 길고 무겁고 보람 느낀 날이다"라는 말씀을 기억합니다. 그 가슴 뛰던 장면이, 그 혼신의 힘을 다한 노력이 우리 모두의 마음속에서 다시 살아 꿈틀거릴 때 한반도에 새로운 역사가 열릴 것이라고 확신합니다.

남북의 온 겨레가 전쟁의 공포에서 벗어나는 역사, 남북의 온 겨레가 경제공동체를 이뤄 함께 잘 사는 역사, 한강의 기적이 대동강의 기적을 일으켜 한반도의 기적이 되는 역사, 그 모든 역사의 주인은 바로 우리 자신입니다.

너무 오랫동안 닫히고 막혀 있었습니다. 남북이 오가는 길만 아니라 우리 마음까지 닫혀 있었는지도 모르겠습니다. 정부는 정부대로 남북관계의 복원과 대화의 재개를 모색하겠습니다. 국민 속에서 교류와 협력의 불씨가 살아나도록 돕겠습니다. 우리 청년들의 상상력이 한반도 북쪽을 넘어 유라시아까지 뻗어가도록 돕겠습니다. 여야와 보수·진보의 구분 없이, 초당적 협력과 국민적 지지로 남북화해와 협력, 평화·번영의 길이 지속되게끔 하겠습니다.

여러분도 함께 노력해주십시오. 국민 마음속의 분단이 평화로운 한반도를 향한 벅찬 꿈으로 바뀌어가도록 이 자리에 계신 여러분들께서 함께 노력해주십시오. 그렇게 정부와 국민의 노력이 함께 어우러질 때, 그것이 김대중 대통령님의 정신과 6·15남북정상회담이 이룬 성과를 온전히 계승하는 길이라고 생각합니다. 6·15남북공동선언에 담긴 꿈이 반드시 이뤄지도록 함께 노력합시다.

김대중 대통령님의 화해협력정책과 노무현 대통령님의 평화·번영정책을 오늘에 맞게 계승하고 발전시키는 일을 이 자리에 계신 여러분, 그리고 국민 여러분과 함께해나가겠습니다.

감사합니다.

다듬어 고친 글

* 김대중 대통령님의 고뇌와 용기, ~~그리고~~**또** ~~역사적~~**역사에** 남을 결단을 기억하고, 그 정신을 되살리기 위해 모였습니다.
* 그 용기가 대한민국의 ~~민주화~~**민주주의** 시대를 열었습니다.
* 우리가 운전석에 앉아 ~~주변국과의 협력을 바탕으로~~**주변국과** 힘을 잘 모아서 한반도 문제를 이끌어갈 수 있음을 보여주셨습니다.
* ~~IMF~~**국제통화기금(IMF)** 외환위기 속에서 ~~남북 화해와 협력의~~**남북 사이에 화해와 협력의** 새로운 장을 열었고 ~~IMF~~**국제통화기금(IMF)** 외환위기까지 ~~극복하였습니다.~~**이겨냈습니다.**
* 오늘 우리가 겪고 있는 위기를 ~~해결하기~~**풀어내기** 위해서라도 남북관계는 ~~새롭게 정립되고 발전되어야 합니다.~~**남북관계를 새로이 올바르게 세워서 발전시켜야 합니다.**
* 그러나 김대중 대통령님은 이러한 위기를 ~~극복하고~~**이겨내고,** ~~미국의~~**미국** 클린턴 행정부를 설득하면서 남북관계가 발전할 수 있는 ~~토대를~~**밑바탕을** ~~주도적으로~~**주도하면서/앞장서서** 닦으셨습니다.
* 북한의 핵과 미사일 개발이 지역과 국제사회의 평화와 안정을 위협하는 심각한 ~~우려사항으로 대두되었습니다. 이는~~***걱정거리로 다가왔습니다. 이 문제는** 물론 ~~우리의~~**우리** 안보에도 매우 심각한 우

---

* 우려사항, 대두되다 같은 한자말보다는 걱정거리, 다가오다 같은 우리말 표현이 자연스럽다. '이는'은 '이 문제는'으로 쓰는 게 더 분명하다.

려가 <u>걱정거리가</u> 아닐 수 없습니다.

* 김대중 대통령님은 북한의 <u>도발행동으로 인한</u>***문제를 일삼는 행동 때문에** 생긴 한반도 위기 속에서도 남북 화해·협력의 새로운 장을 열었습니다.

* 미국을 비롯해 <u>국제적 공조</u>**국제 공조**를 바탕으로 북한 핵문제를 해결하고 한반도에 평화를 정착시키며 남과 북이 함께 번영을 <u>구가할</u>**누릴** 수 있는 의지와 지혜, 역량을 우리는 갖고 있습니다.

* 김대중 대통령님께서 북한의 핵과 도발을 <u>불용하겠다는</u>**받아들이지 않겠다는** 원칙을 지키면서 남북 관계 발전을 이루어냈듯이 우리도 새롭게 <u>담대한</u>†**통 큰** 구상과 의지를 갖고 해결해나가야 할 것입니다.

* 그동안 남과 북은 <u>반목과 대결이 계속되는 속에서도</u>**서로 미워하고 맞서면서도** 몇 차례 중요한 역사를 만들어냈습니다.

* 1972년 7·4남북공동성명부터 1991년 남북기본합의서를 지나 2000년 6·15남북공동선언까지, 그리고 그 <u>토대</u>**바탕** 위에서 2007년 남북 관계 발전과 평화번영을 위한 10·4남북정상선언으로 발전시켜왔습니다.

* <u>남북당국 간의 이러한 합의가 지켜졌다면</u>**남북당국이 이러한 합의를 지켰다면**, 또 <u>국회에서 비준되었더라면</u> 정권의 부침에**국회가 비**

---

* 도발(挑發)은 돋을 도, 쏠 발이다. 남을 집적거려 문제를 일으키는 걸 뜻한다. '문제를 일삼는'이라고 쓰니 훨씬 느낌이 살아난다.

† '담대'(膽大)는 쓸개 담, 클 대다. 따라서 '담대한'은 우리말로 그냥 '큰'이나 '커다란'으로 쓸 수 있다. 이전에는 '대담한'이나 '대범한'으로 많이 썼다. '담대한'이란 표현은 일본책에서 처음 보았다. 여기서는 '통 큰'으로 바꿨다.

준했다면 정권이 바뀜에 따라 대북정책이 오락가락하는 일은 없었을 것입니다.

* 그래서 남북합의를 준수하고잘 지키고 법제화하는 일은법으로 만드는 일이 무엇보다 중요합니다.

* 또한 당면한또 눈앞에 닥친 남북문제와 한반도 문제 해결의문제를 푸는 방법을 그간의그동안 맺은 합의에서부터 찾아나갈 것입니다.

* 6·15남북공동선언은 남북문제의 주인이 우리 민족임을 천명했습니다.뚜렷이 밝혔습니다.

* 남북의 군사적남북 군사의 적대관계 종식,끝내기, 한반도에서한반도 긴장완화와 평화보장을 위한 긴밀한 협력을 약속했습니다.

* 북한이 핵과 미사일의 추가 도발을 중단한다면미사일 문제를 또 일으키지 않는다면, 북한과 조건 없이 대화에 나설 수 있음을 분명히 밝힙니다.

* 저는 무릎을 마주하고 머리를 맞대고, 어떻게 기존의 남북간이전 남북 사이의 합의를 이행해나갈지 협의할 의사가 있습니다.

* 북한 핵의 완전한 폐기와북한 핵 완전 폐기와 한반도 평화체제의 구축, 그리고 북미관계의 정상화까지 포괄적으로평화체제 만들기, 또 북미관계를 정상으로 되돌리는 문제까지 모두 논의할 수 있을 것입니다.

* 정부는 정부대로 남북관계의 복원과 대화의 재개를 모색하겠습니다.남북관계를 되살리고 대화를 다시 나눌 수 있는 길을 찾겠습니다.

* 여야와 보수·진보의 구분 없이, 초당적당을 뛰어넘는 협력과 국민

적국민의 지지로 남북화해와 협력, 평화·번영의 길이 지속되게끔 하겠습니다. 길을 꼭 이어가겠습니다.

* 국민 마음속의 분단이 평화로운 한반도를 향한한반도로 나아가는 벅찬 꿈으로 바뀌어가도록 이 자리에 계신 여러분들께서여러분께서 함께 노력해주십시오.

* 그렇게 정부와 국민의 노력이 함께 어울릴 때, 그것이 김대중 대통령님의 정신과 6·15 남북정상회담이 이룬 성과를 온전히 계승하는잇는 길이라고 생각합니다.

* 김대중 대통령님의 화해·협력정책과 노무현 대통령님의 평화·번영정책을 오늘에 맞게 계승하고이어가고 발전시키는 일을 이 자리에 계신 여러분, 그리고 국민 여러분과 함께 해나가겠습니다.

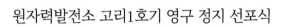

원자력발전소 고리1호기 영구 정지 선포식

2017년 6월 19일

2017년 6월 19일 0시, 대한민국은 국내 최초 원전인 고리1호기를 영구 정지 했습니다. 1977년 완공 이후 40년 만입니다.

지난 세월 동안 고리1호기는 대한민국 경제성장을 뒷받침했습니다. 가동 첫해인 1978년 우리나라 전체 발전 설비 용량의 9%를 감당했고, 이후 늘어 난 원전으로 우리는 경제발전 과정에서 크게 늘어난 전력 수요에 대응할 수 있 었습니다. 고리1호기는 우리나라 경제발전의 역사와 함께 기억될 것입니다. 1971년 착공을 시작한 그때부터 지금까지 고리1호기가 가동되는 동안 많은 분의 땀과 노력이 있었습니다. 자신의 청춘과 인생을 고리1호기와 함께 기억 하는 분도 많으실 겁니다. 앞으로 고리1호기를 해체하는 과정에서도 많은 분 이 땀을 흘리게 될 것입니다.

이 자리를 빌려서 관계자 여러분의 노고를 치하하며, 특히 현장에서 고리1 호기의 관리에 애써오신 분들께 깊이 감사드립니다.

존경하는 국민 여러분!

고리1호기 가동 영구 정지는 탈핵 국가로 가는 출발입니다. 안전한 대한민국으로 가는 대전환입니다. 저는 오늘을 기점으로 우리 사회가 국가 에너지정책에 대한 새로운 합의를 모아나가기를 기대합니다.

그동안 우리나라의 에너지정책은 낮은 가격과 효율성을 추구했습니다. 값싼 발전단가를 최고로 여겼고 국민의 생명과 안전은 후순위였습니다. 지속가능한 환경에 대한 고려도 경시되었습니다. 원전은 에너지의 대부분을 수입해야 하는 우리가 개발도상국가 시기에 선택한 에너지정책이었습니다.

그러나 이제는 바꿀 때가 됐습니다. 국가의 경제 수준이 달라졌고, 환경의 중요성에 대한 인식도 높아졌습니다. 국민의 생명과 안전이 무엇보다 중요하다는 것이 확고한 사회적 합의로 자리 잡았습니다. 국가의 에너지정책도 이러한 변화에 발맞춰야 합니다.

방향은 분명합니다. 국민의 생명과 안전, 건강을 위협하는 요인을 제거해야 합니다. 지속가능한 환경, 지속가능한 성장을 추구해야 합니다. 국민 안전을 최우선으로 하는 청정에너지 시대! 저는 이것이 우리의 에너지정책이 추구할 목표라고 확신합니다.

지난해 9월 경주 대지진은 우리에게 큰 충격이었습니다. 진도 5.8, 1978년 기상청 관측 시작 이후 한반도에서 발생한 가장 강력한 지진이었습니다. 다행히 사망자는 없었지만 스물세 분이 다쳤고 총 110억 원의 재산 피해가 발생했습니다.

경주 지진의 여진은 지금도 계속되고 있습니다. 엿새 전에도 진도 2.1의 여진이 발생했고, 지금까지 9개월째 총 622회의 여진이 이어지고 있습니다. 우리는 그동안 대한민국은 지진으로부터 안전한 나라라고 믿어왔습니다. 그러나 이제 대한민국이 더 이상 지진 안전지대가 아님을 인정해야 합니다. 우리는 당면한 위험을 직시해야 합니다.

특히 지진으로 인한 원전 사고는 너무나 치명적입니다. 일본은 세계에서 지진에 가장 잘 대비해온 나라로 평가받았습니다. 그러나 2011년 발생한 후쿠시마 원전 사고로 2016년 3월 현재 총 1,368명이 사망했고, 피해 복구에 총 220조 원이라는 천문학적 예산이 들 것이라고 합니다. 사고 이후 방사능 영향으로 인한 사망자나 암 환자 발생 수는 파악조차 불가능한 상황입니다. 후쿠시마 원전 사고는 원전이 안전하지도 않고, 저렴하지도 않으며, 친환경적이지도 않다는 사실을 분명히 보여주었습니다.

그 이후 서구 선진국가들은 빠르게 원전을 줄이면서 탈핵을 선언하고 있습니다. 하지만 우리는 여전히 핵발전소를 늘려왔습니다. 그 결과, 우리나라는 전 세계에서 원전이 가장 밀집한 나라가 되었습니다. 국토면적당 원전 설비용량은 물론이고 단지별 밀집도, 반경 30킬로미터 이내 인구수 모두 세계 1위입니다.

특히 고리 원전은 반경 30킬로미터 안에 부산 248만 명, 울산 103만 명, 경남 29만 명 등 총 382만 명의 주민이 살고 있습니다. 월성 원전도 130만 명으로 2위에 올라 있습니다. 후쿠시마 원전 사고 당시 주민 대피령이 내려진 30킬로미터 안 인구는 17만 명이었습니다. 그러나 우리는 그보다 무려 22배가 넘는 인구가 밀집되어 있습니다. 그럴 가능성이 아주 낮지만 혹시라도 원전 사고가 발생한다면 상상할 수 없는 피해로 이어질 수 있습니다.

존경하는 국민 여러분!

저는 지난 대선에서 안전한 대한민국을 약속드렸습니다. 세월호 이전과 이후가 전혀 다른 대한민국을 만들겠다고 약속했습니다. 안전한 대한민국은 세월호 아이들과 맺은 굳은 약속입니다. 새 정부는 원전 안전성 확보를 나라의 존망이 걸린 국가안보 문제로 인식하고 대처하겠습니다. 대통령이 직접 점검하고 챙기겠습니다. 원자력안전위원회를 대통령 직속 위원회로 승격하여 위상을 높이고 다양성과 대표성, 독립성을 강화하겠습니다.

원전정책도 전면적으로 재검토하겠습니다. 원전 중심의 발전정책을 폐기하고 탈핵 시대로 가겠습니다. 준비 중인 신규 원전 건설계획은 전면 백지화하겠습니다.

원전의 설계 수명을 연장하지 않겠습니다. 현재 수명을 연장하여 가동 중인 월성1호기는 전력 수급 상황을 고려하여 가급적 빨리 폐쇄하겠습니다. 설계 수명이 다한 원전 가동을 연장하는 것은 선박 운항 선령을 연장한 세월호와 같습니다. 지금 건설 중인 신고리 5·6호기는 안전성과 함께 공정률과 투입 비용, 보상 비용, 전력 설비 예비율 등을 종합 고려하여 빠른 시일 내에 사회적 합의를 도출하겠습니다.

원전 안전기준도 대폭 강화하겠습니다. 지금 탈원전을 시작하더라도 현재 가동 중인 원전의 수명이 다할 때까지는 앞으로도 수십 년의 시간이 더 소요될 것입니다. 그때까지 우리 국민의 안전이 끝까지 완벽하게 지켜져야 합니다. 지금 가동 중인 원전의 내진 설계는 후쿠시마 원전 사고 이후 보강되었습니다. 그 보강이 충분한지, 제대로 이루어졌는지 다시 한번 점검하겠습니다.

새 정부 원전정책의 주인은 국민입니다. 원전 운영의 투명성도 대폭 강화하겠습니다. 지금까지 원전 운영 과정에서 크고 작은 사고가 있었고, 심지어는 원자로 전원이 끊기는 블랙아웃 사태가 발생하기도 했습니다. 그러나 과거 정부는 이를 국민에게 제대로 알리지 않고 은폐하는 사례도 있었습니다. 새 정부에서는 무슨 일이든지 국민의 안전과 관련되는 일이라면 국민께 투명하게 알리는 것을 원전정책의 기본으로 삼겠습니다.

탈원전을 둘러싸고 전력 수급과 전기료를 걱정하는 산업계의 우려가 있습니다. 막대한 폐쇄 비용을 걱정하는 의견도 있습니다. 그러나 탈원전은 거스를 수 없는 시대의 흐름입니다. 수만 년 이 땅에서 살아갈 우리 후손을 위해 지금 시작해야만 하는 일입니다. 저의 탈핵·탈원전정책은 핵발전소를 긴 세월에 걸쳐 서서히 줄여가는 것이어서 우리 사회가 충분히 감당할 수 있습니다. 국민께서 안심할 수 있는 탈핵 로드맵을 빠른 시일 내에 마련하겠습니다.

존경하는 국민 여러분!

새 정부는 탈원전과 함께 미래 에너지 시대를 열겠습니다. 신재생에너지와 LNG 발전을 비롯한 깨끗하고 안전한 청정 에너지 산업을 적극 육성하겠습니다. 4차 산업혁명과 연계하여 에너지산업이 대한민국의 새로운 성장 동력이 되도록 하겠습니다.

지금 세계는 에너지 전쟁을 벌이고 있습니다. 지구온난화에 따른 이상고온, 파리기후협정 등 국제 환경 변화에 능동적으로 대처해야 합니다. 석유의 나라 사우디아라비아가 탈석유를 선언하고 국부 펀드를 만들어 태양광 같은 신재생 에너지 사업에 힘을 쏟고 있습니다. 애플(Apple Inc.)도 태양광 전기 판매를 시작했고 구글(Google Inc.)도 구글에너지를 설립하고 태양광 사업에 뛰어든 지 오래입니다.

우리도 세계적 추세에 뒤떨어져서는 안 됩니다. 원전과 함께 석탄화력발전을 줄이고 천연가스발전 설비 가동률을 늘려가겠습니다. 석탄화력발전소 신규 건설을 전면 중단하겠습니다. 노후화된 석탄화력발전소 10기에 대한 폐쇄

조치도 제 임기 내에 완료하겠습니다. 이미 지난 5월 15일 미세먼지대책으로 30년 이상 된 노후 석탄화력발전소 8기를 일시 중단한 바 있습니다. 석탄화력 발전을 줄여가는 첫걸음을 이미 시작했습니다.

태양광·해상풍력산업을 적극 육성하고 4차 산업혁명에 대비한 에너지 생태계를 구축해가겠습니다. 친환경 에너지 세제를 합리적으로 정비하고 에너지 고소비 산업 구조도 효율적으로 바꾸겠습니다. 산업용 전기요금을 재편하여 산업 부분에서의 전력 과소비를 방지하겠습니다. 산업 경쟁력에 피해가 없도록 중장기적으로 추진하고 중소기업은 지원하겠습니다.

존경하는 국민 여러분!

오늘 고리1호기 영구 정지는 우리에게 또 다른 기회입니다. 원전 해체에 대한 노하우를 축적해 원전 해체산업을 육성할 수 있는 계기가 되기 때문입니다. 원전 해체는 많은 시간과 비용, 그리고 첨단 과학기술을 필요로 하는 고난도 작업입니다. 탈원전의 흐름 속에 세계 각국에서 원전 해체 수요가 많이 발생하고 있습니다. 그러나 현재까지 원전 해체 경험이 있는 국가는 미국·독일·일본 뿐입니다. 현재 우리나라의 기술력은 미국 등 선진국의 80% 수준이며, 원전 해체에 필요한 상용화 기술 58개 중 41개를 확보하고 있습니다. 좀 더 서두르 겠습니다. 원전 해체 기술력 확보를 위해 동남권 지역에 관련 연구소를 설립하고 적극 지원하겠습니다. 대한민국이 원전 해체 산업 선도국가가 될 수 있도록 정부는 노력과 지원을 아끼지 않겠습니다.

존경하는 국민 여러분!

우리는 지금 새로운 도전을 시작하고 있습니다. 익숙한 것과 결별하고 새로운 것을 창조해야 합니다. 국민의 생명과 안전을 지키면서 안정적인 전력공급도 유지해야 합니다. 원전과 석탄화력을 줄여가면서 이를 대체할 신재생에너지를 제때에 값싸게 생산해야 합니다.

국가 에너지정책의 대전환, 결코 쉽지 않은 일입니다. 정부와 민간, 산업계와 과학기술계가 함께해야 합니다. 국민의 에너지 인식도 바뀌어야 합니다. 탈원전·탈석탄 로드맵과 함께 친환경 에너지정책을 수립하겠습니다. 많은 어려움이 있을 것입니다. 그러나 분명히 가야 할 길입니다. 건강한 에너지. 안전한 에너지, 깨끗한 에너지 시대로 가겠습니다. 국민의 안전과 생명을 최고의 가치로 생각하는 안전한 대한민국을 만들겠습니다.

감사합니다.

다듬어 고친 글

* 1971년 ~~착공을 시작한~~*공사를 시작한 그때부터 지금까지 고리1호기가 가동되는 동안 많은 분의 땀과 노력이 있었습니다. **1호기를 움직이는 동안 많은 분이 땀과 노력을 바쳤습니다.**

* 이 자리를 빌려서 관계자 여러분의 ~~노고를 치하하며,~~ **노고에 고마움을 전합니다.** ~~특히~~**더욱이** 현장에서 고리 1호기의 관리에 애써오신 분들께 깊이 감사드립니다.

* 저는 오늘을 ~~기점으로~~**출발점으로** 우리 사회가 국가 에너지정책에 대한 새로운 합의를 모아 나가기를 ~~기대합니다.~~ **바랍니다.**

* 그동안 ~~우리나라의~~**우리나라** 에너지정책은 낮은 가격과 효율성을 ~~추구했습니다.~~ **좇았습니다.**

* 값싼 발전단가를 최고로 여겼고 국민의 생명과 안전은 ~~후순위였습니다.~~ **뒷전이었습니다.**

* ~~지속가능한 환경에 대한 고려도 경시되었습니다.~~ **지속할 수 있는 환경도 가벼이 여겼습니다.**

* 원전은 ~~에너지의 대부분을~~**에너지를 거의** 수입해야 하는 우리가 개발도상국가 시기에 선택한 에너지 정책이었습니다.

* ~~국가의~~**국가** 경제수준이 달라졌고, 환경의 중요성에 대한 인식도 높

---

* 착공(着工)이 공사를 시작한다는 뜻이므로 '시작하다'를 되풀이한 경우다. 한자말을 쓰면 이런 일이 많이 생긴다.

아졌습니다. *환경을 중요하게 여기는 생각도 깊어졌습니다.

* 국민의 생명과 안전이 무엇보다 중요하다는 것이 <u>확고한 사회적 합의로</u>**사회 합의로 탄탄하게** 자리 잡았습니다.

* <u>국가의</u>**국가** 에너지정책도 이러한 변화에 발맞춰야 합니다.

* 국민의 생명과 안전, 건강을 위협하는 요인을 <u>제거해야</u>**없애야** 합니다.

* <u>지속가능한</u>**지속할 수 있는** 환경, <u>지속가능한</u>**지속할 수 있는** 성장을 <u>추구해야</u>**좇아야** 합니다.

* 국민 안전을 <u>최우선으로 하는</u>**가장 먼저 생각하는** 청정에너지 시대! 저는 이것이 <u>우리의</u>**우리** 에너지정책이 <u>추구할</u>**좇을** 목표라고 <u>확신합니다.</u>**굳게 믿습니다.**

* <u>진도 5.8,</u>**진도 5.8은** 1978년 기상청 관측 시작 이후**기상청이 관측을 시작한 뒤** 한반도에서 발생한 가장 강력한 지진이었습니다.

* 다행히 사망자는 없었지만 스물세 분이 다쳤고 총 <u>110억 원의 재산피해가</u>**재산피해도 110억 원이나** 발생했습니다.

* 경주 지진의 여진은 지금도 <u>계속되고</u>**이어지고** 있습니다.

* 엿새 전에도 <u>진도 2.1의</u>**진도 2.1인** 여진이 발생했고, 지금까지 9개월째 총 <u>622회의 여진이</u>**여진이 622회나** 이어지고 있습니다.

* 우리는 그동안 대한민국은 <u>지진으로부터</u>**지진에서** 안전한 나라라고 믿어 왔습니다.

* 우리는 <u>당면한</u>**눈앞에 닥친** 위험을 <u>직시해야</u>**똑바로 보아야** 합니다.

---

    * '인식이 높아졌다'는 표현이 좀 이상하다. '인식 수준이 높아졌다'는 표현으로 보인다. 여기서는 '생각이 깊어졌다'로 고쳐보았다.

* 특히 지진으로 인한 더욱이 지진 때문에 일어난 원전 사고는 너무나 치명적입니다. *한순간에 사람의 목숨과 재산을 앗아갑니다.

* 그러나 2011년 발생한 후쿠시마 원전 사고로 2016년 3월 현재 총모두 1,368명이 사망했고, 피해복구에 총모두 220조 원이라는 천문학적 엄청난 예산이 들 것이라고 합니다.

* 후쿠시마 원전사고는 원전이 안전하지도 않고, 저렴하지도 싸지도 않으며, 친환경적이지도 친환경이지도 않다는 사실을 분명히 보여주었습니다.

* 그 이후 뒤 서구 선진국가들은 선진국은 빠르게 원전을 줄이면서 탈핵을 선언하고 있습니다.

* 특히 더구나 고리원전은 반경 30킬로미터 안에 부산 248만 명, 울산 103만 명, 경남 29만 명 등 총 382만 명의 주민이 † 29만 명으로 주민이 382만 명이나 살고 있습니다.

* 그러나 우리는 그보다 후쿠시마 원전보다 22배가 넘는 인구가 밀집

---

* '치명적'이라는 한자말을 더 구체로 표현했다. 말은 구체로 할 때 힘이 생겨서 듣는 이의 머리와 마음을 움직인다.

† 한 송이의 꽃이라고 말하는 것과 꽃 한 송이라고 말하는 것 가운데 어느 것이 더 자연스러울까? 우리는 "한 송이의 꽃이 얼마예요?"로 말하지 않는다. "꽃 한 송이 얼마예요?"하지. 근데 조금 다른 예를 들어보면 헷갈린다. "한 송이의 국화꽃을 피우기 위해"와 "국화꽃 한 송이를 피우기 위해"에서 어느 게 더 마음에 와닿는가? 앞 문장이 너무 익숙하고 좋아서 판단하기 힘들다. 하지만 우리는 말할 때는 앞 문장처럼 말하지 않는다. 중학교 때 영어 문장을 번역하면서 숫자를 먼저 말할 때 들었던 낯설음이 떠오른다. 그 전에는 한 번도 그렇게 말해본 적이 없기 때문이다. 다른 나라 말을 우리말로 번역한 책을 많이 본 분들은 오히려 우리말투로 쓴 글을 낯설어하는 경우가 있다. 그만큼 말버릇, 글버릇은 바꾸기 힘들다. 여러분은 어떤지 깊이 헤아려보시기 바란다.

되어 *빽빽하게 모여 살고 있습니다.

* 새 정부는 원전 안전성 확보를 나라의 존망이 걸린 국가안보 문제로 인식하고마음에 새기고 대처하겠습니다.

* 원전정책도 전면적으로 재검토하겠습니다. 모두 다시 검토하겠습니다.

* 원전 중심의 발전정책을 폐기하고버리고 탈핵 시대로 가겠습니다.

* 준비 중인 신규지금 준비하고 있는 새 원전 건설계획은 전면 백지화하겠습니다. 모두 없애겠습니다.

* 현재 수명을 연장하여 가동 중인연장해 움직이고 있는 월성1호기는 전력 수급 상황을 고려하여고려해 가급적되도록 빨리 폐쇄하겠습니다. 문을 닫겠습니다.

* 설계 수명이 다한 원전 가동을 연장하는 것은 선박 운항 선령을배가 운항할 수 있는 기간을 연장한 세월호와 같습니다.

* 지금 건설 중인짓고 있는 신고리 5·6호기는 안전성과 함께 공정률과 투입 비용, 보상 비용, 전력 설비 예비율 등을 종합 고려하여들을 모두 고려해 빠른 시일 내에안 사회적 합의를 도출하겠습니다.사회 합의를 이끌어내겠습니다.

* 지금 탈원전을 시작하더라도 현재 가동 중인 원전의움직이고 있는 원전 수명이 다할 때까지는 앞으로도 수십 년의 시간이몇십 년이 더 소요될걸릴 것입니다.

* 그때까지 우리 국민의 안전이 끝까지 완벽하게 지켜져야안전을 끝

---

* 밀집이라는 한자말보다 '빽빽하게 모여 산다'는 우리말이 훨씬 더 삶을 구체로 보여준다. 말을 잘하고 글을 잘 쓴다는 건 표현을 구체로 한다는 말이다.

까지 완벽하게 지켜야 합니다.

* 지금 가동 중인움직이고 있는 원전의 내진 설계는 후쿠시마 원전 사고 이후뒤 보강되었습니다.보강했습니다.

* 원전 운영의 투명성도 대폭 강화하겠습니다.*운영을 속까지 더 환히 보이게 하겠습니다.

* 지금까지 원전 운영 과정에서 크고 작은 사고가 있었고, 심지어는 원자로 전원이 끊기는 블랙아웃 사태큰 정전 사태(블랙아웃)가 발생하기도 했습니다.

* 그러나 과거 정부는 이를†이런 사태를 국민에게 제대로 알리지 않고 은폐하는숨기는 사례도 있었습니다.

* 새 정부에서는 무슨 일이든지 국민의국민 안전과 관련되는관련한 일이라면 국민께 투명하게 알리는 것을속까지 환하게 내보이는 것을 원전정책의 기본으로 삼겠습니다.

* 탈원전을 둘러싸고 전력수급과 전기료를 걱정하는 산업계의 우려가 있습니다.산업계가 전력의 수요와 공급, 전기료를 걱정합니다.

* 수만몇만 년 이 땅에서 살아갈 우리 후손을 위해 지금 시작해야만 하는 일입니다.

* 저의제 탈핵 탈원전정책은 핵발전소를 긴 세월에 걸쳐 서서히천천

히 줄여가는 것이어서 우리 사회가 충분히 감당할견뎌낼 수 있습니다.

* 국민께서 안심할 수 있는 탈핵 로드맵을이정표를 빠른 시일 내에안에 마련하겠습니다.

* 신재생에너지와 LNG액화천연가스(LNG) 발전을 비롯한 깨끗하고 안전한 청정에너지 산업을 적극 육성하겠습니다.키우겠습니다.

* 4차 산업혁명과 연계하여연계해 에너지산업이 대한민국의 새로운 성장 동력이 되도록 하겠습니다.

* 지구온난화에지구가 더워짐에 따른 이상고온, 파리기후협정 등같은 국제 환경 변화에 능동적으로능동 대처해야 합니다.

* 석유의 나라 사우디아라비아가 탈석유를 선언하고 국부 펀드를기금을 만들어 태양광 같은 신재생에너지 사업에 힘을 쏟고 있습니다.

* 우리도 세계적 추세에세계 흐름에 뒤떨어져서는 안됩니다.

* 석탄화력발전소 신규 건설을 전면 중단하겠습니다.석탄화력발전소를 새로 짓지 않겠습니다.

* 노후화된낡고 오래된 석탄화력발전소 10기에 대한 폐쇄 조치도 제 임기 내에 완료하겠습니다.10기를 제 임기 안에 없애겠습니다.

* 이미 지난 5월 15일 미세먼지대책으로 30년 이상 된운영한 노후낡고 오래된 석탄화력발전소 8기를 일시 중단한 바멈춘 적이 있습니다.

* 태양광·해상풍력 산업을 적극 육성하고키우고 4차 산업혁명에 대비한 에너지 생태계를 구축해가겠습니다.만들어가겠습니다.

* 친환경 에너지 세제를 합리적으로 정비하고 에너지 고소비 산업구
조도 효율적으로 바꾸겠습니다. 세금체계를 이치에 맞게 고치고 에
너지를 많이 쓰는 산업구조도 에너지를 적게 쓰는 산업구조로 바
꾸겠습니다.

* 산업용 전기요금을 재편하여**재편해** 산업 부분에서의**산업 부문** 전
력 과소비를 방지하겠습니다. **막겠습니다.**

* 산업 경쟁력에 피해가 없도록 중장기적으로 추진하고**중장기 계획**
을 세워 밀고나가고 중소기업은 지원하겠습니다. **돕겠습니다.**

* 원전 해체에 대한 노하우를 축적해 원전 해체산업을 육성할 수**원전**
을 없애는 기술을 쌓아 원전을 없애는 산업을 키울 수 있는 계기
가 되기 때문입니다.

* 원전 해체는**없애기는** 많은 시간과 비용, 그리고 첨단 과학기술을
필요로 하는 고난도**과학기술이 필요한** 매우 어려운 작업입니다.

* 탈원전의 흐름 속에 세계 각국에서**여러 나라에서** 원전 해체**없애기**
수요가 많이 발생하고 있습니다.

* 그러나 현재까지 원전 해체**없애기** 경험이 있는 국가는 미국·독일·
일본뿐입니다.

* 현재 우리나라의**우리나라** 기술력은 미국 등**같은** 선진국의 80% 수
준이며, 원전 해체에 필요한 상용화**원전 없애기에 필요한 일상에서**
쓸 수 있는 기술 58개 중에**가운데** 41개를 확보하고**갖고** 있습니다.

* 원전 해체**없애기** 기술력 확보를 위해 동남권 지역에 관련 연구소
를 설립하고 적극 지원하겠습니다. **세워 적극 돕겠습니다.**

* 대한민국이 원전 해체 산업 선도국가가**없애기 산업을 앞장서 이끄**

쉬운 우리말로 고쳐 읽는 대통령 연설문

는 국가가 될 수 있도록 정부는 노력과 지원을 ~~도움을~~ 아끼지 않겠습니다.

* 익숙한 ~~것과 결별하고~~것을 끊어내고 새로운 것을 ~~창조해야~~*새로운 것을 만들어야 합니다.

* 국민의 생명과 안전을 지키면서 ~~안정적인 전력공급도 유지해야~~전력공급도 안정시켜야 합니다.

* 원전과 석탄화력을 줄여가면서 이를 ~~대체할~~줄이는 대신 신재생에너지를 제때에 값싸게 생산해야 합니다.

* 탈원전·탈석탄 ~~로드맵과~~이정표와 함께 친환경 에너지정책을 ~~수립하겠습니다.~~세우겠습니다.

---

* '창조'(創造)는 비롯할 창, 지을 조로 새로운 것을 만든다는 뜻이다. 따라서 앞에 '새로운 것'을 없애든지 '창조'를 그냥 '만들다'는 뜻으로 쓰면 된다. 한자말을 쓰면 같은 말을 되풀이해야 하는 경우가 자주 생긴다. 따라서 한자말 쓰기를 되도록 줄여나가야 한다.

김대중 대통령 서거 8주기 추도사

2017년 8월 18일

존경하는 내외 귀빈 여러분!

　우리는 오늘 김대중 대통령님을 추모하면서 대통령님께서 평생 동안 걸었던 민주화와 인권, 서민경제와 평화통일의 길을 되새기기 위해 모였습니다.

　작년 4월, 저는 김홍걸 국민통합위원장과 함께 하의도를 찾았습니다. 생가와 모교를 방문했고, 마을 분들과 대통령님의 이야기를 나눴습니다. 방파제에 앉아 대통령님께서 그토록 사랑했던 하의도 바다를 바라보았습니다. "섬에서 자라면서 그토록 원 없이 바닷바람을 맞고 바다를 바라보았지만 지금도 바다가 그렇게 좋다"고 대통령님께서 자서전에서 하신 말씀이 생각났습니다. 제가 태어난 거제도 바다, 제가 자란 부산 영도의 바다도 거기에 함께 있었습니다. 작은 섬 하의도에서 시작한 김대중 대통령님의 삶은 목포에서 서울로, 평양으로, 세계로 이어져 마침내 하나의 길이 되었습니다. 개인적으로는 본받고 싶은 정의로운 삶의 길이고, 국가적으로는 한반도의 평화와 번영을 위해 뒤따라야 할 길입니다.

고난과 역경을 이겨낸 대통령님의 삶에는 이희호 여사님이 계십니다. 여사님은 대통령님과 함께 독재의 온갖 폭압과 색깔론과 지역차별에도 국민과 역사에 대한 믿음을 굳건히 지켜낸 동지입니다. 다시 한번 이희호 여사님과 가족께 깊은 존경과 위로의 인사를 드립니다.

존경하는 내외 귀빈 여러분!

저는, 무너진 나라를 다시 일으켜 세우겠다는 각오로 대통령 직무를 수행해오고 있습니다. 20년 전, 전대미문의 국가 부도 사태에 직면했던 김대중 대통령님의 심정도 같았을 것입니다. 1998년 취임 연설 중에 국민의 고통을 말씀하시면서 목이 메어 한동안 말을 잇지 못하던 모습이 또렷합니다. 국민을 사랑하는 마음이 절로 배어나오는 그 모습에 국민도 같이 눈물을 흘렸습니다. 대통령님을 믿고 단합했습니다. 나라 빚 갚는 데 보태라며 아이 돌 반지까지 내놓은 국민의 애국심과 뼈를 깎는 개혁으로 국가적 위기를 극복했습니다.

대통령님은 벼랑 끝 경제를 살리는 데만 그치지 않았습니다. 햇볕정책을 통해 얼어붙은 남북관계를 개선해나갔습니다. 2000년 6월 역사적인 남북정상회담과 6·15남북공동선언으로 남북 화해·협력의 빛나는 이정표를 세웠습니다. 두 번에 걸친 연평해전을 승리로 이끈 분도 김대중 대통령님입니다. 대통령님은 안보는 안보대로 철통같이 강화하고, 평화는 평화대로 확고하게 다지는 지혜와 결단력을 발휘했습니다. 이후 참여정부가 끝날 때까지 남북 간에 단한 건도 군사적 충돌이 발생하지 않는 평화가 지켜졌습니다.

우리의 외교·안보 상황이 다시 엄중해진 지금, 저는 김대중 대통령님의 영전과 자랑스러운 민주정부의 전통 앞에서 다짐합니다. 김대중 대통령님이 보여주신 통일을 향한 담대한 비전과 실사구시의 정신, 안보와 평화에 대한 결연한 의지로 한반도 문제 해결의 주인은 바로 우리 자신이라는 원칙을 흔들림 없이 지켜나갈 것입니다. 나아가 평화를 지키는 안보를 넘어 평화를 만드는 안보로 한반도 평화와 경제 번영을 함께 이뤄가겠습니다.

국민통합과 적폐청산, 양극화와 불평등 해소의 과제도 민주정부의 자부심, 책임감으로 온 힘을 다해 해결할 것입니다.

존경하는 내외 귀빈 여러분!

80년 전, 하의도 소년은 청운의 뜻을 품고 설레는 가슴으로 목포로 향하는 배에 올랐다고 《김대중 자서전》은 말하고 있습니다. 세월이 지나 소년의 이름 김대중은 민주주의와 평화를 염원하는 모든 이들에게 참된 용기의 상징이 되었습니다. 아무리 먹구름이 몰려오더라도, 한반도 역사에 새겨진 김대중 대통령님의 길을 따라 남북이 다시 만나고 희망이 열릴 것이라고 저는 믿습니다.

당신이 하셨던 말이 생각납니다. "인생은 아름답고, 역사는 발전한다."

발전하는 역사에서 김대중이라는 이름은 항상 기억될 것입니다.

김대중 대통령님 그립습니다. 그리고 고맙습니다.

감사합니다.

다듬어 고친 글

* 우리는 오늘 김대중 대통령님을 추모하면서 대통령님께서 평생 동안 걸었던 민주화와**민주주의와** 인권, 서민경제와 평화통일의 길을 되새기기 위해 모였습니다.

* 개인적으로는**개인으로는** 본받고**닮고** 싶은 정의로운 삶의 길이고, 국가적으로는**국가로는** 한반도의 평화와 번영을 위해 뒤따라야 할 길입니다.

* 다시 한번 이희호 여사님과 가족께 깊은 존경과 위로의**깊이 존경하고 위로한다는** 인사를 드립니다.

* 20년 전, 전대미문의**이제껏 들은 적 없는** 국가 부도 사태에 직면했던**부닥친** 김대중 대통령님의 심정도 같았을 것입니다.

* 1998년 취임 연설 중에**가운데** 국민의 고통을 말씀하시면서 목이 메어 한동안 말을 잇지 못하던 모습이 또렷합니다.

* 나라 빚 갚는 데 보태라며 아이 돌 반지까지 내놓은 국민의 애국심과 뼈를 깎는 개혁으로 국가적**국가의** 위기를 극복했습니다.**이겨냈습니다.**

* 햇볕정책을 통해**햇볕정책으로** 얼어붙은 남북관계를 개선해나갔습니다.

* 2000년 6월 역사적인**역사에 남을** 남북정상회담과 6·15공동선언으로 남북 화해·협력의 빛나는 이정표를 세웠습니다.

* 대통령님은 안보는 안보대로 철통같이 강화하고, **굳건히 하고,** 평화는 평화대로 확고하게**탄탄하게** 다지는 지혜와 결단력을 발휘했습니다.

* 우리의**우리** 외교·안보 상황이 다시 엄중해진 지금, 저는 김대중 대통령님의 영전과**넋과** 자랑스러운 민주정부의 전통 앞에서 다짐합니다.

* 김대중 대통령님이 보여주신 통일을 향한**통일로 나아가는** 담대한 통 큰 비전과**전망과** 실사구시의**사실에** 바탕을 두고 진리를 탐구하는 실사구시 정신, 안보와 평화에 대한 결연한**옹골찬/꿋꿋한** 의지로 한반도 문제 해결의 주인은 바로 우리 자신이라는 원칙을 흔들림 없이 지켜나갈 것입니다.

* 국민통합과 적폐청산, 양극화와 불평등 해소의*소득 차이가 벌어져서 나타나는 불평등을 없애는 과제도 민주정부의 자부심, 책임감으로 온 힘을 다해 해결할**풀어나갈** 것입니다.

* 80년 전, 하의도 소년은 청운의 뜻을 품고**푸른 꿈을 안고** 설레는 가슴으로 목포로 향하는**가는** 배에 올랐다고 《김대중 자서전》은 말하고 있습니다.

* 세월이 지나 소년의 이름 김대중은 민주주의와 평화를 염원하는**애타게 바라는** 모든 이들에게 참된 용기의 상징이 되었습니다.

* 발전하는 역사에서 김대중이라는 이름은 항상 기억될 것입니다. **이**

---

* '양극화'는 경제의 양극화와 사회의 양극화로 나눌 수 있는데 이 두 가지 양극화 모두 그 밑바탕에는 '소득 차이가 벌어지는 현실'이 깔려 있다. 따라서 여기서는 양극화를 '소득 차이가 벌어져서 나타나는'으로 풀어 썼다.

름을 늘 기억할 것입니다.

쉬운 우리말로 고쳐 읽는 대통령 연설문

"더 좋은 민주주의를 위해
노력하겠습니다."

제31주년 6·10민주항쟁 기념식

2018년 6월 10일

존경하는 국민 여러분!

6·10 민주항쟁 서른한 돌을 맞아 전국을 뜨겁게 달구었던 민주주의의 함성을 우리 사회 곳곳에서 다시 듣습니다. 모두 한마음으로 외쳤던 그날의 함성은 자기의 삶을 변화시키는 목소리가 됐습니다. 6월의 민주주의는 국민 각자의 생활에 뿌리내려 살아 있는 민주주의가 되고 있습니다.

한 세대를 마무리하는 30주년을 보내고 새로운 세대, 새로운 시대를 맞이하는 오늘 우리는 더 좋은 민주주의를 생각하게 됐습니다. 이날이 오기까지, 민주주의를 지킨 열사들과 각자의 자리에서 민주주의의 발전을 위해 노력해온 국민께 존경과 감사의 마음을 전합니다.

국민 여러분!

민주주의는 다양한 얼굴을 가지고 있습니다. 그동안 우리는 국민주권을 제대로 찾는 정치민주주의를 위해 노력해왔습니다. 6월 민주항쟁의 승리로 우리가 직접 대통령을 뽑게 되었고 제도로써의 민주주의를 구축하게 됐습니다. 그러나 우리 사회 곳곳에는 여전히 새로운 민주주의를 위한 노력이 계속되고 있습니다. 평등한 인간관계를 위한 가정과 학교에서의 민주주의는 모든 민주주의의 바탕이 됩니다.

모든 국민은 인간다운 생활을 할 권리가 있습니다. 최저생활이 보장되어야 하며 성장의 과실은 공정하게 분배되어야 합니다. 경제민주주의는 누구도 부정할 수 없는 시대적 요구입니다. 성별이나 장애로 인해 받는 차별은 사라져야 합니다. 성평등이 실현될 때 민주주의는 더 커질 것입니다.

생태민주주의는 인간중심주의를 넘어 모든 생명체와 공존해야 한다고 말하고 있습니다.

생명의 가치를 우선하고 이웃의 아픔에 공감해야 더 좋은 민주주의를 실현할 수 있습니다.

우리가 오래도록 정치민주주의를 위해 힘을 모은 것은 정치적 자유를 통해 더 좋은 민주주의를 실현하기 위해서였습니다. 이제 민주주의는 다양한 분야에서 자신의 얼굴로 당당하게 목소리를 내야 합니다. 자신의 자리에서 민주주의의 가치를 실현할 때 6월 민주항쟁도 완성될 것입니다.

국민 여러분!

6월 민주항쟁의 과정에서도 우리 국민은 다양한 방법으로 항쟁에 참여했습니다. 학생들이 앞장서 '호헌철폐, 독재타도'를 외쳤습니다. 택시기사들은 경적을 울렸습니다. 어머니들은 총과 방패에 꽃을 달았습니다. 여고생들은 자신의 도시락을 철제문 사이로 건네주었습니다. 상인들은 음료와 생필품을 보내왔습니다. 회사원들은 군중을 향해 꽃과 휴지를 던져 응원했습니다. 언론·출판인들은 진실을 왜곡하는 보도지침을 폭로했습니다. 노동자들은 잔업을 끝내고 나와 철야 시위와 밤샘 농성에 함께했습니다.

학생, 시민, 노동자들은 각자의 자리에서 가진 것을 나누며 자신의 민주주의를 이뤄냈습니다. 4·19혁명부터 이어온 각 분야의 운동이 하나로 모였고, 각자가 간직하고 키워온 민주주의를 가지고 촛불혁명의 광장으로 다시 모였습니다.

존경하는 국민 여러분!

민주주의는 잘 가꾸어야 합니다. 조금만 소홀하면 금세 시들어버립니다. 끊임없이 되돌아보고 일상에서 민주주의를 실천해야 합니다. 그런 의미에서 우리에게 민주주의의 역사적 시간과 공간을 되살리는 일은 매우 중요합니다.

2001년 여야 합의로 '민주화운동기념사업회법'을 제정하고 민주화운동기념관 건립을 추진해온 것도 민주주의와 인권의 가치를 국민과 나누기 위해서였습니다. 이제 민주화운동기념사업회와 시민사회의 오랜 노력으로 사회적 여론이 조성되었고 정부가 지원을 결정했습니다.

우리 민주주의 역사에는 고문과 불법감금, 장기구금과 의문사 등 국가폭력에 희생당한 많은 분들의 절규와 눈물이 담겨 있습니다. 그 대표적인 장소가 '남영동 대공분실'입니다. 민주주의자 김근태 의장이 고문당하고, 박종철 열사가 희생된 이곳에 민주인권기념관을 조성할 것입니다. 새로 만들어지는 민주인권기념관은 아픈 역사를 기억하는 동시에 민주주의의 미래를 열어가는 공간이 될 것입니다. 민주화운동기념사업회를 비롯하여 공공기관, 인권단체들, 고문피해자와 민주화운동 관련자들이 이 공간을 함께 만들고 키워갈 수 있도록 정부가 적극 돕겠습니다.

　존경하는 국민 여러분!

　민주주의와 함께 국민 모두의 소망이었던 한반도 평화가 다가오고 있습니다. 우리에게 평화는 민주주의와 한 몸입니다. 민주주의의 진전은 평화의 길을 넓히고 평화의 정착은 민주주의의 토대를 더욱 굳건히 만들 것입니다.

　이제 6·10민주항쟁에서 시작해 촛불혁명으로 이어져온 국민주권 시대는 평화의 한반도에서 다양한 얼굴의 민주주의로 실현될 것입니다. 각자의 자리에서 지켜가고 만들어가는 민주주의를 응원합니다. 정부도 더 좋은 민주주의를 위해 더욱 노력하겠습니다.

　감사합니다.

다듬어 고친 글

* 모두 한마음으로 외쳤던 그날의 함성은 ~~자기의~~**저마다 제** 삶을 변화~~시키는~~**바꾸는** 목소리가 됐습니다.
* 6월의 민주주의는 ~~국민 각자의~~**국민 저마다 제** 생활에 뿌리내려 살아 있는 민주주의가 되고 있습니다.
* 이날이 오기까지, 민주주의를 지킨 열사들과 ~~각자의~~**저마다 제** 자리에서 ~~민주주의의~~**민주주의** 발전을 위해 ~~노력해온 국민께~~**힘써온 국민께** 존경과 감사의 마음을 전합니다.
* 6월 민주항쟁의 승리로 우리가 직접 대통령을 뽑게 되었고 ~~제도로써의~~**제도로써** 민주주의를 ~~구축하게~~**만들게** 되었습니다.
* 그러나 우리 사회 곳곳에는 여전히 새로운 민주주의를 위한 ~~노력이~~**노력을** ~~계속되고~~**이어가고** 있습니다.
* 평등한 인간관계를 위한 가정과 ~~학교에서의~~**학교/학교의** 민주주의는 모든 민주주의의 바탕이 됩니다.
* ~~최저생활이~~**최저생활을** ~~보장되어야~~**보장해야** 하며 성장의 과실은 공정하게 ~~분배되어야~~**나누어야** 합니다.
* 경제민주주의는 누구도 부정할 수 없는 ~~시대적~~**시대의** 요구입니다.
* 성별이나 ~~장애로 인해~~**장애 때문에** 받는 차별은 사라져야 합니다.
* ~~성평등이~~**성평등을** ~~실현될~~**실현할** 때 민주주의는 더 커질 것입니다.
* 생태민주주의는 ~~인간중심주의를~~**사람중심주의를** 넘어 모든 생명체

와 공존해야함께 살아야 한다고 말하고 있습니다.

* 생명의 가치를 우선하고먼저 내세우고 이웃의 아픔에 공감해야 더 좋은 민주주의를 실현할 수 있습니다.

* 우리가 오래도록 정치민주주의를 위해 힘을 모은 것은 정치적정치의 자유를 통해거쳐 더 좋은 민주주의를 실현하기 위해서였습니다.

* 이제 민주주의는 다양한여러 가지 분야에서갈래에서 자신의 얼굴로 당당하게 목소리를 내야 합니다.

* 자신의 자리에서 민주주의의민주주의 가치를 실현할 때 6월 민주항쟁도 완성될이룩될 것입니다.

* 언론·출판인들은 진실을 왜곡하는억누르고 비트는 보도지침을 폭로했습니다.들추어냈습니다.

* 노동자들은 잔업을 끝내고 나와 철야 시위와 밤샘 농성에밤샘 시위와 농성에 함께했습니다.

* 학생, 시민, 노동자들은 각자의 자리에서저마다 제자리에서 가진 것을 나누며 자신의 민주주의를 이뤄냈습니다.

* 4·19혁명부터 이어온 각 분야의여러 갈래의 운동이 하나로 모였고, 각자가저마다 간직하고 키워온 민주주의를 가지고 촛불혁명의 광장으로 다시 모였습니다.

* 그런 의미에서뜻에서 우리에게 민주주의의민주주의 역사적역사의 시간과 공간을 되살리는 일은 매우 중요합니다.

* 2001년 여야 합의로 민주화운동기념사업회법을 제정하고 민주화운동기념관 건립을 추진해온밀고나온 것도 민주주의와 인권의 가

치를 국민과 나누기 위해서였습니다.

* 이제 민주화운동기념사업회와 ~~시민사회의~~ 오랜 노력으로 사회적 ~~여론이 조성되었고 정부가~~**시민사회가 오랫동안 힘써서 사회 여론을 조성했고 정부는** 지원을 결정했습니다.

* 우리 민주주의 역사에는 고문과 불법감금, 장기구금과 의문사 등 ~~같은~~ 국가폭력에 희생당한 많은 ~~분들의~~**분의** 절규와 눈물이 담겨 있습니다.

* 그 ~~대표적인~~**대표로** 볼 수 있는 장소가 '남영동 대공분실'입니다.

* 새로 ~~만들어지는~~**만드는** 민주인권기념관은 아픈 역사를 기억하는 동시에 민주주의의 ~~미래를~~**앞날을** 열어가는 공간이 될 것입니다.

* 민주주의와 함께 국민 ~~모두의 소망이었던~~**모두 애타게 바라던** 한반도 평화가 다가오고 있습니다.

* 이제 6·10민주항쟁에서 시작해 촛불혁명으로 ~~이어져온~~**이어온** 국민주권 시대는 평화의 한반도에서 ~~다양한~~**여러 가지** ~~얼굴의~~**얼굴을 가진** 민주주의로 실현될 것입니다.

* ~~각자의 자리에서~~**저마다 제자리에서** 지켜가고 만들어가는 민주주의를 응원합니다.

일본군 '위안부' 피해자 기림의날 기념식

2018년 8월 14일

존경하는 국민 여러분, 일본군 '위안부' 피해 할머니들과 가족, 그리고 관계자 여러분!

일본군 '위안부' 피해자 기림의날이 국가기념일로 지정되었습니다. 오늘이 첫 번째 기념식입니다. 27년 전 오늘, 일본군 '위안부' 피해자 고 김학순 할머니가 생존자 중 처음으로 피해사실을 공개 증언했습니다. 그로부터 30년 가까운 세월 동안 할머니들의 당당하고 용기 있는 행동이 이어졌습니다. 그 용기가 이 뜻깊은 자리를 만들었습니다. 먼저 이곳 국립망향의 동산에 잠들어 계신 할머니들의 영전에 깊이 고개 숙입니다. 할머니들은 이루 말할 수 없는 고통의 시간과 광복 후에도 멈추지 않은 모질고 긴 세월을 딛고 서셨습니다. 우리 앞에 놓인 역사적 책무를 다하겠다는 다짐과 함께 할머니들의 안식과 명복을 빕니다.

존경하는 국민 여러분!

할머니들께서 잃어버린 세월은 우리가 잊지 말아야 할 세월입니다. 대한민국은 할머니들께 많은 것을 빚졌고 많은 것을 배웠습니다. 일본군 '위안부' 피해자 문제는 광복 후에도 오랜 세월 은폐되고 부정됐습니다. 할머니들은 가족들에게도 피해사실을 말하지 못한 채 고통을 안으로 삼키며 살아야 했습니다. 국가조차 그들을 외면하고, 따뜻하게 품어주지 않았기 때문입니다. 그것을 복원한 것은 국가가 아니라 할머니들 자신이었습니다. 침묵의 벽을 뚫고 나온 할머니들은 거리에서, 강연장에서, 법정에서, 한국에서, 일본에서, 세계 각국에서 피해사실을 증언하고 호소했습니다. 일본군 '위안부' 피해자 문제에 대한 우리 사회의 관심과 연대의 폭이 크게 확장되었고 아시아 다른 나라의 피해자들에게도 용기를 주었습니다. 뿐만 아니라 전쟁 중 여성인권과 성폭력 범죄에 대한 국제사회의 관심과 논의를 크게 진전시켰습니다.

일본군 '위안부' 피해자 문제는 한일 간의 역사 문제에 그치지 않고 전쟁 중 여성 성폭력의 문제와 인류 보편적 여성인권의 문제입니다. 유엔의 모든 인권기구와 세계 여러 나라에서 거의 매년 '위안부' 피해자 문제 해결을 요구하는 결의가 채택되고 권고가 이루어지고 있습니다. 이제 '위안부' 피해자 할머니들은 자신들의 명예회복 요구에 머무르지 않고 나비기금을 통해 전시 성폭력 피해자 지원에 나서고 있습니다. "우리는 아파봤기에 그 사람들이 얼마나 아픈지 압니다"라고 말씀하십니다. 그 울림이 너무도 큽니다. 할머니들은 자신의 고통과 아픔을 승화시켜 이 순간에도 인권과 평화를 실천하고 계십니다.

존경하는 국민 여러분!

우리는 내일 광복 73주년을 맞습니다. 하지만 고령이 되신 피해자 할머니들께 여전히 광복은 오지 않았습니다. 참으로 마음이 무겁습니다. 일본군 '위안부' 피해자 문제는 '위안부' 피해자 할머니들의 존엄과 명예를 회복하고 마음의 상처가 아물 때 비로소 해결될 수 있습니다.

정부는 피해자 할머니들과 지속적인 소통에 성의를 다할 것입니다. 피해자 중심 문제해결이라는 국제사회 인권규범에 따라, 할머니들을 문제해결의 주체로 존중하겠습니다. 명예와 존엄 회복을 위한 기념사업도 최선을 다해 추진하겠습니다. 피해자들의 증언과 시민사회, 학계의 노력으로 진실의 뼈대는 드러났지만 아직 길이 멉니다. 기록의 발굴부터 보존과 확산, 연구지원, 교육에 이르기까지 체계적이고 적극적인 노력을 기울이겠습니다.

이제 우리는 아픈 상처를 넘어 세계 여성인권과 평화의 가치를 실천해야 합니다. 진실을 외면한 역사를 바로잡고 정의를 세우는 것이 우리가 할 일입니다. 저는 이 문제가 한일 간 외교 분쟁으로 이어지지 않길 바랍니다. 양국 간 외교적 해법으로 해결될 문제라고도 생각하지 않습니다. 우리 자신과 일본을 포함한 전 세계가 전시 여성들의 성폭력과 인권문제에 대해 깊이 반성하고 되풀이하지 않겠다는 굳은 각성과 교훈으로 삼을 때 비로소 해결될 문제입니다. 우리가 일본군 '위안부' 피해자 기림의날을 국가기념일로 지정하고 오늘 첫 기념식을 갖는 취지가 여기에 있습니다. 기념식을 통해 국민께서 피해자의 고통과 목소리를 깊이 공감하셨기를 바랍니다. 생존 할머니들께서 오래오래 건강하게 우리와 함께해주셨으면 좋겠습니다.

감사합니다.

다듬어 고친 글

* 일본군 '위안부' 피해자 기림의날이~~피해자를 기리는 날~~을 국가기념일로 ~~지정되었습니다.~~**정했습니다.**

* 27년 전 오늘, 일본군 '위안부' 피해자 고(故) 김학순 할머니가 생존자 중~~가운데~~ 처음으로 피해사실을 공개 증언했습니다.

* ~~그로부터~~**그때부터** 30년 가까운 세월 동안 ~~할머니들의 당당하고 용기 있는 행동이 이어졌습니다.~~**할머니들은 떳떳하고 씩씩한 행동을 이어왔습니다.**

* 먼저 이곳 국립망향의 동산에 잠들어 계신 할머니들의 ~~영전에~~**넋앞에** 깊이 고개 숙입니다.

* 할머니들은 이루 말할 수 없는 ~~고통의~~**고통스러운** 시간과 광복 후~~에도~~**뒤에도** 멈추지 않은 모질고 긴 세월을 딛고 서셨습니다.

* 일본군 '위안부' 피해자 문제는 광복 ~~후에도~~**뒤에도** 오랜 세월 ~~은폐되고~~**감춰지고** 부정됐습니다.

* ~~그것을~~**일본군 '위안부' 문제를** ~~복원해낸~~**되살려낸** 것은 국가가 아니라 할머니들 자신이었습니다

* ~~침묵의~~**침묵하는/말 없는** 벽을 뚫고 나온 할머니들은 거리에서, 강연장에서, 법정에서, 한국에서, 일본에서, ~~세계 각국에서~~**여러 나라에서** 피해 사실을 증언하고 호소했습니다.

* 일본군 '위안부' 피해자 문제에 대한 우리 사회의 관심과 연대의 폭

이 크게 확장되었고넓어졌고, 아시아 다른 나라의나라 피해자들에게도피해자에게도 용기를 주었습니다.

* 일본군 '위안부' 피해자 문제는 한일 간의사이의 역사 문제에 그치지 않고 전시 여성 성폭력의성폭력 문제와 인류 보편적 여성인권의인류의 보편스러운 여성인권 문제입니다.

* 유엔의유엔 모든 인권기구와 세계 여러 나라에서 거의 매년해마다 '위안부' 피해자 문제 해결을 요구하는 결의가결의를 채택되고채택해 권고가 이루어지고권고하고 있습니다.

* 이제 '위안부' 피해자 할머니들은 자신들의 명예회복명예 되찾기 요구에 머무르지 않고 나비기금을 통해나비기금으로 전시 성폭력 피해자 지원에돕기에 나서고 있습니다.

* 할머니들은 자신의 고통과 아픔을 승화시켜*뛰어넘어 이 순간에도 인권과 평화를 실천하고 계십니다.

* 일본군 '위안부' 피해자 문제는 '위안부' 피해자 할머니들의 존엄과 명예를 회복하고되찾고, 마음의 상처가 아물 때 비로소 해결될 수마무리될 수 있습니다.

* 정부는 피해자 할머니들과 지속적인 소통에 성의를늘 소통하는 데 마음을 다할 것입니다.

* 명예와 존엄 회복을되찾기를 위한 기념사업도 최선을온 힘을 다해 추진하겠습니다. 밀고나가겠습니다.

---

* 승화(昇化)는 오를 승, 될 화다. 모양을 바꿔 오르는 걸 뜻한다. 여기서는 '뛰어넘어'로 풀었다. 뜻은 다르지만 우리말로 풀 때는 비슷해지는 말로 '비약'과 '도약'이 있는데 둘 다 이 책에서는 문맥상 뛰어오르기로 풀었다.

* 기록의 발굴부터 보존과 확산, 연구지원, 교육에 이르기까지 체계적이고 적극적인 노력을 기울이겠습니다. ~~기록을 찾아내 보호 유지하고, 퍼뜨리고, 연구지원하고, 교육하는 일을 체계 있게 적극 힘쓰겠습니다.~~

* 진실을 외면한~~진실에 눈감은~~ 역사를 바로잡고 정의를 세우는 것이 우리가 할 일입니다.

* 양국 간 외교적 해법으로 해결될~~두 나라가 외교로 풀 수 있는~~ 문제라고도 생각하지 않습니다.

* 우리 자신과 일본을 포함한 전~~온~~ 세계가 전시 여성들의 성폭력과 인권문제에 대해~~인권문제를~~ 깊이 반성하고, 되풀이하지 않겠다는 굳은 각성과 교훈으로 삼을 때 비로소 해결될~~풀 수 있는~~ 문제입니다.

* 우리가 일본군 '위안부' 피해자 기림의날을~~피해자를 기리는 날을~~ 국가기념일로 지정하고 오늘 첫 국가기념식을 갖는 취지가~~뜻이~~ 여기에 있습니다.

* 기념식을 통해~~이 기념식으로~~ 국민께서 피해자의 고통과 목소리를 깊이 공감하셨기를 바랍니다.

* 생존~~살아계신~~ 할머니들께서 오래오래 건강하게 우리와 함께해주셨으면 좋겠습니다.

제73주년 광복절 및 정부수립 70주년 경축식

2018년 8월 15일

존경하는 국민 여러분, 독립유공자와 유가족 여러분, 해외동포 여러분!

오늘은 광복 73주년이자 대한민국 정부수립 70주년을 맞는 매우 뜻깊고 기쁜 날입니다. 독립 선열들의 희생과 헌신으로 우리는 오늘을 맞이할 수 있었습니다. 마음 깊이 경의를 표합니다. 독립유공자와 유가족께도 존경의 말씀을 드립니다.

구한말 의병운동으로부터 시작한 독립운동은 3·1운동을 거치며 국민주권을 찾는 치열한 항전이 됐습니다. 대한민국임시정부를 중심으로 우리나라를 우리 힘으로 건설하자는 불굴의 투쟁을 벌였습니다. 친일의 역사는 결코 우리 역사의 주류가 아니었습니다. 우리 국민의 독립투쟁은 세계 어느 나라보다 치열했습니다. 광복은 결코 밖에서 주어진 것이 아닙니다. 선열들이 죽음을 무릅쓰고 함께 싸워 이겨낸 결과였습니다. 모든 국민이 평등하게 힘을 모아 이룬 광복이었습니다. 광복의 그날 우리는 모두 어울려 목이 터져라 만세를 불렀습니다. 우리는 그 사실에 높은 자긍심을 가져도 좋을 것입니다.

존경하는 국민 여러분!

오늘 광복절을 기념하기 위해 우리가 함께하는 이곳은 114년 만에 국민의 품으로 돌아와 비로소 온전히 우리의 땅이 된 서울의 심장부 '용산'입니다. 일 제강점기 용산은 일본의 군사기지였으며 조선을 착취하고 지배했던 핵심이었 습니다. 광복과 함께 용산에서 한미동맹의 역사가 시작됐습니다. 한국전쟁 이 후 용산은 한반도 평화를 이끌어온 기반이었습니다. 지난 6월 주한미군사령 부의 평택 이전으로 한미동맹은 더 굳건하게 새로운 시대를 맞이했습니다. 이 제 용산은 미국 뉴욕의 센트럴파크 같은 생태자연공원으로 조성될 것입니다. 2005년 선포된 국가공원조성계획을 이제야 본격적으로 추진할 수 있게 됐습 니다. 대한민국 수도 서울의 중심부에서 허파 역할을 할 거대한 생태자연공원 을 상상하면 가슴이 뜁니다. 우리에게 아픈 역사와 평화의 의지, 아름다운 미 래가 함께 담겨 있는 용산에서 광복절 기념식을 갖게 되어 더욱 뜻깊게 생각합 니다.

존경하는 국민 여러분!

용산이 오래도록 우리 곁으로 돌아오지 못했던 것처럼, 발굴하지 못하고 찾 아내지 못한 독립운동의 역사가 우리를 기다리고 있습니다. 특히 여성의 독립 운동은 더 깊숙이 묻혀왔습니다. 여성들은 가부장제와 사회적·경제적 불평등 으로 이중삼중의 차별을 당하면서도 불굴의 의지로 독립운동에 뛰어들었습니 다.

평양 평원고무공장 여성 노동자였던 강주룡은 1931년 일제의 일방적인 임금식감에 반대해 높이 12미터의 을밀대 지붕에 올라 농성하며 여성해방·노동해방을 외쳤습니다. 당시 조선의 남성 노동자 임금은 일본 노동자의 절반에도 못 미쳤고, 조선 여성 노동자는 그의 절반도 되지 않았습니다. 죽음을 각오한 저항으로 지사는 출감 두 달 만에 숨을 거두고 말았지만 2007년 건국훈장 애국장을 받았습니다.

1932년 제주 구좌읍에서는 일제 착취에 맞서 고차동, 김계석, 김옥련, 부덕량, 부춘화, 다섯 분의 해녀로 시작된 해녀 항일운동이 제주 각지 800명으로 확산되었고, 3개월 동안 연인원 1만 7,000명이 238회에 달하는 집회시위에 참여했습니다. 지금 구좌에는 제주해녀 항일운동기념탑이 세워져 있습니다.

정부는 지난 광복절 이후 1년 간 여성 독립운동가 이백두 분을 찾아 광복의 역사에 당당하게 이름을 올렸습니다. 그중 스물여섯 분에게 이번 광복절에 서훈과 유공자 포상을 하게 됐습니다.

나머지 분들도 계속 포상할 예정입니다. 광복을 위한 모든 노력에 반드시 정당한 평가와 합당한 예우를 받게 하겠습니다. 정부는 여성과 남성, 역할을 떠나 어떤 차별도 없이 독립운동의 역사를 발굴해낼 것입니다. 묻혀진 독립운동사와 독립운동가의 완전한 발굴이야말로 또 하나의 광복의 완성이라고 믿습니다.

존경하는 국민 여러분!

대한민국은 국민 모두가 각자의 자리에서 힘을 보태 함께 만든 나라입니다. 정부수립 70주년을 맞는 오늘, 대한민국은 세계적으로 자랑스러운 나라가 됐습니다. 제2차 세계대전 이후 식민지에서 해방된 국가들 가운데 우리나라처럼 경제성장과 민주주의 발전에 함께 성공한 나라는 없습니다. 세계 10위권 경제

강국에 촛불혁명으로 민주주의를 되살려 전 세계를 경탄시킨 나라, 그것이 대한민국의 모습입니다.

분단과 참혹한 전쟁, 첨예한 남북대치 상황, 절대빈곤, 군부독재 등 온갖 역경을 헤치고 이룬 위대한 성과입니다. 아직 부족한 부분이 많지만 전 세계에서 우리만큼 역동적인 발전을 이룬 나라가 많지 않다는 사실만큼은 누구도 부인할 수 없을 것입니다. 선대뿐만 아니라 이 시대를 살고 있는 모든 세대가 함께 이뤄냈습니다. 우리는 우리의 위상과 역량을 스스로 과소평가하는 경향이 있습니다. 그러나 외국에 나가보면 누구나 느끼듯이, 한국은 많은 나라들이 부러워하는 성공한 나라이고 배우고자 하는 나라입니다. 그 사실에 우리 스스로 자부심을 가졌으면 합니다. 그리고 그 자부심으로 우리는 새로운 70년의 발전을 만들어가야 할 것입니다.

존경하는 국민 여러분!

지금 우리는 우리의 운명을 스스로 책임지며 한반도의 평화와 번영을 향해 가고 있습니다. 분단을 극복하기 위한 길입니다. 분단은 전쟁 이후에 국민의 삶 속에서 전쟁의 공포를 일상화했습니다. 많은 젊은이의 목숨을 앗아갔고 막대한 경제적 비용과 역량 소모를 가져왔습니다. 경기도와 강원도 북부 지역은 개발이 제한되었고, 서해 5도 주민은 풍요의 바다를 눈앞에 두고도 조업할 수 없었습니다. 분단은 대한민국을 대륙으로부터 단절된 섬으로 만들었습니다. 분단은 우리의 사고까지 분단시켰습니다. 많은 금기들이 자유로운 사고를 막았습니다. 분단은 안보를 내세운 군부독재의 명분이 되었고, 국민을 편 가르는 이념갈등과 색깔론 정치, 지역주의 정치의 빌미가 되었으며, 특권과 부정부패의 온상이 됐습니다. 우리의 생존과 번영을 위해 반드시 분단을 극복해야 합니

쉬운 우리말로 고쳐 읽는 대통령 연설문

다. 정치적 통일은 멀더라도, 남북 간 평화를 정착시키고, 자유롭게 오가며 하나의 경제공동체를 이루는 그것이 우리에게 진정한 광복입니다.

저는 국민과 함께 그 길을 담대하게 걸어가고 있습니다. 전적으로 국민의 힘 덕분입니다. 제가 취임 후 방문한 11개 나라, 17개 도시의 세계인은 촛불혁명으로 민주주의와 정의를 되살리고 나라다운 나라를 만들어가는 우리 국민에게 깊은 경의의 마음을 보냈습니다. 그것이 국제적 지지를 얻는 강력한 힘이 됐습니다.

가장 먼저 트럼프(Donald Trump) 대통령과 만나 한미동맹을 위대한 동맹으로 발전시킬 것을 합의했습니다. 평화적 방식으로 북핵 문제를 해결하기로 뜻을 모았습니다. 독일 메르켈(Angela Merkel) 총리를 비롯해 G20 정상들도 우리 정부의 노력에 전폭적 지지를 표명했습니다. 아세안 국가들과도 더불어 잘 사는 평화공동체를 함께 만들어가기로 했습니다. 시진핑(習近平) 주석과는 전략적동반자 관계를 더욱 발전시키기로 했고, 지금 중국은 한반도 평화에 큰 역할을 해주고 있습니다. 푸틴(Vladimir Putin) 대통령과는 남·북·러 3각 협력을 준비하기로 했습니다. 아베(安倍晋三) 총리와도 한일관계를 미래지향적으로 발전시켜나가고 한반도와 동북아 평화번영을 위해 긴밀하게 협력하기로 했습니다. 협력은 결국 북일관계 정상화로 이끌어갈 것입니다.

판문점 선언은 그와 같은 국제적 지지 속에서 남북 공동의 노력으로 이루어진 것입니다. 남과 북은 우리가 사는 땅, 하늘, 바다 어디에서도 일체 적대행위를 중단하기로 했습니다. 지금 남북은 군사당국 간 상시 연락채널을 복원해 일일단위로 연락하고 있습니다. 분쟁의 바다 서해는 군사적 위협이 사라진 평화의 바다로 바뀌고 있고 공동 번영의 바다로 나아가고 있습니다. 판문점 공동경비구역의 비무장화, 비무장지대의 시범적 감시초소 철수도 원칙적으로 합의를 이뤘습니다. 남북공동 유해발굴도 이루어질 것입니다. 이산가족 상봉도 재개됐습니다. 앞으로 상호대표부로 발전하게 될 남북공동연락사무소도 사상 최초로 설치하게 됐습니다. 대단히 뜻깊은 일입니다.

며칠 후면 남북이 24시간 365일 소통하는 시대가 열리게 될 것입니다. 북미 정상회담 또한 함께 평화와 번영으로 가겠다는 북미 양국의 의지로 성사됐습니다. 한반도 평화와 번영은 양 정상이 세계와 나눈 약속입니다. 북한의 완전한 비핵화 이행과 이에 상응하는 미국의 포괄적 조치가 신속하게 추진되기를 바랍니다.

존경하는 국민 여러분!

이틀 전 남북고위급회담을 통해 판문점 회담에서 약속한 가을 정상회담이 합의됐습니다. 다음 달 저는 우리 국민의 마음을 모아 평양을 방문하게 될 것입니다. 판문점 선언의 이행을 정상 간 확인하고 한반도의 완전한 비핵화와 함께 종전선언과 평화협정으로 가기 위한 담대한 발걸음을 내디딜 것입니다.

남북과 북미 간 뿌리 깊은 불신이 걷힐 때 서로 간의 합의가 진정성 있게 이행될 수 있습니다. 남북 간에 더 깊은 신뢰 관계를 구축하겠습니다. 북미 간 비핵화 대화를 촉진하는 주도적인 노력도 함께해나가겠습니다.

저는 한반도 문제는 우리가 주인이라는 인식이 매우 중요하다고 생각합니다.

남북관계 발전은 북미관계 진전의 부수적 효과가 아닙니다. 오히려 남북관계의 발전이야말로 한반도 비핵화를 촉진시키는 동력입니다. 과거 남북관계가 좋았던 시기에 북핵 위협이 줄어들고 비핵화 합의에까지 이를 수 있던 역사적 경험이 그 사실을 뒷받침합니다. 완전한 비핵화와 함께 한반도에 평화가 정착되어야 본격적인 경제협력이 이뤄질 수 있습니다. 평화경제, 경제공동체의 꿈을 실현시킬 때 우리 경제는 새롭게 도약할 수 있습니다.

우리 민족 모두 함께 잘사는 날도 앞당겨질 것입니다. 국책기관의 연구에 따르면 향후 30년간 남북 경협에 따른 경제적 효과는 최소한 170조 원에 이를 것으로 전망합니다. 개성공단과 금강산관광 재개에 철도 연결과 일부 지하자원 개발 사업을 더한 효과입니다. 남북 간 전면적인 경제협력이 이루어질 때 그 효과는 비교할 수 없이 커질 것입니다. 이미 금강산 관광으로 8,900여 명의 일자리를 만들고 강원도 고성의 경제를 비약시켰던 경험이 있습니다. 개성공단은 협력 업체를 포함해 10만 명에 이르는 일자리의 보고였습니다. 지금 경기도 파주 일대의 상전벽해 같은 눈부신 발전도 남북이 평화로웠을 때 이루어졌습니다. 평화가 경제입니다. 군사적 긴장이 완화되고 평화가 정착되면 경기도와 강원도 접경지역에 통일경제특구를 설치할 것입니다. 많은 일자리와 함께 지역과 중소기업이 획기적으로 발전하는 기회가 될 것입니다.

판문점 선언에서 합의한 철도, 도로 연결은 올해 안에 착공식을 갖는 것이 목표입니다. 철도와 도로의 연결은 한반도 공동번영의 시작입니다. 1951년 전쟁방지, 평화구축, 경제재건이라는 목표 아래 유럽 6개 나라가 '유럽석탄철강공동체'를 창설했습니다. 이 공동체가 이후 유럽연합의 모체가 됐습니다. 경의선과 경원선의 출발지였던 용산에서 저는 동북아 6개국과 미국이 함께하는 '동아시아철도공동체'를 제안합니다. 이 공동체는 우리의 경제 지평을 북방대륙까지 넓히고 동북아 상생번영의 대동맥이 되어 동아시아 에너지공동체와 경제공동체로 이어질 것입니다. 그리고 이는 동북아 다자평화안보체제로 가는 출발점이 될 것입니다.

존경하는 국민 여러분, 독립유공자와 유가족 여러분, 해외동포 여러분!

식민지로부터 광복, 전쟁을 이겨내고 민주화와 경제발전을 이뤄내기까지 우리 국민은 매순간 최선을 다해왔습니다. 국민이 기적을 만들었고 대한민국은 공정하고 정의로운 나라로 가고 있습니다. 독립의 선열들과 국민은 반드시 광복이 올 것이라는 희망 속에서 서로를 격려하며 고난을 이겨냈습니다. 한반도 비핵화와 경제 살리기라는 순탄하지 않은 과정이 우리를 기다리고 있지만 지금까지처럼 서로의 손을 꽉 잡으면 두려울 것이 없습니다.

한반도 평화와 번영은 우리가 어떻게 하느냐에 달려 있습니다. 낙관의 힘을 저는 믿습니다. 광복을 만든 용기와 의지가 우리에게 분단을 넘어 평화와 번영이라는 진정한 광복을 가져다줄 것입니다.

감사합니다.

쉬운 우리말로 고쳐 읽는 대통령 연설문

다듬어 고친 글

* 오늘은 광복 73주년이자~~73주년이면서~~ 대한민국 정부수립 70주년을 맞는 매우 뜻깊고 기쁜 날입니다.
* 마음 깊이 경의를 표합니다. **존경한다는 말씀을 드립니다.** 독립유공자와 유가족께도 ~~존경의~~**존경한다는** 말씀을 드립니다.
* 구한말 ~~의병운동으로부터~~**의병운동에서** 시작한 독립운동은 3·1운동을 거치며 국민주권을 찾는 ~~치열한~~**불꽃 같은** 항전이 됐습니다. **항전을 치렀습니다.**
* 대한민국임시정부를 중심으로 ~~우리의 나라를~~**우리나라를** 우리 힘으로 ~~건설하자는~~**세우려고/지으려고** 불굴의~~굽히지 않는~~ 투쟁을 벌였습니다.
* 광복의~~나라를 되찾은~~ 그날 우리는 모두 어울려 목이 터져라 만세를 불렀습니다.
* 우리는 그 ~~사실에 높은 자긍심을 가져도 좋을 것입니다.~~ **사실을 아무리 자랑해도 괜찮을 것입니다.**
* 일제강점기 용산은 일본의 군사기지였으며 조선을 ~~착취하고 지배했던~~**억누르고 비틀고 빼앗고 부려먹던** 핵심이었습니다.
* 광복과 함께 용산에서 한미동맹의 ~~역사가~~**역사를** ~~시작됐습니다.~~ **시작했습니다.**
* 한국전쟁 ~~이후~~**뒤** 용산은 한반도 평화를 이끌어온 기반이었습니

다. 밑바탕이었습니다.

* 지난 6월 ~~주한미군사령부의 평택 이전으로~~**주한미군사령부가 평택으로 가면서** 한미동맹은 더 굳건하게 새로운 시대를 맞이했습니다.

* 이제 ~~용산은~~**용산에는** 미국 ~~뉴욕의~~**뉴욕** 센트럴파크 같은 ~~생태자연공원으로 조성될~~**생태자연공원을 만들** 것입니다.

* 2005년 ~~선포된~~**선포한** 국가공원 조성계획을 이제야 본격적으로 추진할 수 ~~제대로 밀고 나갈 수~~ 있게 됐습니다.

* 대한민국 수도 서울의 중심부에서 ~~허파 역할을~~**허파 노릇을** 할 거 ~~대한큰~~**커다란/크나큰** 생태자연공원을 상상하면 가슴이 뜁니다.

* 용산이 오래도록 우리 곁으로 돌아오지 못했던 것처럼, ~~발굴하지 못하고~~*(삭제) 찾아내지 못한 독립운동의 역사가 우리를 기다리고 있습니다.

* ~~여성들은~~**여성은** 가부장제와 ~~사회적·경제적~~**사회와 경제의** 불평등으로 이중삼중의 차별을 당하면서도 ~~불굴의~~**굽히지 않는** 의지로 독립운동에 뛰어들었습니다.

* 평양 평원고무공장 여성 노동자였던 강주룡은 1931년 ~~일제의 일방적인~~**일제가 제 주장만 하는** 임금삭감에 반대해 높이 ~~12미터의 을밀대~~**을밀대 12미터** 지붕에 올라 농성하며 여성해방·노동해방을 외쳤습니다.

* ~~당시~~**그때** 조선의 남성 노동자 임금은 일본 노동자의 절반에도 못

---

* 발굴은 파낸다, 찾는다, 파서 찾는다는 뜻을 갖고 있다. 뒤에 찾아내지 못했다는 표현이 나오므로 굳이 되풀이할 필요가 없어 보인다.

미쳤고, 조선 여성 노동자는 ~~그의~~조선 **남성 노동자의** 절반도 되지 않았습니다.

* 1932년 제주 구좌읍에서는 일제 착취에 맞서 고차동, 김계석, 김옥련, 부덕량, 부춘화, ~~다섯 분의 해녀로~~**해녀 다섯 분이** ~~시작된~~**시작한** 해녀 항일운동이 제주 ~~각지~~**곳곳** 800명으로 ~~확산되었고,~~**퍼졌고,** ~~3개월석~~**달** 동안 연인원 1만 7,000명이 238회에 ~~달하는~~**이르는** 집회시위에 참여했습니다.

* 정부는 지난 광복절 ~~이후~~**뒤** 1년 간 여성 독립운동가 이백두 분을 찾아 광복의 역사에 ~~당당하게~~**떳떳하게** 이름을 올렸습니다.

* 그 ~~중~~**가운데** 스물여섯 분에게 이번 광복절에 서훈과 유공자 포상을 ~~하게 됐습니다.~~**합니다.**

* 정부는 여성과 남성, 역할을 떠나 어떤 차별도 없이 독립운동의 역사를 ~~발굴해낼~~**찾아낼** 것입니다.

* 묻혀진 독립운동사와 독립운동가의 완전한 ~~발굴이야말로~~**독립운동가를 완전히 찾아내는 것이야말로** ~~또 하나의~~**또** 다른 광복의 완성이라고 믿습니다.

* 대한민국은 우리 국민 모두가 ~~각자의 자리에서~~**저마다 제자리에서** 힘을 보태 함께 만든 나라입니다.

* 정부수립 70주년을 맞는 오늘, 대한민국은 ~~세계적으로~~**세계에서** 자랑스러운 나라가 됐습니다.

* 제2차 세계대전 ~~이후~~**뒤** 식민지에서 해방된 ~~국가들~~**나라** 가운데 우리나라처럼 경제성장과 민주주의 발전에 함께 성공한 나라는 없습니다.

* 세계 10위권 경제강국에 촛불혁명으로 민주주의를 되살려 전온 세계를 경탄시킨깜짝 놀라게 한 나라, 그것이 대한민국의 모습입니다.

* 분단과 참혹한끔찍한 전쟁, 첨예한날카로운 남북대치 상황, 절대빈곤,절대가난, 군부독재 등의같은 온갖 역경을어려움을 헤치고 이룬 위대한훌륭한 성과입니다.

* 아직 부족한 부분이 많지만 전온 세계에서 우리만큼 역동적인힘찬 발전을 이룬 나라가 많지 않다는 사실만큼은 누구도 부인할 수 없을 것입니다.

* 우리는 우리의 위상과 역량을 스스로 과소평가하는지나치게 낮춰보는 경향이 있습니다.

* 그러나 외국에다른 나라에 나가보면 누구나 느끼듯이, 한국은 많은 나라들이나라가 부러워하는 성공한 나라이고 배우고자 하는배우고 싶어하는 나라입니다.

* 분단을 극복하기넘어서기 위한 길입니다.

* 분단은 전쟁 이후에 국민의 삶 속에서 전쟁의 공포를 일상화했습니다.*뒤에도 국민이 전쟁의 공포를 늘 느끼면서 살도록 만들었습니다.

* 많은 젊은이의 목숨을 앗아갔고 막대한 경제적 비용과 역량 소모를 가져왔습니다.젊은이가 목숨을 잃었고, 엄청난 돈과 힘을 쓸데없

---

* '-화하다'는 말은 생활하면서는 잘 쓰지도 않고, 확 와닿지도 않는 말이다. 따라서 여기서는 '전쟁의 공포가 일상이 되도록 만들다'로 풀 수 있다. 하지만 한발 더 나아가서 '전쟁의 공포를 늘 느끼면서 살도록'으로 푸니 더 쉽게 와닿는다.

이 써 없앴습니다.

* 경기도와 강원도 북부 지역은 개발이 제한되었고, **개발할 수가 없었고**, 서해 5도 주민은 풍요의**풍요로운** 바다를 눈앞에 두고도 조업할 수물고기를 잡을 수 없었습니다.

* 분단은 대한민국을 대륙으로부터**대륙과** 단절된**끊긴** 섬으로 만들었습니다.

* 분단은 우리의 사고까지**우리 생각까지** 분단시켰습니다.

* 많은 금기들**이것을 꺼리게 되면서** 자유로운 사고를 막았습니다.**자유로운 생각은 막혔습니다.**

* 우리의 생존과 번영을 위해 반드시 분단을 극복해야**넘어서야** 합니다.

* 정치적**정치의** 통일은 멀더라도, 남북 간**사이에** 평화를 정착시키고, **평화가 자리잡게 하고,** 자유롭게 오가며, 하나의**하나인/하나가 된** 경제공동체를 이루는 그것이 우리에게 진정한 광복입니다.

* 저는 국민과 함께 그 길을 담대하게**씩씩하게** 걸어가고 있습니다.

* 전적으로**모두** 국민의**국민이** 뒷받침하는 힘 덕분입니다.

* 제가 취임 후**뒤** 방문한 11개 나라, 17개 도시의**도시** 세계인은 촛불혁명으로 민주주의와 정의를 되살리고 나라다운 나라를 만들어가는 우리 국민에게 깊은 경의의**깊이 존경하는** 마음을 보냈습니다.

* 그것이 국제적**국제** 지지를 얻을 수 있는 강력한**굳건한** 힘이 됐습니다.

* 평화적**평화스러운** 방식으로 북핵 문제를 해결하기로**풀기로** 뜻을 모았습니다.

* 독일 메르켈(Angela Merkel) 총리를 비롯해 ~~G20의~~*앞선 스무 나라 모임인 G20 정상들도 우리 정부의 노력에 ~~전폭적~~모든 지지를 ~~표명했습니다.~~또렷이 드러냈습니다.

* 시진핑(習近平) 주석과는 ~~전략적~~전략 동반자 관계를 더욱 발전시키기로 했고, 지금 중국은 한반도 평화에 큰 ~~역할을~~노릇을 해주고 있습니다.

* 아베(安倍晋三) 총리와도 한일관계를 ~~미래지향적으로~~앞을 보면서 발전시켜 나가고 한반도와 동북아 평화번영을 위해 ~~긴밀하게~~가까이 협력하기로 했습니다.

* 협력은 결국 북일관계 정상화로 이끌어 갈북일 관계를 정상으로 되돌릴 것입니다.

* 판문점 선언은 그와 같은 ~~국제적~~국제 지지 속에서 ~~남북 공동의 노력으로 이루어진~~남북이 함께 힘써 이룬 것입니다.

* 남과 북은 우리가 사는 땅, 하늘, 바다 어디에서도 일체(삭제) 적대 ~~행위를~~적으로 맞서는 짓은 ~~중단하기로~~모두 멈추기로/그치기로 했습니다.

* 지금 남북은 군사당국 간사이 상시 연락채널을늘 서로 알리는 길을 ~~복원해~~되살려 일일단위로 연락하고 있습니다.

* ~~분쟁의~~다툼이 있는 바다 서해는 ~~군사적~~군사 위협이 사라진 ~~평화의~~평화스러운 바다로 바뀌고 있고 공동 번영의함께 잘사는 바다로 나아가고 있습니다.

＊ G20은 세계 선진국 그룹(G) 20국가를 뜻한다. 여기서는 우리말 '앞선 스무 나라 (모임)'로 줄인다.

* 판문점 공동경비구역의 비무장화, 공동경비구역에서 무장하지 않기, 비무장지대의 시범적 감시초소 철수도 원칙적으로 비무장지대에서 감시초소를 철수해보기도 원칙으로 합의를 이뤘습니다.

* 남북공동 유해발굴도 이루어질 것입니다. 남북이 함께 유해도 찾으려고 합니다.

* 이산가족 상봉도 만남도 재개됐습니다. 다시 시작했습니다.

* 앞으로 상호대표부로 발전하게 될 나아갈 남북공동연락사무소도 사상 최초로 역사에서 처음으로 설치하게 두게 됐습니다.

* 며칠 후면 뒤면 남북이 24시간 365일 소통하는 시대가 열리게 될 시대를 열 것입니다.

* 북미 정상회담 또한 정상회담도 함께 평화와 번영으로 가겠다는 나아가겠다는 북미 양국의 두 나라의 의지로 성사됐습니다. 이루었습니다.

* 한반도 평화와 번영은 양 두 정상이 세계와 나눈 약속입니다.

* 북한의 완전한 비핵화 이행과 이에 상응하는 미국의 포괄적 조치가 신속하게 추진되기를 북한이 완전히 핵을 없애면 미국도 포괄조치를 재빨리 밀고나가길 바랍니다.

* 이틀 전 남북고위급회담을 통해 남북고위급회담으로 판문점 회담에서 약속한 가을 정상회담이 합의됐습니다. 가을 정상회담을 합의했습니다.

* 판문점 선언의 이행을 판문점 선언 이행을 정상 간 사이에 확인하고 한반도의 완전한 비핵화와 한반도에서 완전히 핵 없애기와 함께 종전선언과 평화협정으로 가기 나아가기 위한 담대한 통 큰 발걸음을

내디딜 것입니다.

* 남북과 북미 간사이가 뿌리 깊은 불신이 걷힐 때 서로 간의 합의가 진정성 있게 이행될 수 있습니다. 불신을 걷어낼 때 서로 합의한 걸 마음을 다해 이행할 수 있습니다.

* 남북 간에 더 깊은 신뢰관계를 구축하겠습니다. 남북이 서로 더욱 믿게 만들겠습니다.

* 북미 간 비핵화 대화를 촉진하는 주도적인 노력도사이에 핵을 없애는 대화를 재촉하고, 앞장서 이끄는 노력도 함께해나가겠습니다.

* 저는 한반도 문제는 우리가 주인이라는 인식이생각이 매우 중요하다고 생각합니다.

* 남북관계 발전은 북미관계 진전의 부수적진전에 그냥 따라오는 효과가 아닙니다.

* 오히려 남북관계의 발전이야말로 한반도 비핵화를 촉진시키는 동력입니다. 한반도에서 핵을 없애는 걸 재촉할 수 있는 힘입니다.

* 과거 남북관계가 좋았던 시기에때에 북핵 위협이 줄어들고 비핵화핵 없애기 합의에까지 이를 수 있던 역사적역사의 경험이 그 사실을 뒷받침합니다.

* 완전한 비핵화와핵 없애기와 함께 한반도에 평화가 정착되어야잘 자리 잡아야 본격적인 경제협력이 이뤄질제대로 경제협력을 이룰 수 있습니다.

* 평화경제, 경제공동체의 꿈을 실현시킬 때 우리 경제는 새롭게 도약할뛰어오를 수 있습니다.

* 국책기관의 연구에 따르면 향후앞으로 30년간30년 동안 남북 경

협에 따른 ~~경제적~~경제 효과는 ~~최소한~~가장 적게 잡아도 170조 원에 이를 것으로 ~~전망합니다.~~내다봅니다.

* ~~남북 간 전면적인 경제협력이 이루어질 때~~남북이 모든 갈래에서 경제협력을 이루면 그 효과는 ~~비교할 수~~견줄 수 없이 커질 것입니다.

* 이미 금강산 관광으로 8,900여 명의 일자리를 만들고 강원도 고성의 경제를 ~~비약시켰던~~뛰어오르게 했던 경험이 있습니다.

* 개성공단은 협력 업체를 포함해 10만 명에 이르는 일자리의 보고 ~~였습니다.~~일자리 보물창고였습니다.

* 지금 경기도 파주 일대의 상전벽해 같은*강산이 바뀐 듯한 눈부신 발전도 남북이 평화로웠을 때 ~~이루어졌습니다.~~이루었습니다.

* ~~군사적~~군사 긴장이 ~~완화되고~~긴장을 누그러뜨리고 평화가 ~~정착되면~~잘 자리 잡으면 경기도와 강원도의 ~~접경지역에~~강원도가 맞닿은 지역에 통일경제특구를 ~~설치할~~둘 것입니다.

* 많은 일자리와 함께 지역과 중소기업이 ~~획기적으로~~이전과 뚜렷이 다르게 발전하는 기회가 될 것입니다.

* 1951년 전쟁방지, ~~평화구축,~~평화 만들기, 경제재건이라는 목표 아래 유럽 6개 나라가 '유럽석탄철강공동체'를 ~~창설했습니다.~~새로 만

---

* 상전벽해(桑田碧海)는 뽕나무밭이 푸른 바다가 된다는 말이다. 많이 쓰는 말이지만 정확한 뜻을 물으면 생각이 안 나는 경우가 많다. 우리가 한자말을 몇백 년 동안이나 써 왔지만 한자말은 여전히 우리에게 낯설다. 시골에서는 아직도 이장이 한자말로 주민을 기죽이는 경우가 많다. 요즘 한자말을 잘 모르는 지식인이나 젊은이가 미국말을 많이 쓰는 까닭도 비슷할 것이다. "난 한자말은 잘 몰라, 나 기죽이지 마, 당신 영어 잘 알아, 모르지? 그러면 내 말 잘 들어." 나에게는 이렇게 들린다. 한자말도 영어도 모르는 국민만 늘 불쌍하다. 우리 모두 깊이 되돌아봐야 하지 않을까? 하여튼 연설문에서는 한자말인 사자성어보다는 우리말 속담을 쓰는 게 좋다.

들었습니다.

* 이 공동체는 ~~우리의~~**우리** 경제 지평을 북방대륙까지 넓히고 ~~동북아 상생번영의~~**동북아가 함께 번영하는** 대동맥이 되어 동아시아 에너지공동체와 경제공동체로 이어질 것입니다.

* 식민지로부터 광복, **식민지였던 나라를 되찾고**, 전쟁을 이겨내고 민주화와 경제발전을 이뤄내기까지 우리 국민은 매 순간~~순간~~마다 ~~최선을~~* **온 힘을** 다해왔습니다.

* 국민이 기적을 만들었고 대한민국은 공정하고 정의로운 나라로 ~~가고~~**나아가고** 있습니다.

* ~~독립의 선열들과~~**독립 선열과** 국민은 반드시 광복이 올 ~~나라를 되찾을~~ 것이라는 희망 속에서 **꿈을 갖고** 서로를 격려하며 **북돋우며** 고난을 ~~괴로움을~~ 이겨냈습니다.

* 한반도 비핵화와 **핵 없애기와** 경제 살리기라는 순탄하지 않은 **쉽지 않은** 과정이 우리를 기다리고 있지만 지금까지처럼 ~~서로의~~**서로** 손을 꽉 잡으면 두려울 것이 없습니다.

* ~~낙관의~~**낙관하는/앞을 밝게 보는** 힘을 저는 믿습니다.

* 광복을 만든 **나라를 되찾은** 용기와 의지가 우리에게 분단을 넘어 평화와 번영이라는 ~~진정한~~**참된** 광복을 **나라 되찾기를** 가져다줄 것입니다.

---

* 최선(最善)은 어려운 한자말도 아니고 누구나 알아들을 수 있는 말이다. 하지만 우리말 '온 힘'을 쫓아낸 말이다. '온 힘을 다해서'나 '온 힘을 기울여서'란 좋은 표현이 되살아나면 좋겠다.

장진호 전투 영웅 추도 메시지[*]

[*] 우리가 흔히 쓰는 외래어다. 문화란 늘 주고받기도 하고 왔다갔다 하면서 서로 배우는 것이다. 말도 마찬가지일 것이다. 하지만 문화나 말을 늘 살피는 일을 하는 사람들은 우리 문화나 말이 다른 나라에 기대지 않게 우리 문화나 말 속에서 그 흐름을 잡아내도록 힘을 쏟아야 한다. 우리나라는 늘 밑바닥에 있는 사람들이 그 일을 해왔다. 하지만 이제는 위에 있는 사람들이 그 일을 해야 할 때다. 밑에서는 핸드폰을 손전화로, 이메일을 전자우편으로, 메시지를 문자로 바꿔서 쓴다. 여기서 메시지는 그냥 '인사말'이나 '간단한 인사말'로 쓰면 된다. 굳이 메시지의 뜻을 살리겠다면 '통신으로 띄우는 인사말' 정도가 되지 않을까?

2018년 10월 10일

존경하는 장진호 전투 영웅과 참전용사 여러분, 유가족 여러분!

우리는 오늘 장진호 전투의 영웅들을 기리고자 한자리에 모였습니다. 장진호 용사들은 68년 전 만난 적도 없는 사람들을 위해 희생했습니다.

숭고한 희생을 통해 살아남은 사람들은 용사들이 남긴 자유와 평화의 가치를 한순간도 잊지 않고 있습니다. 저는 오늘, 영웅들의 영전에 "이제 한반도의 항구적 평화가 다가오고 있다"는 말씀을 드리며 다시 한번 깊이 추모합니다. 또한 이 자리에 함께해주신 장진호 전투영웅 제임스 우드(James Wood), 로버트 펠로우(Robert Pellow) 두 분 노병께 경의를 표하며, 참전용사 김재생, 이종연, 유영봉, 이용택 님께도 존경과 감사의 인사를 드립니다.

장진호 전투는 위대한 승리였고 수많은 피난민을 살려낸 인류애의 현장이었습니다. 고립된 가운데 열 배에 달하는 적군과 치열한 전투를 치르면서 10만여 피난민을 버리지 않고 끝까지 함께했던 용기 있는 행군, 그것이 위대한

크리스마스의 기적을 만들었습니다. 그리고 오늘 한반도 평화의 첫걸음이 됐습니다.

2017년 6월 저는 대한민국 대통령으로서 처음으로 워싱턴 장진호 전투 기념비를 찾아 헌화했습니다. 옴스테드(Steven Olmstead) 장군님을 비롯한 참전용사, 가족들과 함께 장진호 전투의 의미를 되새겼고, 한미동맹의 뿌리가 얼마나 깊은지 확인했습니다. 마땅히 해야 할 감사였음에도 미국 국민과 미 해병 전우들이 보여준 뜨거운 호응을 잊을 수 없습니다.

피로 맺어진 양국 국민 간 깊은 인연과 우정이 평화를 향한 동행으로 이어졌습니다. 남북 정상회담과 역사적인 북미 정상회담이 성공적으로 치러졌고, 지난 9월 평양공동선언을 통해 전쟁 없는 한반도의 시작을 알리게 됐습니다. 이제 조만간 열리게 될 2차 북미 정상회담을 통해 핵무기도 핵 위협도 없는 한반도를 실현하고 영원한 평화를 선언하게 된다면 장진호 전투의 희생이 얼마나 가치 있는 희생이었는지 전 세계에 보여주게 될 것입니다.

대한민국은 장진호 전투와 참전용사들의 헌신을 영원히 잊지 않을 것입니다. 워싱턴의 한국전쟁기념공원 안에 '추모의 벽'을 건립하여 전몰장병 한 분 한 분의 업적을 기리고자 합니다. 극한의 추위 속에서 수많은 전투를 이겨낸 용사들의 투혼을 미국과 한국의 전후 세대들에게 자부심으로 남길 것입니다. 아직도 장진호 주변에 쓸쓸히 묻혀 있을 용사들도 마지막 한 분까지 찾아내 가족의 품으로 돌아갈 수 있도록 하겠습니다.

평화를 위한 한미동맹의 여정은 계속될 것입니다. 누구보다 평화의 소중함을 잘 알고 계신 전투 영웅, 참전용사, 유가족들께서 함께해주시길 기대합니다. 여러분의 건강을 기원하며, 평화로운 한반도에 다시 모실 것을 약속합니다.

감사합니다.

다듬어 고친 글

* 숭고한 희생을 통해드~~높은 희생으로~~ 살아남은 사람들은 용사들이 남긴 자유와 평화의 가치를 한순간도 잊지 않고 있습니다.
* 저는 오늘, 영웅들의 영전에~~넋 앞에~~ "이제 한반도의 항구적~~한반도에 변함없는~~ 평화가 다가오고 있다"는 말씀을 드리며 다시 한번 깊이 추모합니다.
* 또한~~또~~ 이 자리에 함께해주신 장진호 전투영웅 제임스 우드(James Wood), 로버트 펠로우(Robert Pellow) 두 분 노병께 경의를 표하며, **존경한다는 말씀을 드리며,** 참전용사 김재생, 이종연, 유영봉, 이용택 님께도 존경과 감사의~~존경하고 고맙다는~~ 인사를 드립니다.
* 장진호 전투는 위대한~~뛰어난/훌륭한~~ 승리였고 수많은 피난민을 살려낸 인류애의 현장이었습니다.
* 고립된~~외따로 떨어진~~ 가운데 열 배에 달하는~~이르는~~ 적군과 치열한 불꽃 같은 전투를 치르면서 10만여 피난민을 버리지 않고 끝까지 함께했던 용기 있는~~씩씩한~~ 행군, 그것이 위대한~~훌륭한~~ 크리스마스의 기적을 만들었습니다.
* 그리고~~장진호 전투는 또~~ 오늘 한반도 평화의 첫걸음이 되었습니다.
* 2017년 6월 저는 대한민국 대통령으로서 처음으로 워싱턴 장진호 전투 기념비를 찾아 헌화했습니다.~~꽃을 바쳤습니다.~~

* 옴스테드(Steven Olmstead) 장군님을 비롯한 참전용사, 가족들과 함께 장진호 전투의 의미를뜻을 되새겼고, 한미동맹의 뿌리가 얼마나 깊은지 확인했습니다.

* 마땅히 해야 할 감사였음에도고맙다는 인사에 미국 국민과 미 해병 전우들이 보여준 뜨거운 호응을 잊을 수 없습니다.

* 피로 맺어진 양국 국민 간두 나라 국민 사이의 깊은 인연과 우정이 평화를 향한평화로 나아가는 동행으로 이어졌습니다.

* 남북 정상회담과 역사적인역사에 빛날 북미 정상회담이북미 정상회담을 성공적으로 치러졌고,잘 치렀고 지난 9월 평양공동선언을 통해평양공동선언으로 전쟁 없는 한반도의 시작을 알리게 됐습니다.알렸습니다.

* 이제 조만간 열리게 될열릴 2차 북미 정상회담을 통해정상회담으로 핵무기도 핵 위협도 없는 한반도를 실현하고 영원한 평화를 선언하게 된다면 장진호 전투의 희생이 얼마나 가치 있는 희생이었는지 전온 세계에 보여주게 될 것입니다.

* 워싱턴의 한국전쟁기념공원 안에 '추모의 벽'을'추모하는 벽'을 건립하여세워 전몰장병전사한 장병 한 분 한 분의 업적을 기리고자기리려고 합니다.

* 극한의매서운 추위 속에서 수많은 전투를 이겨낸 용사들의 투혼을 미국과 한국의 전후 세대들에게 자부심으로 남길 것입니다.

* 평화를 위한평화로 나아가는 한미동맹의 여정은 계속될여정을 이어갈 것입니다.

* 누구보다 평화의 소중함을 잘 알고 계신 전투영웅, 참전용사, 유가

족들께서 함께해주시길 ~~기대합니다.~~ **바랍니다.**

* 여러분의 건강을 ~~기원하며,~~ **빌며,** 평화로운 한반도에 다시 모실 것
을 약속합니다.

2018 인권의날 기념식

2018년 12월 10일

내외 귀빈 여러분!

오늘은 세계인권선언 70주년입니다. 인권을 보호하고 증진하기 위한 모든 숭고한 노력에 깊은 존경의 마음을 보냅니다.

세계인권선언은 제2차 세계대전에 대한 반성에서 시작됐습니다. 인류역사상 가장 참혹했던 전쟁과 야만의 역사를 다시는 반복하지 않겠다는 결연한 의지가 전문과 각 조항에 담겨 있습니다. 세계인권선언 1조는 모든 사람은 태어날 때부터 자유롭고 존엄하며, 평등하다고 천명했습니다. 이어지는 30개의 조항은 국가를 비롯한 그 어떤 권력도 침해할 수 없는 인간의 기본권을 상세히 기록하고 있습니다.

대한민국 인권의 역사도 자유와 평등을 향한 치열한 투쟁의 여정이었습니다. 인간답게 살 권리를 갖기 위해 평범한 국민 한 사람 한 사람의 열망이 모였습니다. 종교계, 법조계, 시민사회도 힘을 보탰습니다. 우리가 모인 대한성공회서울주교좌성당 곳곳에는 영광스러운 투쟁의 흔적이 남아 있습니다. 한국 전쟁 당시 종교의 자유를 지키기 위한 사제들과 수녀들의 순교가 이어졌습니다. 성당 안쪽 뜰에 순교자를 위한 기념비가 세워져 있습니다.

군사정권의 불법적인 구금과 고문에 항거했던 민주항쟁의 진원지도 바로 이곳이었습니다. 1987년 6월 10일 오후 6시, 민주주의를 알리는 종소리가 나지막이 성당을 채웠고 그렇게 시작된 민주항쟁은 전국으로 들불처럼 퍼져나 갔습니다. 마침내 군사독재의 시대를 끝냈습니다. 2년 전 민주주의가 위기에 처했을 때 다시 회복시킨 촛불의 물결도 예외 없이 이곳에서 타올랐습니다. 오직 국민의 힘으로 대한민국 인권의 역사는 시작됐습니다. 지금 그 역사는 대한민국 헌법과 법률에 아로새겨졌고 독립기구인 국가인권위원회의 탄생으로 이어졌습니다.

내외 귀빈 여러분!

인간으로서 누릴 수 있는 권리는 무궁무진합니다. 어린이는 충분히 쉬고 놀 권리를 가지며, 노동자는 공정하고 유리한 조건으로 일할 권리가 있습니다. 가족의 건강과 행복을 위해 적절한 생활수준을 누릴 권리도 우리에게 있습니다. 최근 많은 국민께서 아동폭력 문제를 염려하고 계십니다. 국가인권위원회는 문제가 된 아동양육시설에 아동인권에 대한 직무교육을 권고하고, 관할 관청에 특별 지도점검을 실시하라는 의견을 표명했습니다. 아이들이 학대와 폭력에 장기간 노출되면 건강한 발육과 정서적 안정에 해가 될 수 있다는 판단이었습니다.

정신병원 환자의 사물함 검사에 대해서는 사생활 비밀과 자유를 침해할 소지가 있다는 입장을 밝혔습니다. 열악한 환경에 있는 구금시설 수용자에 대해서는 적절하고 전문적인 의료 처우를 제공할 것을 법무부와 보건복지부에 권고했습니다. 최근 차별과 혐오가 우리 사회를 갈라놓고 있습니다. 최영애 위원장님과 국가인권위원회가 앞장서 이 문제를 풀어내기 위해 준비하고 있다고 들었습니다. 우리 자신이 소중한 만큼 타인의 권리도 존중하는 문화가 정착되기를 기대합니다.

인권은 일상에서 실현될 때 그 가치를 발합니다. 국가인권위원회의 노력은 우리의 삶 속에 인권을 뿌리내리게 할 것입니다. 한때 국가인권위원회가 사회의 중요한 인권 현안에 눈과 귀를 닫고 관료화되어간다는 뼈아픈 지적이 있었지만, 다시 약자들 편에 섰던 출범 당시의 모습으로 돌아가는 것 같아 반갑습니다. 국제사회에서 모범적인 국가인권기구로 인정받았던 활약을 되살려주길 바랍니다.

대통령으로서 약속합니다. 국가인권위원회는 앞으로도 독립적인 활동을 철저히 보장받을 것입니다. 아울러 정부도 사회적 약자를 포함해 모든 사람이 동등한 권리를 누리는 사회를 만들어가는 데 최선을 다하겠습니다. 누구도 차별받지 않는 포용적인 사회를 만들겠습니다. 지난 8월 발표한 제3차 국가인권정책기본계획은 이러한 노력의 일환입니다. 이번 기본계획에는 국민의 눈높이에 맞추어 국민의 생명과 안전에 대한 권리, 기업의 사회적 책임과 인권 존중에 관한 내용을 새롭게 추가했습니다. 우리나라의 인권 수준이 나날이 향상되고 인권에 대한 이해의 폭이 넓어지기를 바랍니다.

내외 귀빈 여러분!

식민지배와 독재, 전쟁을 겪은 국가 중에 대한민국 정도의 인권 수준을 가진 국가는 거의 없습니다. 여기 계신 인권활동가 한 분 한 분의 진정 어린 노력의 결실이라고 생각합니다.

하지만 가야 할 길이 아직 멉니다. 한반도의 전쟁이 완전히 끝나지 않았고 평화가 정착되지 않았기 때문입니다. 세계인권선언의 첫 초안을 작성한 존 험프리(John P. Humphrey)는 "전쟁의 위협이 없어지지 않는 한 인간의 자유와 존엄을 지킬 수 없다"고 했습니다. 지금의 세계인권선언 서문도 "인류의 존엄성과 권리를 인정하는 것이 세계의 자유, 정의, 평화의 기초"라고 천명하고 있습니다. 평화를 통해 인권이 보장되고, 인권을 통해 평화가 확보되는 것입니다. 한반도에서 냉전의 잔재를 해체하고 항구적 평화를 정착시키는 것은 우리 민족 모두의 인권과 사람다운 삶을 위한 것입니다. 이는 곧 한반도와 동북아, 더 나아가 전 세계의 자유와 정의, 평화의 기초가 될 것입니다. 한반도에서 인권과 민주주의, 평화와 번영이 함께 실현되길 기대합니다. 우리의 노력은 전 세계에 희망이 될 것입니다.

내외 귀빈 여러분!

이곳 주교좌성당을 둘러보니 건축양식이 참으로 아름답습니다. 서양식과 전통 한국식이 조화롭게 어우러져 있습니다. 서로의 본질을 잃지 않고 존중하며 평화가 가득한 공간을 만들어냈습니다. 건축 과정도 경이롭습니다. 모금 활동을 통해 부족한 재원을 조금씩 모으며 87년 동안 성당을 완성했다고 합니다. 인권도 이런 것이라 생각합니다. 다름을 차별이 아니라 존중으로 받아들이고 함께 어우러져 조화와 균형을 이루는 것입니다. 어떠한 고난에도 포기하지 않고, 묵묵히 변화를 완성시켜가는 것입니다. 또한 인권을 무시할 때 야만의 역사가 되풀이될 수 있다는 역사의 교훈도 결코 잊지 말아야 할 것입니다.

오늘 세계인권선언의 역사와 의미를 담아 행사를 잘 준비해주신 인권위원회 관계자 여러분께 격려와 감사의 마음을 전합니다. 인권의 가치를 최우선에 두면서, 결코 포기하지 않고 한발 한발 앞으로 나아가겠습니다. 인권과 평화를 향한 이 길에 국민 여러분께서 함께해주시길 희망합니다.

감사합니다.

다듬어 고친 글

* 인권을 보호하고 증진하기 위한 모든 ~~숭고한~~**드높은** 노력에 깊은 ~~존경의~~**깊이 존경하는** 마음을 보냅니다.
* 세계인권선언은 제2차 세계대전에 대한 반성에서 **세계대전을 돌아 보면서** 시작됐습니다.
* ~~인류역사상~~**인류역사에서** 가장 ~~참혹했던~~**끔찍했던** 전쟁과 ~~야만의~~**야 만스러운** 역사를 다시는 ~~반복하지~~**되풀이하지** 않겠다는 ~~결연한~~**옹 골찬** ~~의지가~~**마음이** 전문과 각 조항에 담겨 있습니다.
* 세계인권선언 1조는 모든 사람은 태어날 때부터 자유롭고 존엄하 며, 평등하다고 ~~천명했습니다.~~**뚜렷이 밝혔습니다.**
* 이어지는 ~~30개의 조항은~~**조항 30개는** 국가를 비롯한 그 어떤 권력 도 침해할 수 없는 ~~인간의~~**사람의** 기본권을 ~~상세히~~**속속들이** ~~기록하 고~~**적고** 있습니다.
* 대한민국 인권의 역사도 자유와 ~~평등을 향한 치열한 투쟁의~~**평등으 로 나아가려고 불꽃같이 싸우는** 여정이었습니다.
* ~~인간답게~~**사람답게** 살 권리를 갖기 위해 평범한 국민 한 사람 한 사 람의 ~~열망이~~**한 사람이 몹시 바라는 마음이** 모였습니다.
* 우리가 모인 대한성공회서울주교좌성당 곳곳에는 ~~영광스러운 투 쟁의 흔적이~~**영광스럽게 싸운 발자취가** 남아 있습니다.
* 한국전쟁 ~~당시~~**때에는** 종교의 자유를 ~~지키기 위한~~**지키려고** 사제들

과 수녀들의 순교가 이어졌습니다. **사제와 수녀가 잇따라 목숨을 바쳤습니다.**

* 성당 안쪽 뜰에 순교자를 위한 기념비가 **순교자를 기리는** 비석이 세워져 있습니다.

* 군사정권의 불법적인 **불법** 구금과 고문에 항거했던 **맞섰던/맞서 싸웠던** 민주항쟁의 진원지도 바로 이곳이었습니다.

* 2년 전 민주주의가 위기에 처했을 때 **위험한 고비를 맞았을 때** 다시 회복시킨 **되살린** 촛불의 물결도 예외 없이 **어김없이** 이곳에서 타올랐습니다.

* 인간으로서 누릴 수 있는 권리는 무궁무진합니다. **끝이 없습니다.**

* 어린이는 충분히 **넉넉히** 쉬고 놀 권리를 가지며, 노동자는 공정하고 유리한 조건으로 일할 권리가 있습니다.

* 가족의 건강과 행복을 위해 적절한 **알맞은** 생활수준을 누릴 권리도 우리에게 있습니다.

* 최근 **요즈음** 많은 국민께서 **국민이** 아동폭력 문제를 염려하고 **걱정하고** 계십니다.

* 국가인권위원회는 문제가 된 아동양육시설에 아동인권에 대한 직무교육을 권고하고, 관할 관청에 특별 지도점검을 실시하라는 **지도점검을 하라는** 의견을 표명했습니다. **생각을 또렷이 드러냈습니다.**

* 아이들이 학대와 폭력에 장기간 **긴 기간** 노출되면 **시달리면** 건강한 발육과 정서적 **정서의** 안정에 해가 될 수 있다는 판단이었습니다.

* 정신병원 환자의 사물함 검사에 대해서는 **환자의 사물함을 살피는 일은** 사생활 비밀과 자유를 침해할 소지가 **수가** 있다는 입장을 **생각**

을 밝혔습니다.

* <u>열악한</u>**매우 나쁜/몹시 안 좋은** 환경에 있는 구금시설 수용자에 대해서는 <u>적절하고</u>**알맞은** 전문적인**전문가의** 의료 <u>처우를</u>**행위를** 제공할 것을 법무부와 보건복지부에 권고했습니다.

* <u>최근</u>**요즈음** 차별과 혐오가 우리 사회를 갈라놓고 있습니다.

* 최영애 위원장님과 국가인권위원회가 앞장서 이 문제를 <u>풀어내기</u> <u>위해</u>**풀어내려고** 준비하고 있다고 들었습니다.

* 우리 자신이 소중한 만큼 <u>타인의</u>**다른 사람의** 권리도 존중하는 문화가 <u>정착되기를</u>**자리 잡기를** <u>기대합니다.</u>**바랍니다.**

* 인권은 일상에서 실현될 때 그 <u>가치를</u> 발합니다.**가치가 빛납니다.**

* 한때 국가인권위원회가 사회의 중요한 인권 현안에**인권의 현재 문제에** 눈과 귀를 <u>닫고 관료화되어간다는</u>**닫은 관료일 뿐이라는** 뼈아픈 지적이 있었지만,**손가락질을 받았지만** 다시 <u>약자들 편에</u>**약자 편에** 섰던 <u>출범 당시의</u>**출범하던 때/일을 시작할 때** 모습으로 돌아가는 것 같아 반갑습니다.

* <u>국제사회에서 모범적인</u>**국제사회가 모범이 되는** 국가인권기구로 <u>인정받았던 활약을</u>**여기던 눈부신 활동을** 되살려주길 바랍니다.

* 국가인권위원회는 앞으로도 <u>독립적인 활동을 철저히</u>***독립 활동은 속속들이** 보장받을 것입니다.

* 아울러 정부도 <u>사회적</u>**사회의** 약자를 포함해 모든 사람이 <u>동등한</u>**똑**

---

* 철저(徹底)는 통할 철, 밑 저다. 밑바닥까지 꿰뚫는다는 뜻이다. 따라서 '철저히' 는 우리말로 '속속들이' 나 '속속들이 꿰뚫어' 로 쓸 수 있다. '상세히' 도 문맥에 따라서 '속속들이' 로 쓸 수 있다.

같은 권리를 누리는 사회를 만들어가는 데 최선을온 힘을 다하겠
습니다.

* 누구도 차별받지 않는 포용적인너그럽게 얼싸안는 사회를 만들겠
습니다.

* 지난 8월 발표한 제3차 국가인권정책기본계획은 이러한 노력의
일환입니다.하나입니다.

* 이번 기본계획에는 국민의 눈높이에 맞추어 국민의 생명과 안전에
대한 권리, 기업의 사회적 책임과 인권존중에 관한 내용을 새롭게
추가했습니다.보탰습니다.

* 우리나라의 인권 수준이 나날이 향상되고나아지고 인권에 대한 이
해의인권을 이해하는 폭이 넓어지기를 바랍니다.

* 여기 계신 인권활동가 한 분 한 분의 진정 어린 노력의 결실이라고
한 분이 참으로 힘써서 거둔 열매라고 생각합니다.

* 한반도의한반도 전쟁이 완전히 끝나지 않았고 평화가 정착되지 않
았기자리 잡지 못했기 때문입니다.

* 지금의 세계인권선언 서문도머리말도 "인류의 존엄성과 권리를 인
정하는옳다고 여기는 것이 세계의 자유, 정의, 평화의 기초"라고밑
바탕"이라고 천명하고뚜렷이 밝히고 있습니다.

* 평화를 통해 인권이 보장되고, 인권을 통해 평화가 확보되는평화로
인권을 보장하고, 인권으로 평화를 확보하는 것입니다.

* 한반도에서 냉전의 잔재를 해체하고 항구적 평화를 정착시키는찌꺼
기를 없애고 변함없는 평화가 자리 잡게 하는 것은 우리 민족 모
두의 인권과 사람다운 삶을 위한 것입니다.

* ~~우리의~~**우리** 노력은 ~~전~~**온** 세계에 ~~희망이 될~~**꿈을** 줄 것입니다.

* 건축 과정도 ~~경이롭습니다.~~**무척 놀랍습니다.**

* ~~모금 활동을 통해~~**모금 활동으로** 부족한 재원을 조금씩 모으며 87
년 동안 성당을 ~~완성했다고~~**다 지었다고** 합니다.

* 어떠한 ~~고난에도~~**괴로움에도** ~~포기하지~~**멈추지** 않고, ~~묵묵히~~**말없이**
변화를 ~~완성시켜가는~~**이룩해가는** 것입니다.

* ~~또한~~**또** 인권을 ~~무시할~~**알아주지 않을/업신여길** 때 ~~야만의~~**야만스런**
역사가 되풀이될 수 있다는 역사의 ~~교훈도~~**가르침도** 결코 잊지 말
아야 할 것입니다.

* 오늘 세계인권선언의 역사와 ~~의미를~~**뜻을** 담아 행사를 잘 준비해
주신 인권위원회 관계자 여러분께 격려와 감사의 마음을 전합니
다.

* 인권의 가치를 ~~최우선에~~**맨 처음에** 두면서, 결코 ~~포기하지~~**멈추지**
않고 한발 한발 앞으로 나아가겠습니다.

* 인권과 ~~평화를 향한~~**평화로 나아가는** 이 길에 국민 여러분께서 함
께해주시길 ~~희망합니다.~~**바랍니다.**

"더디더라도 민주주의 절차를
존중하고 끝까지 지킬 것입니다."

2019년 기해년 신년회

2019년 1월 2일

존경하는 국민 여러분!

유난히 추운 날씨에 새해를 맞았습니다. "동지섣달에 북풍이 불면 풍년이 든다"는 속담이 있습니다. 추운 날씨가 올해 풍년을 알리는 소식 같습니다. 이 추위를 이겨내고, 2019년 한 해 국민 모두의 가정과 기업에 대풍이 들길 기원합니다.

오늘 새해 인사를 국민과 함께 나누고자 중소기업중앙회에서 국민께 인사드립니다. 중소기업과 소상공인, 자영업자가 특히 잘되기를 바라는 마음도 담았습니다.

국민을 대표하는 각계각층 대표와 5부 요인을 비롯해 원로 여러분도 함께 해주셨습니다. 특히 경제인도 많이 모셨습니다. 조금 전 2018년을 빛낸 특별한 국민의 영상 인사가 있었습니다. 변화의 원동력도, 변화를 이루어내는 힘도 국민에게 있다는 것을 다시 한번 느낍니다. 서로를 향한 공감의 마음과 성숙한 문화의 힘이 우리를 여기까지 오게 만들었습니다. 국민 여러분께 진심으로 감사드립니다.

국민 여러분, 내외 귀빈 여러분!

우리는 모두 오늘이 행복한 나라를 꿈꿉니다. 우리 어머니와 아버지들은 내일을 위해 한평생 아끼고 살았습니다. 자식 잘되는 것을 보람으로 여기며 오로지 일에 묻혀 살았습니다. 자식들 생각하며 자신을 위해 잘 쓰지도 못했습니다. 나라 경제가 좋아지고 기업은 성장하는데 삶이 나아지지 않아 힘들어하기도 했습니다.

두 해 전 겨울, 전국 곳곳 광장의 촛불은 정의롭고 공정한 나라를 열망했습니다. 위법과 특권으로 얻어진 것을 바로잡기 원했습니다. 공정한 기회와 결과만이 옳다고 선언했습니다. 어머니와 아버지의 삶을 지켜본 아들딸들이 부모와 자신들의 오늘이 함께 행복하길 희망했습니다.

우리는 2018년 사상 최초로 수출 6,000억 달러를 달성하고 국민소득 3만 달러 시대를 열었습니다. 인구 5,000만 명 이상 규모를 가진 국가 중에서는 미국, 독일, 일본 등에 이어 세계 일곱 번째입니다. 제2차 세계대전 이후 독립한 신생 국가 중에 이렇게 경제 강국으로 성장한 나라는 우리가 유일합니다. 매우 자부심을 가질 만한 성공입니다.

그러나 우리는 지금 중대한 도전에 직면해 있습니다. 매 정부마다 경제성장률이 낮아져 이제는 저성장이 일상화됐습니다. 선진 경제를 추격하던 경제모델이 한계에 다다랐습니다. 잘살게 되었지만, 함께 잘사는 길은 아직도 멀기만 합니다. 수출중심 경제에서 수출과 내수의 균형을 이루는 성장도 과제입니다. 가치를 창조하는 혁신과 우리 경제의 구조적 한계를 극복하는 새로운 산업정책이 필요합니다.

선진국을 따라가는 경제가 아니라 새로운 가치를 창출하고 선도하는 경제, 불평등과 양극화를 키우는 경제가 아니라 경제성장의 혜택을 온 국민이 함께 누리는 경제라야 발전도 지속가능하고, 오늘이 행복해질 수 있다는 것을 우리는 잘 알고 있습니다.

하지만 경제정책 기조와 큰 틀을 바꾸는 일입니다. 시간이 걸리고, 논란이 있을 수밖에 없습니다. 가보지 못한 길이어서 불안할 수도 있습니다. 정부도 미처 예상하지 못하고 살펴보지 못한 부분도 있을 것입니다. 왜 또 내일을 기다려야 하느냐는 뼈아픈 목소리도 들립니다. 우리 경제를 바꾸는 이 길은 그러나 반드시 가야 하는 길입니다.

2018년은 우리 경제와 사회구조를 큰 틀에서 바꾸기 위해 정책 방향을 정하고 제도적 틀을 만들었던 시기였습니다. 2019년에는 정책 성과들을 국민이 삶 속에서 확실히 체감할 수 있도록 최선을 다하겠습니다. 국민의 삶이 고르게 나아지고 불평등을 넘어 함께 잘사는 사회로 가는 첫해로 만들어보겠습니다.

그 모든 중심에 '공정'과 '일자리'가 있다는 사실을 다시 한번 다짐합니다. 촛불은 더 많이 함께할 때까지 인내하는 성숙한 문화로 세상을 바꿨습니다. 같은 방법으로 경제를 바꿔나가야 한다고 생각합니다.

더 많은 국민이 공감할 때까지 인내할 것입니다. 더디더라도 민주적 절차를 존중하고 끝까지 지킬 것입니다. 어려움을 국민께 설명해드리고 이해당사자들에게 양보와 타협을 구할 것입니다. 그렇게 해서 반드시 우리 모두의 오늘이 행복할 수 있도록 만들어낼 것입니다.

국민 여러분, 내외 귀빈 여러분!

함께 혁신해야 합니다. 산업 전 분야에 혁신이 필요합니다. 방식도 혁신해야 합니다. 혁신이 있어야 경제 역동성을 살리고 저성장을 극복할 새로운 돌파구를 열 수 있습니다. 우리는 창의적·혁신적 민족입니다. 놀라운 경제성장 속도, ICT 분야에서 거둔 성과, 세계로 뻗어가는 한류 열풍이 이를 입증합니다. 반세기 만에 세계 10위권 경제대국을 이루었듯이 4차 산업혁명 시대도 창의와 혁신으로 우리가 선도할 수 있습니다.

기업 혁신과 함께하겠습니다. 제조업 혁신을 위해 스마트공장 3만 개 보급을 차질 없이 추진하겠습니다. 스마트 산단과 스마트시티 모델을 조성하겠습니다. 올해 연구개발 예산이 처음으로 20조 원을 넘었습니다. 4차 산업혁명 시대에는 지능정보화, 디지털화, 플랫폼 경제가 핵심입니다. 그 기반인 데이터, 인공지능, 수소경제, 스마트공장, 자율주행차 등 혁신성장을 위한 예산을 본격적으로 투입하겠습니다. 과학기술을 창업과 혁신성장으로 연결해 4차 산업혁명 시대를 이끌고 새로운 일자리도 만들어가겠습니다.

기업이 투자하기 좋은 환경을 만드는 데도 힘쓰겠습니다. 경제발전도 일자리도 결국은 기업 투자에서 나옵니다. 기업도 끊임없는 기술혁신과 투자 없이는 성장이 있을 수 없습니다. 기업이 투자에 적극적으로 나설 수 있도록 정부가 지원하겠습니다. 신산업 규제샌드박스도 본격적으로 시행하겠습니다.

함께 나눠야 합니다. 사회안전망을 확보해 삶의 질을 높이고, 함께 잘살아야 합니다.

근로장려금 확대, 기초연금과 아동수당 등 생계, 의료, 주거, 보육과 관련한 기본적인 생활 지원을 넓혔습니다. 자영업자를 위한 종합적인 지원대책을 마련했습니다. 카드수수료 인하를 본격적으로 추진하고, 상가 임대차 보호, 골목상권 적합업종 지정 등을 통해 자영업자의 경영안정을 적극적으로 지원할 것입니다. 안정적으로 일할 수 있도록 공공부문부터 정규직화를 촉진하는 한편, 특히 안전·위험 분야 정규직화를 적극적으로 추진하겠습니다.

소통하고 공감해야 합니다. 우리는 서로의 삶에 연관되어 있습니다. 이웃이 성공해야 내가 성공할 수 있습니다. 정책방향을 세우는 것은 정부 몫입니다. 정책을 흔들리지 않는 법과 제도로 만들기 위해 국회의 도움이 필요합니다. 기업, 노동자, 지자체, 정부가 머리를 맞대고 사회적 대타협을 이루어나가야 할 것입니다. 대화와 타협, 양보와 고통 분담 없이는 한 걸음도 나아갈 수 없습니다.

광주형 일자리는 우리 사회가 사회적 대타협을 통해 상생형 일자리 모델을 만들 수 있을지를 가늠하는 척도가 될 것입니다. 결코 광주 지역의 문제가 아닙니다. 새로운 일자리의 희망이 될 것이라 믿습니다. 모든 국민께서 함께 힘과 마음을 모아주시기 바랍니다.

존경하는 국민 여러분!

지난 한 해, 국민이 열어준 평화의 길을 벅찬 마음으로 걸었습니다. 우리는 평화가 얼마나 많은 희망을 만들어내는지 경험했습니다. 그러나 지금 우리가 누리는 평화는 아직은 잠정적인 평화입니다. 새해에는 평화의 흐름이 되돌릴 수 없는 큰 물결이 되도록 최선을 다하겠습니다.

한반도에 완전한 비핵화와 항구적인 평화가 정착되면 평화가 번영을 이끄는 한반도 시대를 열어갈 수 있을 것입니다. 한반도 신경제구상을 실현하고, 북방으로 러시아, 유럽까지 철도를 연결하고, 남방으로 아세안(ASEAN), 인도와 평화와 번영의 공동체를 만들어갈 것입니다. 평화가 우리 경제에 큰 힘이 되는 시대를 반드시 만들겠습니다.

이 나라는 평범한 국민의 힘으로 여기까지 왔습니다. 국가는 평범한 국민이 희망을 잃지 않도록 해야 할 의무가 있습니다. 국민께 희망을 주는 나라, 힘이 되는 정부가 되겠습니다. 우리의 오늘이 행복할 수 있도록 해내겠습니다. 우리는 할 수 있고, 반드시 해낼 것입니다.

감사합니다.

　　　　　　　　　　　　　　　　쉬운 우리말로 고쳐 읽는 대통령 연설문

다듬어 고친 글

* 오늘 새해 인사를 국민과 함께 나누고자**나누려고** 중소기업중앙회에서 국민께 인사드립니다.

* 중소기업과 소상공인, 자영업자가 특히**더욱** 잘되기를 바라는 마음도 담았습니다.

* 서로를 향한 공감의**서로 공감하는** 마음과 성숙한**무르익은** 문화의 힘이 우리를 여기까지 오게 만들었습니다.

* 국민 여러분께**여러분**, 진심으로 감사드립니다.**참으로 고맙습니다.**

* 두 해 전 겨울, 전국 곳곳 광장의 촛불은 정의롭고 공정한 나라를 열망했습니다.**몹시 바랐습니다.**

* 위법과**법을 어기고** 특권으로 얻어진**얻는** 것을 바로잡기 원했습니다.**바로잡기를 바랐습니다.**

* 어머니와 아버지의 삶을 지켜본 아들딸들이 부모와 자신들의 오늘이 함께 행복하길 희망했습니다.**바랐습니다/꿈꿨습니다.**

* 우리는 2018년 사상 최초로**역사에서 처음으로** 수출 6000억 달러를 달성하고, **이룩하고,** 국민소득 3만 불 시대를 열었습니다.

* 인구 5,000만 명 이상**넘는** 규모를 가진 국가 중에서는**가운데서는** 미국, 독일, 일본 등에**들에** 이어 세계 일곱 번째입니다.

* 제2차 세계대전 이후**뒤** 독립한 신생 국가 중에**독립해 새로 세운 나라 가운데** 이렇게 경제 강국으로 성장한**큰/자란** 나라는 우리가 유

일합니다. **우리 하나뿐입니다.**

* 그러나 우리는 지금 중대한 ~~도전에 직면해 있습니다.~~ **도전과 마주하고 있습니다.**

* ~~매~~(삭제) 정부마다 경제성장률이 낮아져 이제는 ~~저성장이 일상화됐습니다.~~ **낮은 성장이 일상이 되었습니다.**

* ~~선진 경제를~~ **앞선 경제를** ~~추격하던~~ **좇던** 경제모델이 한계에 다다랐습니다.

* 가치를 창조하는 혁신과 우리 ~~경제의 구조적~~ **경제 구조의** 한계를 ~~극복하는~~ **넘어서는** 새로운 산업정책이 필요합니다.

* 선진국을 따라가는 경제가 아니라 새로운 가치를 ~~창출하고 선도하는~~ **만들고 앞장서 이끄는** 경제, ~~불평등과 양극화를~~ **사회의 불평등을** 키우는 경제가 아니라 경제성장의 혜택을 온 국민이 함께 누리는 경제라야 발전도 ~~지속가능하고,~~ **지속할 수 있고,** 오늘이 행복해질 수 있다는 것을 우리는 잘 알고 있습니다.

* 하지만 경제정책 ~~기조와~~ **밑바탕과** 큰 틀을 바꾸는 일입니다.

* 정부도 ~~미처 예상하지~~ **미리 생각하지** 못하고 살펴보지 못한 부분도 있을 것입니다.

* 2018년은 우리 경제와 사회구조를 큰 틀에서 바꾸기 위해 정책 방향을 정하고 ~~제도적~~ **제도의** 틀을 만들었던 ~~시기~~ **때**였습니다.

* 2019년에는 정책 ~~성과들을~~ **성과를** 국민이 삶 속에서 확실히 체감할 ~~수~~ **틀림없이 몸소** 느낄 수 있도록 ~~최선을~~ **온 힘을** 다하겠습니다.

* 촛불은 더 많이 함께할 때까지 ~~인내하는~~ **참는** 성숙한 ~~무르익은~~ 문화로 세상을 바꿨습니다.

* 더 많은 국민이 공감할 때까지 ~~인내할~~참고 **견딜** 것입니다.

* 더디더라도 ~~민주적~~민주주의 절차를 존중하고 끝까지 지킬 것입니다.

* 어려움을 국민께 설명해드리고 ~~이해당사자들에게~~이해당사자끼리 양보와 타협을 ~~구할~~찾도록 할 것입니다.

* 함께 ~~혁신해야~~새롭게 바꿔야 합니다.

* 산업 전 ~~분야에~~모든 갈래에서 ~~혁신이~~새롭게 바꾸는 게 필요합니다.

* 방식도 ~~혁신해야~~새롭게 바꿔야 합니다.

* ~~혁신이~~새로움이 있어야 경제의 역동성을 살리고 ~~저성장을 극복할~~ **낮은 성장을 넘어설** 새로운 돌파구를 열 수 있습니다.

* 우리는 ~~창의적·혁신적~~반짝이는 **생각으로** 늘 새로운 민족입니다.

* 놀라운 경제성장 속도, ~~ICT~~정보통신기술(ICT) 분야에서 거둔 성과, 세계로 뻗어가는 한류 열풍이 이를 ~~입증합니다.~~보여줍니다.

* ~~반세기~~반백 년/50년 만에 10위권의 경제대국을 이루었듯이 4차 산업혁명 시대도 창의와 혁신으로 우리가 ~~선도할~~앞장서 **이끌** 수 있습니다.

* 제조업 혁신을 위해 ~~스마트공장*~~지능형 공장 공장 3만 개 보급을 ~~차질 없이~~어그러짐 없이 ~~추진하겠습니다.~~ 밀고나가겠습니다.

* ~~스마트 산단과~~지능형 산업단지와 ~~스마트시티~~ 모델을지능형 도시의

---

* '스마트'는 요즘 많이 쓰는 말이다. 정보처리능력이 있다는 뜻을 지닌 형용사다. 또 지능형(intelligent)과 같은 뜻이다. 따라서 여기서는 사람의 뇌를 닮아간다는 뜻으로 '지능형'으로 바꿨다.

모범을 조성하겠습니다.

* 4차 산업혁명 시대에는 ~~지능정보화, 디지털화~~*, ~~플랫폼 경제가~~[†] 지능형 정보처리, 컴퓨터 활용하기, 열린 정보처리 경제가 ~~핵심입니다.~~ 알맹이입니다.

* 그 ~~기반인~~밑바탕인 ~~데이터,~~정보자료(데이터), 인공지능, 수소경제, ~~스마트공장~~지능형 공장, 자율주행차 ~~등~~같은 혁신성장을 위한 예산을 ~~본격적으로~~제대로 ~~투입하겠습니다.~~쓰겠습니다.

* 기업이 투자에 ~~적극적으로~~적극 나설 수 있도록 정부가 ~~지원하겠습니다.~~돕겠습니다.

* ~~신산업~~새 산업 ~~규제샌드박스~~[‡] 임시규제면제제도(규제샌드박스)도 본격적으로~~제대로~~ 시행하겠습니다.

* 근로장려금 확대, 기초연금과 아동수당 ~~등~~같은 생계, 의료, 주거, 보육과 관련한 ~~기본적인~~기본 생활 지원을 넓혔습니다.

* 자영업자를 위한 ~~종합적인~~종합 지원대책을 마련했습니다.

* 카드수수료 ~~인하를~~낮추기를 ~~본격적으로 추진하고,~~제대로 밀고나가고, 상가 임대차 보호, 골목상권 적합업종 지정 ~~등을 통해~~들로 자영업자의 경영안정을 ~~적극적으로~~적극 ~~지원할~~도울 것입니다.

---

* 디지털에서 디지트는 사람의 손가락, 동물의 발가락에서 유래한 말이다. 손가락으로 숫자를 셀 때 딱 떨어지게 셀 수 있듯이 한 자리씩 표현하기 때문에 모호하지 않게, 정확하게 표시한다는 뜻이다. 또 0과 1을 쓰는 이진법으로 나타내는 걸 뜻하기도 한다. 이진법을 쓰는 기계의 대표가 컴퓨터다. 따라서 여기서는 디지털을 이진법을 활용한다는 뜻으로 '컴퓨터를 활용한'으로 바꿔보았다.

† 열린 정보처리로 바꿔보았다.

‡ 기업이 새 제품이나 기술이나 서비스 들을 내놓을 때 정부가 어느 기간 동안 규제를 푸는 제도. 규제유예제도로 쓸 수 있지만 '유예'란 말이 어렵다.

* 안정적으로~~안정되게~~ 일할 수 있도록 공공부문부터 정규직화를 촉진하는~~빨리 정규직으로 바꾸는~~ 한편, 특히~~더욱이~~ 안전·위험 분야 정규직화를~~분야에서 정규직으로 바꾸는 걸~~ 적극적으로 추진하겠습니다.~~적극 밀고나가겠습니다.~~

* 우리는 서로의 삶에서~~서로 삶이~~ 연관되어 있습니다.

* 광주형 일자리는 우리 사회가 사회적~~사회/사회의~~ 대타협을 통해~~대타협으로~~ 상생형서로 살리는 일자리 모델을~~모범을~~ 만들 수 있을지를 가늠하는 척도가~~자~~ 될 것입니다.

* 그러나 지금 우리가 누리는 평화는 아직은 잠정적인~~한때뿐인~~ 평화입니다.

* 한반도에 완전한 비핵화와~~핵 없애기와~~ 항구적인~~변함없는~~ 평화가 정착되면~~자리 잡으면~~ 평화가 번영을 이끄는 한반도 시대를 열어갈 수 있을 것입니다.

전국경제투어⑤ 대전

대전의 꿈, 4차 산업혁명 특별시 보고회

2019년 1월 24일

존경하는 국민 여러분, 대전 시민과 과학기술인 여러분!

저는 오늘 대전에서 과학기술인 여러분과 함께 우리의 새로운 꿈을 이야기하고자 이 자리에 섰습니다. "우리는 달에 갈 것입니다." 1961년 미국 의회에서 케네디(John F. Kennedy) 대통령이 미지를 향한 미국의 꿈, 인류의 희망을 발표할 때 우리가 국산 기술로 만들 수 있었던 것은 라디오뿐이었습니다. 우리는 과학기술 경쟁에서 같은 출발점에 서지 못했고 운동화도 신지 못한 채 고군분투로 세계를 쫓아가고 있었습니다.

그로부터 60년, 우리는 올 3월 5세대 이동통신(5G) 서비스를 세계 최초로 시작합니다. 디지털 시대 선두주자가 됐습니다. 이곳 대덕의 45개 연구기관, KAIST와 충남대 등 7개 대학 연구실의 불은 꺼지지 않았습니다. 우리 과학기술 혁신역량을 OECD 7위까지 올려 결국 세계를 따라잡았습니다. 이제 우리 앞에는 4차 산업혁명 시대가 기다리고 있습니다. 전 세계 모든 인류가 그 새로운 세계를 향해 뛰기 시작했습니다. 비로소 우리는 동등한 출발점에 섰습니다. 뒤따라갈 필요도 없고, 흉내 낼 이유도 없습니다. 우리가 생각하고 만들면 그것이 세계 표준이 될 수 있습니다. 선조들은 첨성대를 만들어 별을 관찰했습니다. 세계 최초로 금속활자와 한글을 만들었으며 철갑선인 거북선을 600년 전에 만든 민족입니다. 상상력, 창의력, 손기술에 이르기까지 어느 것 하나 뒤지지 않습니다.

4차 산업혁명 시대는 우리에게 새로운 도전입니다. 추격형에서 선도형 경제로 나아갈 수 있는 절호의 기회입니다. 과학기술 혁신이 출발점이 될 것입니다. 저는 대한민국 과학기술을 이끌어온 대전이 그 사실을 증명할 수 있을 거라 굳게 믿습니다. 과학기술인 여러분의 땀과 열정을 치하하며, 우리 과학기술의 현재이며 미래인 대전에서 4차 산업혁명 시대를 향해 출발하고자 합니다.

과학기술인 여러분!

과학기술 혁신을 응원합니다. 4차 산업혁명 시대를 향한 여러분 꿈에는 늘 정부가 함께할 것입니다. 데이터(Data), 네트워크(Network), 인공지능(AI)을 일컫는 D·N·A는 4차 산업혁명의 기반이 되는 기술입니다. 정부는 먼저 3대 핵심 기반 산업 육성을 지원하겠습니다. 올해부터 전략 혁신산업에 대한 투자가 본격화됩니다. 2023년까지 국내 데이터 시장을 30조 원 규모로 키워갈 것입니다.

데이터 산업 규제혁신계획을 차질 없이 추진하고 인공지능 융합 클러스터를 조성해 데이터와 인공지능 전문인력 1만 명을 양성하겠습니다. 인공지능 전문 대학원을 올해 3곳, 2022년까지 6곳으로 늘리겠습니다. 초연결지능화, 스마트공장, 스마트시티, 스마트팜, 핀테크, 에너지신산업, 드론, 미래자동차 등 8대 선도 사업에도 올해 3조 6,000억 원의 예산이 투입됩니다.

R&D 제도를 연구자를 위한 방향으로 혁신할 것입니다. 연구자 중심으로 선도적 기술이 만들어질 수 있도록 할 것입니다. 연구자가 연구 주제를 선택하는 기초·원천연구 투자에 올해 1조 7,000억 원을 지원합니다. 2022년까지 2조 5,000억 원으로 확대하겠습니다. 연구와 행정업무를 분리해 연구자들이 연구에 몰입할 수 있는 환경을 조성하겠습니다.

과학기술의 많은 위대한 발견은 연구 전에 미리 예상하지 못했던 결과들입니다. 연구의 성공과 실패를 넘어 연구수행 과정과 성과를 함께 평가하겠습니다. 성실한 실패를 인정하고 실패의 경험까지 축적해나가겠습니다. 정부는 통제하고 관리하는 대신 응원하고 지원하겠습니다. 과학기술인 여러분이 내딛는 한 걸음이 대한민국을 4차 산업혁명으로 이끄는 새로운 지도가 된다는 사실을 기억해주기 바랍니다.

대전 시민 여러분!

대전은 4차 산업혁명 시대 선도 도시입니다. 대덕연구개발특구의 새로운 도약은 대한민국 과학기술의 성장으로 이어질 것입니다. 정부는 대덕특구의 연구개발이 대전의 일자리 창출과 혁신창업으로 이어지고 대덕특구가 대전시 혁신성장의 거점이 될 수 있도록 필요한 지원을 아끼지 않겠습니다.

대덕특구에는 한국 최고 역량과 열정을 가진 과학기관과 과학자들이 모여 있습니다. 대덕특구 인프라에 정부 지원을 더해서 첨단 신기술 상용화의 메카가 될 수 있도록 하겠습니다. 특구에 신기술 규제 실증 테스트베드를 구축해 새로운 기술·제품·서비스에 대한 규제 특례를 받을 수 있도록 하겠습니다. 시제품을 제작하는 데 필요한 예산도 지원하겠습니다. 지역 R&D 사업을 지방

분권형 체계로 개편해 지자체가 지역 R&D 사업을 기획·제안하고, R&D 수행의 주체를 직접 선정할 수 있도록 할 것입니다. 중앙정부는 우수성과를 사업화와 창업으로 연계할 수 있도록 뒷받침하겠습니다. 이와 함께 대전의 숙원 사업인 도시철도 2호선 트램에 대한 예비타당성조사 면제를 국가균형발전 차원에서 적극적으로 검토하겠습니다.

존경하는 국민 여러분, 대전 시민과 과학기술인 여러분!

4차 산업혁명 시대는 우리에게 주어진 새로운 기회입니다. 우리가 가는 길이 4차 산업혁명의 길이며, 우리 과학기술인들이 연구해낸 결과가 4차 산업혁명 시대의 모습이 될 것입니다. 국가 R&D 혁신은 우리가 함께 해내야 할 일입니다. 첨단으로, 새로운 것으로, 자신이 하고 싶은 것으로 미래를 개척해주길 바랍니다. 새로운 산업 영역에서 세계를 매혹시키는 과학기술·ICT 기반 창업이 더욱 활성화되길 바랍니다.

정부는 간섭하지 않을 것입니다. 규제하지 않을 것입니다. 새로움에 도전하는 과학기술 연구자를 응원하고 혁신하는 기업을 도울 것입니다.

4차 산업혁명의 시대는 우리 시대입니다. 대전의 시대입니다. 과학 엑스포가 아이들에게 과학의 꿈을 심어주었던 것처럼 4차 산업혁명 특별시 대전에서 다시 아이들이 미래 과학의 꿈을 키우길 희망합니다.

감사합니다.

다듬어 고친 글

* 저는 오늘 대전에서 과학기술인 여러분과 함께 우리의 새로운 꿈을 ~~이야기하고자~~**이야기하려고** 이 자리에 섰습니다.

* "우리는 달에 갈 것입니다." 1961년 미국 의회에서 케네디(John F. Kennedy) 대통령이 ~~미지를 향한~~**아직 모르는 우주로 나아가는** 미국의 꿈, 인류의 희망을 발표할 때 우리가 국산 기술로 만들 수 있었던 것은 라디오뿐이었습니다.

* 우리는 과학기술 경쟁에서 같은 출발점에 서지 못했고 운동화도 신지 못한 채 ~~고군분투로~~**힘겹게** 세계를 좇아가고 있었습니다.

* ~~그로부터~~**그때부터** 60년, 우리는 올 3월 5세대 이동통신(5G) 서비스를 ~~세계 최초로~~**세계에서 처음으로** 시작합니다.

* 디지털 시대 ~~선두주자가~~**컴퓨터를 활용하는 시대에 가장 앞서서 달리는 나라가** 됐습니다.

* 이곳 대덕의 45개 연구기관, ~~KAIST와 충남대 등~~**한국과학기술원(KAIST)과 충남대를 포함한** 7개 대학 연구실의 불은 꺼지지 않았습니다.

* 우리 과학기술 혁신역량을 ~~OECD~~**경제협력개발기구(OECD)** 7위까지 올려 ~~결국~~**마침내** 세계를 따라잡았습니다.

* 이제 우리 앞에는 4차 산업혁명 시대가 기다리고 있습니다. ~~전 세계~~**온 세계**, ~~모든 인류가~~**온 인류가** 그 새로운 ~~세계를 향해~~**세계로** 나

아가려고 뛰기 시작했습니다.

＊ 비로소 우리는 동등한같은 출발점에 섰습니다.

＊ 뒤따라갈 필요도 없고, 흉내 낼 이유도까닭도 없습니다.

＊ 추격형에서뒤쫓다가 선도형앞장서 이끄는 경제로 나아갈 수 있는 절호의 기회입니다. 더할 나위 없이 좋은 기회이기도 합니다.

＊ 과학기술인 여러분의 땀과 열정을 치하하며, 열정에 고마움을 전하며, 우리 과학기술의 현재오늘이며 미래인앞날인 대전에서 4차 산업혁명 시대를 향해시대로 출발하고자출발하려고 합니다.

＊ 4차 산업혁명 시대를 향한시대로 나아가는 여러분 꿈에는 늘 정부가 함께할 것입니다.

＊ 데이터(Data), 네트워크(Network), 인공지능(AI)을 일컫는 D·N·A는정보자료(데이터/Data), 통신망(네트워크/Network), 인공지능(AI)의 앞자리 글자인 정·통·인은 4차 산업혁명의 기반이밑바탕이 되는 기술입니다.

＊ 올해부터 전략 혁신산업에 대한 투자가 본격화됩니다. 투자를 제대로 합니다.

＊ 데이터 산업정보자료 산업 규제혁신 계획을 차질 없이어그러짐 없이 추진하고밀고나가고 인공지능 융합 클러스터를 조성해지역(클러스터)을 만들어 데이터정보자료와 인공지능 전문인력 1만 명을 양성하겠습니다. 길러내겠습니다.

＊ 초연결지능화,초연결지능, 스마트공장,지능형 공장, 스마트시티,지능형 도시, 스마트팜,지능형 농장, 핀테크,정보통신기술금융(핀테

크), 에너지신산업,**에너지 새 산업,** 드론, *[*]날틀, 미래자동차 등같은 8대 선도 사업에도 올해 3조 6,000억 원의 예산이 투입됩니다.**예산 3조 6,000억 원을 들입니다.**

* R&D**연구개발(R&D)** 제도를 연구자를 위한 방향으로 혁신할**새롭게 바꿀** 것입니다.

* 연구자 중심으로 선도적 기술이 만들어질 수**앞장서 이끄는 기술을 만들 수** 있도록 할 것입니다.

* 2022년까지 2조 5,000억 원으로 확대하겠습니다.**크게 늘리겠습니다.**

* 연구와 행정업무를 분리해**나눠** 연구자들이 연구에 몰입할**깊이 파고들** 수 있는 환경을 조성하겠습니다.

* 과학기술의 많은 위대한**훌륭한** 발견은 연구 전에 미리 예상하지 못했던**알 수 없었던** 결과들입니다.

* 성실한 실패를 인정하고 실패의 경험까지 축적해나가겠습니다.**쌓아나가겠습니다.**

* 과학기술인 여러분이 내딛는 한 걸음이 대한민국을 4차 산업혁명으로 이끄는 새로운 지도가 된다는 사실을 기억해주기**잊지 말기** 바랍니다.

* 대전은 4차 산업혁명 시대 선도 도시입니다.**시대를 앞장서 이끄는 도시입니다.**

---

* 정부는 대덕특구의 연구개발이 대전의 일자리 창출과 혁신창업으로 이어지고 대덕특구가 대전시 혁신성장의 거점이**중심이** 될 수 있도록 필요한 지원을 아끼지 않겠습니다.

* 대덕특구에는 한국 최고**한국에서 가장 뛰어난** 역량과**능력과** 열정을 가진 과학기관과 과학자들이 모여 있습니다.

* 대덕특구 인프라**기반시설**에 정부의 지원을 더해서 첨단 신기술 상용화의 메카가**새 기술을 일상에서 쓸 수 있게 만드는 중심도시가** 될 수 있도록 하겠습니다.

* 특구에 신기술 규제 실증 테스트베드를 구축해**시험환경을 만들어** 새로운 기술·제품·서비스에 대한 규제 특례를 받을 수 있도록 하겠습니다.

* 시제품을 제작하는**만드는** 데 필요한 예산도 지원하겠습니다.

* 지역 R&D**연구개발**(R&D) 사업을 지방분권형 체계로 개편해**틀로 바꿔** 지자체가 지역 R&D**연구개발**(R&D) 사업을 기획·제안하고 R&D**연구개발**(R&D)을 수행의**수행하는** 주체를 직접 선정할**뽑을** 수 있도록 할 것입니다.

* 중앙정부는 우수성과를 사업화와**사업과** 창업으로 연계할 수 있도록 뒷받침하겠습니다.

* 이와 함께 대전의 숙원 사업인 도시철도 2호선 트램에**전차(트램)에** 대한 예비타당성조사 면제를 국가 균형발전 차원에서 적극적으로 **적극** 검토하겠습니다.

* 국가 R&D**연구개발**(R&D) 혁신은 우리가 함께 해내야 할 일입니다.

* 첨단으로, 새로운 것으로, 자신이 하고 싶은 것으로 미래를 개척해

쉬운 우리말로 고쳐 읽는 대통령 연설문

~~주길~~앞날을 **활짝 열어주길** 바랍니다.

* 새로운 산업 영역에서 ~~세계를 매혹시키는~~**세계가 반하는** 과학기술·ICT 기반~~정보통신기술(ICT)에~~ **바탕을 둔** 창업이 더욱 ~~활성화되길~~**활발해지길** 바랍니다.

* 과학 ~~엑스포~~**만국박람회**가 아이들에게 과학의 꿈을 심어주었던 것처럼 4차 산업혁명 특별시 대전에서 다시 아이들이 미래 과학의 꿈을 키우길 ~~희망합니다.~~**바랍니다.**

제100주년 3·1절 기념식

2019년 3월 1일

존경하는 국민 여러분, 해외동포 여러분!

100년 전 오늘, 우리는 하나였습니다. 3월 1일 정오 학생들은 독립선언서를 배포했습니다. 오후 2시 민족대표들이 태화관에서 독립선언식을 가졌고 탑골공원에서는 5,000여 명이 함께 독립선언서를 낭독했습니다.

담배를 끊어 저축하고 금은 비녀와 가락지를 내놓고 심지어 머리카락을 잘라 팔며 국채보상운동에 참여했던 노동자와 농민, 부녀자, 군인, 인력거꾼, 기생, 백정, 머슴, 영세 상인, 학생, 승려 등 우리의 장삼이사들이 3·1독립운동의 주역이었습니다.

그날 우리는 왕조와 식민지 백성에서 공화국의 국민으로 태어났습니다. 독립과 해방을 넘어 민주공화국을 위한 위대한 여정을 시작했습니다.

100년 전 오늘은 남과 북도 없었습니다. 서울과 평양, 진남포와 안주, 선천과 의주, 원산까지 같은 날 만세의 함성이 터져나왔고 전국 곳곳에서 들불처럼 퍼져나갔습니다. 3월 1일부터 두 달 동안 남북한 지역을 가리지 않고 전국 220개 시군 중 211개 시군에서 만세시위가 일어났습니다. 만세의 함성은 5월까지 계속됐습니다. 당시 한반도 전체 인구의 10%나 되는 202만여 명이 만세시위에 참여했습니다. 7,500여 명의 조선인이 살해됐고 1만 6,000여 명이 부상당했습니다. 체포·구금된 수는 무려 4만 6,000여 명에 달했습니다. 최대 참극은 평안남도 맹산에서 벌어졌습니다. 3월 10일 체포·구금된 교사의 석방을 요구하러 간 주민 54명을 일제는 헌병분견소 안에서 학살했습니다. 경기도 화성 제암리에서도 교회에 주민들을 가두고 불을 질러 어린아이까지 포함해 29명을 학살하는 등 만행이 이어졌습니다. 그러나 그와는 달리 조선인 공격으로 사망한 일본 민간인은 단 한 명도 없었습니다.

북간도 용정과 연해주 블라디보스토크에서, 하와이와 필라델피아에서도 우리는 하나였습니다. 민족의 일원으로서 누구든 시위를 조직하고 참여했습니다. 우리는 함께 독립을 열망했고 국민주권을 꿈꿨습니다. 3·1독립운동의 함성을 가슴에 간직한 사람들은 자신과 같은 평범한 사람들이 독립운동의 주체이며 나라의 주인이라는 사실을 깨닫기 시작했습니다. 그것이 더 많은 사람의 참여를 불러일으켰고 매일같이 만세를 부를 수 있는 힘이 됐습니다. 그 첫 열매가 민주공화국의 뿌리인 대한민국임시정부입니다. 대한민국임시정부는 임시정부헌장 1조에 3·1독립운동의 뜻을 담아 민주공화제를 새겼습니다. 세계 역사상 헌법에 민주공화국을 명시한 첫 사례였습니다.

존경하는 국민 여러분!

친일잔재 청산은 너무나 오래 미뤄둔 숙제입니다. 잘못된 과거를 성찰할 때 우리는 함께 미래를 향해 갈 수 있습니다. 역사를 바로 세우는 일이야말로 후손들이 떳떳할 수 있는 길입니다.

민족정기 확립은 국가의 책임이자 의무입니다. 이제 와서 과거 상처를 헤집어 분열을 일으키거나 이웃 나라와의 외교에서 갈등요인을 만들자는 것이 아닙니다. 모두 바람직하지 않은 일입니다. 친일잔재 청산도, 외교도 미래 지향적으로 이뤄져야 합니다. 친일잔재 청산은, 친일은 반성해야 할 일이고, 독립운동은 예우받아야 할 일이라는 가장 단순한 가치를 바로 세우는 일입니다. 이 단순한 진실이 정의이고 정의가 바로 서는 것이 공정한 나라의 시작입니다.

일제는 독립군을 비적(匪賊)으로, 독립운동가를 사상범으로 몰아 탄압했습니다. 여기서 '빨갱이'라는 말도 생겨났습니다. 사상범과 빨갱이는 진짜 공산주의자에게만 적용되지 않았습니다. 민족주의자에서 아나키스트까지 모든 독립운동가를 낙인찍는 말이었습니다. 좌우의 적대, 이념의 낙인은 일제가 민족사이를 갈라놓기 위해 사용한 수단이었습니다.

해방 후에도 친일청산을 가로막는 도구가 됐습니다. 양민학살과 간첩조작, 학생들의 민주화운동에도 국민을 적으로 모는 낙인으로 사용됐습니다. 해방된 조국에서 일제 경찰 출신이 독립운동가를 빨갱이로 몰아 고문하기도 했습니다. 많은 사람이 빨갱이로 규정되어 희생됐고, 가족과 유족들은 사회적 낙인속에서 불행한 삶을 살아야 했습니다. 지금도 우리 사회에서 정치적 경쟁 세력을 비방하고 공격하는 도구로 빨갱이란 말이 사용되고, 변형된 색깔론이 기승을 부리고 있습니다. 우리가 하루빨리 청산해야 할 대표적인 친일잔재입니다.

우리 마음에 그어진 '38선'은 우리 안을 갈라놓은 이념의 적대를 지울 때 함께 사라질 것입니다. 서로에 대한 혐오와 증오를 버릴 때 우리 내면의 광복은 완성될 것입니다. 새로운 100년은 그때서야 비로소 진정으로 시작될 것입니다.

존경하는 국민 여러분!

지난 100년 우리는 공정하고 정의로운 나라, 인류 모두의 평화와 자유를 꿈꾸는 나라를 향해 걸어왔습니다. 식민지와 전쟁, 가난과 독재를 극복하고 기적 같은 경제성장을 이뤄냈습니다. 4·19혁명과 부마민주항쟁, 5·18민주화운동, 6·10민주항쟁, 그리고 촛불혁명을 통해 평범한 사람이 각자 힘과 방법으로 우리 모두의 민주공화국을 만들어왔습니다. 3·1독립운동 정신이 민주주의 위기마다 되살아났습니다. 새로운 100년은 진정한 국민의 국가를 완성하는 100년입니다. 과거 이념에 끌려다니지 않고 새로운 생각과 마음으로 통합하는 100년입니다.

우리는 평화의 한반도라는 용기 있는 도전을 시작했습니다. 변화를 두려워하지 않고 새로운 길에 들어섰습니다. 새로운 100년은 이 도전을 성공으로 이끄는 100년입니다. 2017년 7월, 베를린에서 한반도 평화구상을 발표할 때, 평화는 너무 멀리 있어 잡을 수 없을 것 같았습니다. 그러나 우리는 기회가 왔을 때 뛰어나가 평화를 붙잡았습니다. 드디어 평창의 추위 속에서 평화의 봄은 찾아왔습니다. 지난해 김정은 위원장과 판문점에서 처음 만나 8,000만 겨레의 마음을 모아 한반도에 평화의 시대가 열렸음을 세계 앞에 천명했습니다. 9월에는 능라도 5월1일경기장에서 15만 평양 시민 앞에 섰습니다. 대한민국 대통령으로서 평양 시민에게 한반도의 완전한 비핵화와 평화, 번영을 약속했습니다.

한반도의 하늘과 땅, 바다에서 총성이 사라졌습니다. 비무장지대에서 13구의 유해와 함께 화해의 마음도 발굴했습니다. 남북 철도와 도로, 민족의 혈맥이 이어지고 있습니다. 서해 5도 어장이 넓어져 어민들에게 만선의 꿈이 커졌습니다. 무지개처럼 여겼던 구상들이 우리 눈앞에서 하나하나 실현되고 있습니다.

이제 곧 비무장지대는 국민의 것이 될 것입니다. 세계에서 가장 잘 보존된 자연이 우리에게 큰 축복이 될 것입니다. 우리는 그곳에서 평화공원을 만들든, 국제평화기구를 유치하든, 생태평화 관광을 하고 순례길을 걷든, 자연을 보존하면서 남북한 국민의 행복을 위해 공동 사용할 수 있을 것입니다. 그것은 우리 국민의 자유롭고 안전한 북한 여행으로 이어질 것입니다. 이산가족과 실향민들이 단순한 상봉을 넘어 고향을 방문하고 가족·친지들을 만날 수 있도록 추진하겠습니다.

한반도의 항구적 평화는 많은 고비를 넘어야 확고해질 것입니다. 베트남 하노이에서 열린 제2차 북미 정상회담은 장시간 대화를 나누고 상호이해와 신뢰를 높인 것만으로도 의미 있는 진전이었습니다. 특히 두 정상 사이에 연락사무소 설치까지 논의가 이뤄진 것은 양국 관계 정상화를 위한 중요한 성과였습니다. 트럼프 대통령이 보여준 지속적인 대화 의지와 낙관적인 전망을 높이 평가합니다. 더 높은 합의로 가는 과정이라고 생각합니다.

이제 우리의 역할이 더욱 중요해졌습니다. 정부는 미국, 북한과 긴밀히 소통하고 협력해 양국 간 대화의 완전한 타결을 반드시 성사시켜낼 것입니다. 우리가 갖게 된 한반도 평화의 봄은 남이 만들어준 것이 아닙니다. 우리 스스로, 국민의 힘으로 만들어낸 결과입니다. 통일도 먼 곳에 있지 않습니다. 차이를 인정하고 마음을 통합하고, 호혜적 관계를 만들면 그것이 바로 통일입니다.

이제 새로운 100년은 과거와 질적으로 다른 100년이 될 것입니다. 신(新)한반도체제로 담대하게 전환해 통일을 준비해나가겠습니다. 신한반도체제는 우리가 주도하는 100년의 질서입니다. 국민과 함께, 남북이 함께 새로운 평화협력의 질서를 만들어낼 것입니다. 신한반도체제는 대립과 갈등을 끝낸 새로운 평화협력공동체입니다. 우리의 한결같은 의지와 긴밀한 한미공조, 북미대화의 타결과 국제사회 지지를 바탕으로 항구적인 평화체제 구축을 반드시 이루겠습니다.

신한반도체제는 이념과 진영의 시대를 끝낸 새로운 경제협력공동체입니다. 한반도에서 평화경제의 시대를 열어나가겠습니다. 금강산관광과 개성공단 재개 방안도 미국과 협의하겠습니다. 남북은 지난해 군사적 적대행위의 종식을 선언하고 군사공동위원회 운영에 합의했습니다. 비핵화가 진전되면 남북 간에 경제공동위원회를 구성해 남북 모두가 혜택을 누리는 경제적 성과를 만들어낼 수 있을 것입니다.

남북관계 발전이 북미관계 정상화와 북일관계 정상화로 연결되고, 동북아지역 새로운 평화·안보 질서로 확장될 것입니다. 3·1독립운동 정신과 국민통합을 바탕으로 신한반도체제를 일구어나가겠습니다. 국민 모두의 힘을 모아주시기 바랍니다. 한반도의 평화는 남과 북을 넘어 동북아와 아세안, 유라시아를 포괄하는 새로운 경제성장의 동력이 될 것입니다.

100년 전 식민지가 됐거나 식민지로 전락할 위기에 처했던 아시아의 민족과 나라들은 우리 3·1독립운동을 적극 지지해주었습니다. 당시 베이징대학 교수로서 신문화운동을 이끈 천두슈(陳獨秀)는 "조선의 독립운동은 위대하고 비장한 동시에 명료하고, 민의를 사용하되 무력을 사용하지 않음으로써 세계 혁명사에 신기원을 열었다"고 말했습니다. 아시아는 세계에서 가장 일찍 문명이 번성한 곳이고 다양한 문명이 공존하는 곳입니다. 한반도 평화로 아시아 번영에 기여하겠습니다.

상생을 도모하는 아시아의 가치와 손잡고 세계 평화와 번영의 질서를 만드는 데 함께하겠습니다. 한반도 종단철도가 완성되면 지난해 광복절에 제안한 동아시아 철도공동체의 실현을 앞당기게 될 것입니다. 그것은 에너지공동체와 경제공동체로 발전하고, 미국을 포함한 다자 평화·안보 체제를 굳건히 하게 될 것입니다. 아세안 국가들과는 2019년 한·아세안 특별정상회의와 제1차 한·메콩 정상회의 개최를 통해 사람 중심의 평화와 번영 공동체를 함께 만들어가겠습니다.

한반도 평화를 위해 일본과의 협력도 강화할 것입니다. 기미독립선언서는 3·1독립운동이 배타적 감정이 아니라 전 인류의 공존공생을 위한 것이며 동양평화와 세계평화로 가는 길임을 분명하게 선언했습니다. 과감하게 오랜 잘못을 바로잡고 진정한 이해와 공감을 바탕으로 사이좋은 새 세상을 여는 것이 서로 재앙을 피하고 행복해지는 지름길임을 밝혔습니다. 오늘날에도 유효한 우리의 정신입니다.

과거는 바꿀 수 없지만 미래는 바꿀 수 있습니다. 역사를 거울 삼아 한국과 일본이 굳건히 손잡을 때 평화의 시대가 성큼 우리 곁으로 다가올 것입니다. 힘을 모아 피해자들의 고통을 실질적으로 치유할 때 한국과 일본은 마음이 통하는 진정한 친구가 될 것입니다.

존경하는 국민 여러분, 해외동포 여러분!

지난 100년, 우리가 함께 대한민국을 일궈왔듯 새로운 100년, 우리는 함께 잘살아야 합니다. 모든 국민이 평등하고 공정하게 기회를 가질 수 있어야 하며 차별받지 않고 일 속에서 행복을 찾을 수 있어야 합니다. 함께 잘살기 위해 우리는 혁신적 포용국가라는 또 하나의 도전을 시작했습니다. 오늘 우리가 걷고 있는 혁신적 포용국가의 길은 100년 전 오늘 선조들이 꿈꾸었던 나라이기도 합니다.

세계는 지금 양극화와 경제 불평등, 차별과 배제, 나라 간 격차와 기후변화라는 전 지구적 문제 해결을 위해 새로운 길을 모색하고 있습니다. 혁신적 포용국가라는 우리의 도전을 지켜보고 있습니다. 우리는 변화를 두려워하지 않고 오히려 능동적으로 이용하는 국민입니다. 우리는 가장 평화롭고 문화적인 방법으로 세계 민주주의 역사에 아름다운 꽃을 피웠습니다. 1997년 아시아 외환위기와 2008년 글로벌 금융위기를 극복한 힘도 모두 국민에게 나왔습니다. 우리의 새로운 100년은 평화가 포용의 힘으로 이어지고 포용이 함께 잘사는 나라를 만들어내는 100년이 될 것입니다. 포용국가로의 변화를 우리가 선도할 수 있고, 우리가 이뤄낸 포용국가가 세계 포용국가의 모델이 될 수 있다고 자신합니다.

3·1독립운동은 여전히 우리를 미래를 향해 밀어주고 있습니다. 우리가 오늘 유관순 열사의 공적심사를 다시 하고 독립유공자의 훈격을 높여 새롭게 포상하는 것도 3·1독립운동이 현재진행형이기 때문입니다. 유관순 열사는 아우내장터 만세시위를 주도했습니다. 서대문형무소 안에 갇혀서도 죽음을 두려워하지 않고 3·1독립운동 1주년 만세운동을 벌였습니다. 그렇지만 무엇보다 큰 공적은 유관순이라는 이름만으로 3·1독립운동을 잊지 않게 한 것입니다.

지난 100년의 역사는 우리가 마주하는 현실이 아무리 어렵더라도 희망을 포기하지 않는다면 변화와 혁신을 이뤄낼 수 있다는 것을 증명합니다. 앞으로의 100년은 국민의 성장이 곧 국가의 성장이 될 것입니다. 안으로는 이념 대립을 넘어 통합을 이루고, 밖으로는 평화와 번영을 이룰 때 독립은 진정으로 완성될 것입니다.

감사합니다.

다듬어 고친 글

＊ 3월 1일 정오 학생들은 독립선언서를 ~~배포했습니다.~~ **나눠줬습니다.**

＊ 오후 2시 민족대표들이 태화관에서 독립선언식을 가졌고 탑골공원에서는 5,000여 명이 함께 독립선언서를 ~~낭독했습니다.~~ **소리 내서 읽었습니다.**

＊ 담배를 끊어 저축하고 금은 비녀와 가락지를 내놓고 심지어 머리카락을 잘라 팔며 국채보상운동에 참여했던 노동자와 농민, 부녀자, 군인, 인력거꾼, 기생, 백정, 머슴, 영세 상인, 학생, 승려 등 ~~같은 우리의(삭제) 장삼이사들이~~ **평범한 국민이** 3·1독립운동의 주역이 ~~었습니다.~~ **주인공이었습니다.**

＊ 독립과 해방을 넘어 민주공화국을 위한 위대한 여정을 시작했습니~~다.~~ **민주공화국으로 나아가는 크나큰 첫걸음을 떼었습니다.**

＊ ~~만세의 함성은~~ **만세 함성을** 5월까지 ~~계속됐습니다.~~ **이어나갔습니다.**

＊ ~~7,500여 명의 조선인이 살해됐고,~~ **조선인 7,500여 명이 죽임을 당했고,** 1만 6,000여 명이 ~~부상당했습니다.~~ **다쳤습니다.**

＊ 체포·구금된 수는 무려 4만 6,000여 명에 ~~달했습니다.~~ **이릅니다.**

＊ ~~최대가장 크고~~ **가장 크고** ~~참극은~~ **끔찍한** 사건은 평안남도 맹산에서 벌어졌습니다.

＊ 3월 10일 체포·구금된 교사의 석방을 요구하러 간 주민 54명을 일제는 헌병분견소 안에서 ~~학살했습니다.~~ **마구 죽였습니다.**

* 경기도 화성 제암리에서도 교회에 주민들을 가두고 불을 질러 어린아이까지 포함해 29명을 ~~학살하는 등~~마구 죽이는 만행이~~야~~만스러운 행동을 ~~이어졌습니다.~~ 이어갔습니다.

* 민족의 ~~일원으로서~~한 사람으로서 누구든 시위를 ~~조직하고~~짜고 참여했습니다.

* 우리는 함께 독립을 ~~열망했고~~애타게 바랐고, 국민주권을 꿈꿨습니다.

* 3·1독립운동의 함성을 ~~가슴에 간직한~~가슴속 깊이 품은 사람들은 자신과 같은 평범한 사람들이 독립운동의 ~~주체이며~~주인공이며 나라의 주인이라는 사실을 깨닫기 시작했습니다.

* 세계 ~~역사상~~역사에서 헌법에 민주공화국을 ~~명시한~~분명하게 드러낸 첫 사례였습니다.

* ~~친일잔재 청산은~~친일이 남긴 찌꺼기를 치우는 일은 너무나 오래 미뤄둔 숙제입니다.

* 잘못된 과거를 ~~성찰할 때~~깊이 반성할 때 우리는 함께 미래를 향해 갈 수~~앞날을 활짝 열어젖힐 수 있습니다.

* 이제 와서 과거 상처를 헤집어 분열을 일으키거나 이웃 ~~나라와의~~나라와 외교에서 갈등 요인을 만들자는 것이 아닙니다.

* ~~친일잔재 청산도,~~친일이 남긴 찌꺼기를 치우는 일도, 외교도 미래 ~~지향적으로~~앞날을 보면서 ~~이뤄져야~~해나가야 합니다.

* ~~친일잔재 청산은,~~친일이 남긴 찌꺼기를 치우는 일은, 친일은 반성해야 할 일이고, 독립운동은 ~~예우받아야~~대접받아야 할 일이라는 가장 단순한 가치를 바로 세우는 일입니다.

* 일제는 독립군을 ~~비적(匪賊)으로,~~ 도적떼로, 독립운동가를 사상범으로 몰아 ~~탄압했습니다.~~ 힘으로 꼼짝 못하게 억눌렀습니다.

* 민족주의자에서 ~~아나키스트까지*~~ 무권력주의자(아나키스트)까지 모든 독립운동가를 ~~낙인찍는~~ 독립운동가에게 딱지를 붙이는 말이었습니다.

* ~~좌우의 적대, 이념의 낙인은~~ 좌우가 맞서게 하고, 이념으로 딱지를 붙이는 일은 일제가 민족 사이를 갈라놓기 위해 사용한 ~~갈라놓으려고 쓴 수단이었습니다.~~ 잔꾀였습니다.

* 양민학살과 간첩조작, 학생들의 ~~민주화운동에도~~ 민주주의 운동에도 국민을 적으로 모는 ~~낙인으로~~ 딱지로 사용됐습니다.

* 많은 ~~사람이 빨갱이로 규정되어~~ 사람이 빨갱이란 이름으로 희생됐고 가족과 유족들은 ~~사회적 낙인 속에서~~ 사회가 붙인 빨간딱지로 불행한 삶을 살아야 했습니다.

* 지금도 우리 사회에서 ~~정치적~~ 정치의 경쟁 세력을 ~~비방하고~~ 헐뜯고 공격하는 도구로 빨갱이란 ~~말이 사용되고,~~ 말을 쓰고, ~~변형된~~ 모습을 바꾼 색깔론이 기승을 부리고 있습니다.

* 우리가 하루빨리 ~~청산해야~~ 깨끗이 치워야 할 대표적인 ~~친일잔재~~ 친일 찌꺼기의 대표 사례입니다.

* 우리 마음에 그어진 '38선'은 우리 안을 갈라놓은 이념의 ~~적대를~~ 맞서기를 지울 때 함께 사라질 것입니다.

---

* '아나키' 란 지배자 또는 통치권력이 없다는 뜻을 가진 그리스어에서 유래했다. 따라서 여기서는 '무권력주의자' 로 푼다. 일본은 일부러 뜻을 비틀어 '무정부주의자'로 썼다.

* 서로에 대한 혐오와 증오를 버릴 때 우리 내면의 광복은 완성될<u>서로</u> **싫어하거나 미워하지 않을 때 우리는 마음속 광복을 이룩할** 것입 니다.

* 지난 100년 우리는 공정하고 정의로운 나라, 인류 모두의 평화와 자유를 꿈꾸는 <u>나라를 향해</u>**나라로 나아가려고** 걸어왔습니다.

* 식민지와 전쟁, 가난과 독재를 <u>극복하고</u>**넘어서** 기적 같은 경제성 장을 이뤄냈습니다.

* 4·19혁명과 부마민주항쟁, 5·18민주화운동, 6·10민주항쟁, <u>그리 고 촛불혁명을 통해</u>**또 촛불혁명으로** 평범한 사람이 각자 <u>힘과</u>**저마 다 제힘과** 방법으로 우리 모두의 민주공화국을 만들어왔습니다.

* 3·1독립운동 <u>정신이</u>**얼이** 민주주의 위기마다 되살아났습니다.

* 새로운 100년은 진정한 국민의 국가를 <u>완성하는</u>**이룩하는** 100년입 니다.

* 과거 이념에 끌려다니지 않고 새로운 생각과 마음으로 <u>통합하는</u>**하 나가 되는** 100년입니다.

* 지난해 김정은 위원장과 판문점에서 처음 만나 8,000만 겨레의 마 음을 모아 한반도에 평화의 시대가 열렸음을 세계 앞에 <u>천명했습 니다.</u>**뚜렷이 밝혔습니다.**

* 한반도의 하늘과 땅, 바다에서 <u>총성이</u>**총소리가** 사라졌습니다.

* 비무장지대에서 <u>13구의 유해와</u>**유해 13구와** 함께 <u>화해의</u>**화해하는** 마음도 <u>발굴했습니다.</u>**찾아냈습니다.**

* 무지개처럼 여겼던 <u>구상들이</u>**생각이** 우리 눈앞에서 하나하나 실현 되고 있습니다.

쉬운 우리말로 고쳐 읽는 대통령 연설문

* 우리는 그곳에서 평화공원을 만들든, 국제평화기구를 유치하든, 끌 어들이든, 생태평화 관광을 하고 순례길을 걷든, 자연을 보존하면 서 남북한 국민의 행복을 위해 공동함께 사용할쓸 수 있을 것입니 다.

* 이산가족과 실향민들이 단순한 상봉을만남을 넘어 고향을 방문하 고찾아 가족·친지들을친지를 만날 수 있도록 추진하겠습니다. 밀고 나가겠습니다.

* 한반도의 항구적변함없는 평화는 많은 고비를 넘어야 확고해질탄 탄해질 것입니다.

* 베트남 하노이에서 열린하노이 제2차 북미 정상회담은 장시간긴 시간 대화를 나누고 상호이해와서로 이해와 신뢰를 높인 것만으로 도 의미 있는뜻있는 진전이었습니다. 발걸음이었습니다.

* 특히더욱이 두 정상 사이에 연락사무소 설치까지 논의가 이뤄진 것은 양국 관계 정상화를 위한두 나라 관계를 정상으로 돌리는 중 요한 성과였습니다.

* 트럼프 대통령이 보여준 지속적인 대화 의지와앞으로도 대화를 이 어가겠다고 하고 낙관적인 전망을앞날을 밝게 보는 것도 높이 평 가합니다. 칩니다.

* 이제 우리의 역할이우리가 할 일이 더욱 중요해졌습니다.

* 정부는 미국, 북한과 긴밀히더욱 가까이 소통하고 협력하여 양국 간 대화의 완전한 타결을 반드시 성사시켜낼 것입니다. 힘을 모아 두 나라 사이 대화를 잘 마무리하겠습니다.

* 차이를 인정하고 마음을 통합하고, 하나로 모으고, 호혜적서로 돕

는 관계를 만들면 그것이 바로 통일입니다.

* 이제 새로운 100년은 과거와 ~~질적으로~~**질이** 다른 100년이 될 것입니다.

* 신(新)신한반도체제로 ~~담대하게 전환해~~**통 크게 바꿔** 통일을 준비해 나가겠습니다.

* 신한반도체제는 우리가 ~~주도하는~~**이끄는** 100년의 질서입니다.

* 신한반도체제는 ~~대립과~~**맞서기와** 갈등을 끝낸 새로운 평화협력공동체입니다.

* 우리의 한결같은 의지와 ~~긴밀한~~**사이좋은** 한미공조, 북미대화의 ~~타결과~~**마무리와** 국제사회 지지를 ~~뒷받침을~~ 바탕으로 ~~항구적인~~**변함없는** 평화체제 ~~구축을~~**만들기를** 반드시 이루겠습니다.

* 금강산관광과 ~~개성공단 재개~~**개성공단을 다시 여는** 방안도 미국과 협의하겠습니다.

* 남북은 지난해 ~~군사적 적대행위의 종식을~~**군사 적대행위가 끝났다**고 선언하고 군사공동위원회 운영에 합의했습니다.

* ~~비핵화가 진전되면~~**핵 없애기에서** 앞으로 더 나아가면 남북 ~~간에~~**사이에** 경제공동위원회를 구성해 남북 모두가 혜택을 누리는 ~~경제적 성과를~~**경제 성과를** 만들어낼 수 있을 것입니다.

* 남북관계 발전이 ~~북미관계 정상화와 북일관계 정상화로 연결되고,~~**북미관계, 북일관계를 정상으로 돌리는 일로 이어지고,** 동북아 지역 새로운 평화 안보 질서로 ~~확장될~~**크게 넓혀질** 것입니다.

* 한반도의 평화는 남과 북을 넘어 동북아와 아세안, 유라시아를 ~~포괄하는~~**모두 포함하는** 새로운 경제성장의 동력이 될 것입니다.

＊ 100년 전 식민지가 됐거나 식민지로 전락할떨어질 위기에 처했던 위기를 만난 아시아의 민족과 나라들은 우리 3·1독립운동을 적극 지지해주었습니다. 뒷받침해주었습니다.

＊ 당시 베이징대학 교수로서 신문화운동을 이끈 천두슈(陳獨秀)는 "조선의 독립운동은 위대하고 비장한 동시에 명료하고, 훌륭하고, 슬프지만 씩씩하면서, 뚜렷하고, 민의를 사용하되쓰되 무력을 사용하지쓰지 않음으로써 세계 혁명사에 신기원을새 기원을 열었다" 고 말했습니다.

＊ 아시아는 세계에서 가장 일찍 문명이 번성한꽃핀 곳이고 다양한여러 가지 문명이 공존하는함께하는 곳입니다.

＊ 한반도 평화로 아시아 번영에 기여하겠습니다. 이바지하겠습니다.

＊ 상생을 도모하는서로 살리기를 꾀하는 아시아의 가치와 손잡고 세계 평화와 번영의 질서를 만드는 데 함께하겠습니다.

＊ 한반도 종단철도가 완성되면종단철도를 완성하면 지난해 광복절에 제안한 동아시아 철도공동체의 실현을 앞당기게 될 것입니다.

＊ 아세안 국가들과는국가와 2019년 한·아세안 특별정상회의와 제1차 한·메콩 정상회의 개최를 통해정상회의를 열어 사람 중심의 평화와 번영 공동체를 함께 만들어가겠습니다.

＊ 한반도 평화를 위해 일본과의 협력도 강화할일본과 함께 힘을 모으는 일도 더욱 굳건히 할 것입니다.

＊ 기미독립선언서는 3·1독립운동이 배타적남을 물리치는 감정이 아니라 전 인류의 공존공생을 위한 것이며온 인류가 함께 어울려 살기 위한 것이며 동양평화와 세계평화로 가는 길임을 분명하게뚜렷

하게 선언했습니다.

* 오늘날에도 <u>유효한</u>마음에 새겨야 할 <u>우리의 정신입니다.</u>우리 얼입
니다.

* 힘을 모아 피해자들의 고통을 <u>실질적으로 치유할</u>실제로 치료해서
낫게 할 때 한국과 일본은 마음이 통하는 <u>진정한</u>참된 친구가 될 것
입니다.

* 함께 잘살기 위해 우리는 <u>혁신적 포용국가라는</u>새롭게 바꾸고 너그
럽게 얼싸안는 나라라는 또 하나의 도전을 시작했습니다.

* 오늘 우리가 걷고 있는 <u>혁신적 포용국가의 길은</u>새롭게 바꾸고 너그
럽게 얼싸안는 나라로 나아가는 길은 100년 전 오늘 <u>선조들이</u>선조
가 꿈꾸었던 나라이기도 합니다.

* 세계는 지금 <u>양극화와 경제 불평등,</u>경제와 사회의 불평등, 차별과
배제, 나라 간 <u>격차와</u>나라 사이 불평등과 기후변화라는 전 지구적
온 지구의 문제 해결을 위해 새로운 길을 <u>모색하고</u>찾고 있습니다.

* 우리는 변화를 두려워하지 않고 오히려 <u>능동적으로</u>변화를 거꾸로
이용하는 국민입니다.

* 우리는 가장 평화롭고 <u>문화적인</u>문화를 드높이는 방법으로 세계 민
주주의 역사에 아름다운 꽃을 피웠습니다.

* 1997년 아시아 외환위기와 2008년 <u>글로벌</u>세계 금융위기를 <u>극복한</u>
넘어선 힘도 모두 국민에게 나왔습니다.

* <u>포용국가로의</u>'너그럽게 얼싸안는 나라'로 나아가는 변화를 우리가
<u>선도할</u>앞장서 이끌 수 있고, 우리가 이뤄낸 <u>포용국가가</u>'너그럽게
얼싸안는 나라'가 <u>세계 포용국가의 모델이</u>세계의 모범이 될 수 있

다고 자신합니다. 믿습니다.

* 3·1독립운동은 여전히 우리를 미래를 향해우리가 앞날을 보고 나아가게 밀어주고 있습니다.

* 우리가 오늘 유관순 열사의 공적심사를공로심사를 다시 하고 독립유공자의 훈격을공로의 품위을 높여 새롭게 포상하는상을 주는 것도 3·1독립운동이 현재진행형이기 때문입니다.

* 유관순 열사는 아우내장터 만세시위를 주도했습니다. 만세시위에 앞장섰습니다.

* 지난 100년의 역사는 우리가 마주하는 현실이 아무리 어렵더라도 희망을푸르른 꿈을 포기하지버리지 않는다면 변화와 혁신을 이뤄 낼 수 있다는 것을 증명합니다.

* 안으로는 이념 대립을맞서기를 넘어 통합을 이루고, 하나가 되고, 밖으로는 평화와 번영을 이룰 때 독립은 진정으로 완성될참된 독립 을 이룩할 것입니다.

근로자의날 메시지

2019년 5월 1일

"노동이 자랑스러운 나라를 만들고 싶습니다."

노동은 인류 문명을 만들었습니다. 예술적 영감이 깃든 노동이든, 숙련노동이든, 단순노동이든, 생산직이든, 사무직이든 노동은 숭고합니다. 노동은 대한민국 발전을 이끌었습니다. 그에 걸맞은 대접을 받아야 합니다.

노동존중 사회는 우리 정부의 핵심 국정기조입니다. 최저임금 인상과 비정규직의 정규직화, 주 52시간 근로제는 모두 노동자의 삶과 노동의 질을 높이고자 한 정책들입니다. 정부 정책만으로 하루아침에 사회가 달라질 순 없겠지만, 「산업안전보건법」 개정은 갈수록 노동자의 안전과 건강을 높여줄 것입니다.

고공 농성이나 단식 등으로 고생하던 노동자들이 일터로 돌아갈 수 있게 된 것도 다행스럽습니다. 쌍용자동차와 KTX 여승무원, 파인텍, 콜텍악기 등 우리 정부 출범 이전부터 있었던 오랜 노동문제들이 모두 해결됐습니다. 아직 갈 길이 멀지만 노사정이 함께하는 경제사회노동위원회의 조속한 정상화로 좋은 결실을 이뤄내길 기대합니다. 정부도 항상 힘을 보탤 것입니다.

노동계 또한 우리 사회의 주류라는 자세로 함께해주시기 바랍니다. 과거 기울어진 세상에서 노동이 '투쟁'으로 존중을 찾았다면, 앞으로의 세상에서는 '상생'으로 존중을 찾아야 할 것으로 생각합니다.

어제 청계천에서 '아름다운 청년 전태일 기념관' 개관식이 열렸습니다. 격세지감을 느낍니다. 우리는 '전태일'이라는 이름을 남몰래 부르던 시절을 지나, 아이들의 손을 잡고 노동의 숭고함을 이야기할 수 있게 되었습니다. 기념관이 세워지기까지 애써주신 서울시와 관계자분들께 감사드립니다.

노동이 자랑스러운 나라를 만들고 싶습니다. 노동으로 꿈을 이루고, 노동으로 세계를 발전시키고, 노동으로 존경받을 수 있는 나라를 이뤄내고 싶습니다. 숙련공, 기능공, 마스터들이 우리의 일터 곳곳에서, 또는 사회 곳곳에서 주역으로 대접받는 모습을 보고 싶습니다.

다듬어 고친 글

* 예술적 영감이~~예술성~~ 짙은 느낌이 깃든 노동이든, 숙련노동이든, 단순노동이든, 생산직이든, 사무직이든 노동은 숭고합니다.**드높습니다.**

* ~~최저임금 인상과 비정규직의 정규직화,~~ **최저임금을 올리고 비정규직을 정규직으로 돌리는 것과** 주 52시간 근로제는 모두 노동자의 삶과 노동의 질을 ~~높이고자~~**함께 높이려고** 한 정책들입니다.

* 고공 농성이나 단식 ~~등으로~~**들로** 고생하던 노동자들이 일터로 돌아갈 수 있게 된 것도 다행스럽습니다.

* 쌍용자동차와 ~~KTX~~**한국고속철도(KTX)** 여승무원, 파인텍, 콜텍악기 ~~등~~**같은**, 우리 정부 출범 이전부터 있었던 오랜 노동문제들이 모두 해결됐습니다.

* 아직 갈 길이 멀지만 노사정이 함께하는 ~~경제사회노동위원회의 조속한 정상화로 좋은 결실을 이뤄내길 기대합니다.~~ **경제사회노동위원회가 빨리 정상으로 돌아가 알찬 열매를 거두길 바랍니다.**

* 노동계 ~~또한~~**노동계도** 우리 사회의 주류라는 자세로 함께해주시기 바랍니다.

* 우리는 '전태일'이라는 이름을 남몰래 부르던 시절을 지나 아이들의 손을 잡고 노동의 ~~숭고함을~~**드높음을** 이야기할 수 있게 되었습니다.

* 기념관이 세워지기까지 애써주신 서울시와 관계자분들께 ~~감사드 립니다.~~ **고맙다는** 인사를 전합니다.

* 숙련공, 기능공, ~~마스터들이~~**장인들이** 우리의 일터 곳곳에서, 또는 사회 곳곳에서 ~~주역으로~~**주인공으로** 대접받는 모습을 보고 싶습니다.

"위기일수록 서로의 손을
잡고 함께 가야 합니다."

2020년 신년사

2020년 1월 7일

존경하는 국민 여러분!

경자년(庚子年) 새해가 밝았습니다. 3·1독립운동과 임시정부 수립 100년의 뜻깊은 해를 보내고, 올해 4·19혁명 60주년과 5·18민주화운동 40주년을 맞으며 3년 전, 촛불을 들어 민주공화국을 지켜냈던 숭고한 정신을 되새깁니다.

정의롭고 안전하며, 더 평화롭고 행복한, 나라다운 나라를 만들라는 국민의 준엄한 명령에 따라 우리 정부는 과감한 변화를 선택했습니다. 경제와 사회 구조의 근본적인 변화와 개혁으로 우리 사회에 만연한 반칙과 특권을 청산하고, 불평등과 양극화를 극복하기 위해 흔들림 없이 노력해왔습니다. 많은 국민께서 낯선 길을 함께 걸어주셨습니다. 국민께서 불편과 어려움을 견디며 응원해주신 덕분에 정부는 '함께 잘사는 나라', '혁신적 포용국가'의 틀을 단단하게 다질 수 있었습니다. 자기 자리에서 최선을 다해주신 국민께 깊이 감사드리며,

올 한 해 확실한 변화로 국민의 노고에 보답하겠습니다.

국민 여러분!

2020년은 나와 이웃의 삶이 고르게 나아지고 경제가 힘차게 뛰어 도약하는 해가 될 것입니다. 이를 위해 국민께서 포용·혁신·공정에서 확실한 변화를 체감할 수 있도록 하겠습니다.

먼저 '포용'이 우리 사회 구석구석까지 미치게 하여 국민의 삶을 더 따뜻하게 하겠습니다.

일자리는 국민 삶의 기반입니다. 지난해 정부는 일자리에 역대 최대의 예산을 투입했습니다. 청년·여성·어르신에 대한 맞춤형 일자리 지원을 강화하고, 민간 일자리 창출을 위해 전방위적인 정책 노력을 기울였습니다. 그 결과 일자리가 뚜렷한 회복세를 보이고 있습니다. 지난해 신규 취업자가 28만 명 증가하여 역대 최고 고용률을 기록했고, 청년 고용률도 13년 만에 최고치를 기록했습니다. 상용직이 크게 증가하면서 고용보험 가입자 수가 50만 명 이상 늘고, 대·중소기업 간 임금 격차가 감소하는 등 고용의 질도 개선되었습니다.

올해 이 추세를 더 확산시키겠습니다. 특히 우리 경제의 중추인 40대와 제조업 고용부진을 해소하겠습니다. 40대 퇴직자와 구직자에 대한 맞춤형 종합대책을 마련하고, 민간이 더 많은 일자리를 만들도록 규제혁신과 투자 인센티브를 강화하겠습니다. 부부 동시 육아휴직을 도입하여 아이를 키우며 일하기 좋은 여건을 조성하고, 청년추가고용장려금, 고령자 계속고용장려금 지원을 통해 여성·청년·어르신의 노동시장 진입도 촉진하겠습니다.

이와 함께, 노동이 존중받는 사회로 한 걸음 더 다가가겠습니다. 명실상부한 선진국으로 도약하기 위해서는, 저임금과 장시간 노동이 아닌 사람 중심의 창의와 혁신, 선진적 노사관계가 경쟁력의 원천이 되어야 합니다. 정부는 그동안 노동시간 단축과 최저임금 인상 등 노동자의 삶의 질을 높이기 위해 노력해왔습니다. 그 결과, 통계 작성 이후 처음으로 연간 노동시간이 2,000시간 이하로 낮아졌고, 저임금근로자 비중도 20% 미만으로 줄었습니다. 노동조합 조직률이 2000년 이후 최고를 기록한 반면 파업에 따른 조업 손실일수는 최근 20년 이래 가장 낮았습니다. 지역 상생형 일자리도 광주를 시작으로 밀양, 대구, 구미, 횡성, 군산으로 확산되었습니다.

올해 국민들의 체감도를 더욱 높이겠습니다. 300인 미만 중소기업의 주 52시간 근무제 안착을 지원하고, 최저임금 결정 체계의 합리성과 투명성을 높이겠습니다. 한국형 실업부조인 국민취업지원제도와 전 국민 내일배움카드제를 통해 고용안전망을 더욱 튼튼하게 만들겠습니다. 지역 상생형 일자리도 계속 늘려갈 것입니다.

지난해 기초연금 인상, 근로장려금 확대 등 포용정책의 성과로 지니계수, 5분위 배율, 상대적 빈곤율 등 3대 분배지표가 모두 개선되었습니다. 가계소득도 모든 계층에서 고르게 증가했고, 특히 저소득 1분위 계층의 소득이 증가세로 전환되었습니다. 올해 더 '확실한 변화'를 보이겠습니다. 기초생활보장제도의 부양의무자 기준을 완화하여 더 많은 가구가 혜택받게 하고, 근로장려금(EITC) 확대와 기초연금 인상 등 저소득 취약계층에 대한 지원을 더 넓히겠습니다.

건강보험 보장성을 강화하고, 특히 중증질환, 취약계층, 아동 의료비 부담을 대폭 줄여 병원비 걱정 없이 치료받을 수 있게 할 것입니다.

지난해 고3부터 시작한 고교 무상교육을 올해 고2까지, 내년에는 전 학년으로 완성하고, 학자금 대출 금리도 낮춰 누구나 교육기회를 충분히 누리도록 하겠습니다.

어려움을 겪는 자영업자와 소상공인을 위해서는 금융·세제 지원과 상권 활성화 지원을 더욱 확대하겠습니다.

농정틀도 과감히 전환하겠습니다. 2016년에 13만 원 수준이던 쌀값이 19만 원으로 회복되어, 농가소득 4,000만 원, 어가소득 5,000만 원을 돌파했습니다. 농어가 소득안정을 위해 올해부터 '공익형 직불제'를 새롭게 도입하고, '수산 분야 공익직불제'도 추진하겠습니다.

안전한 대한민국은 국민 모두의 바람입니다. 우리 정부는 교통사고, 산재, 자살을 예방하는 '국민생명 지키기 3대 프로젝트'를 추진해왔고, 미세먼지 대응을 위해 특별법을 제정하는 등 종합적인 대책을 강구해왔습니다. 그 결과 지난해 교통사고와 산재 사망자 수가 크게 감소했고, 연평균 미세먼지 농도가 개선되는 등 성과가 나타나고 있습니다.

그러나 아직 부족합니다. 안전에 관한 노력은 끝이 있을 수 없습니다. 기존 정책을 더욱 강력히 추진하고, 어린이 안전 종합대책을 더해 국민 안전에 만전을 기하겠습니다. 미세먼지가 높은 겨울과 봄철, 특별대책을 마련하여 3월까지 강화된 선제조치를 시행하겠습니다. 계절관리제, 석탄발전소 가동 중단, 노후차량 감축과 운행금지, 권역별 대기개선대책, 친환경 선박연료 사용 등을 통해 대기 질의 확실한 변화를 만들어내겠습니다. 국외 요인에 대응하여 중국과 공조·협력도 강화할 것입니다.

국민 여러분!

반세기 만에 세계 10위권 경제 강국으로 도약했듯이, 4차 산업혁명 시대도 우리가 선도할 수 있습니다. '혁신'을 더 강화하여 우리 경제를 더 힘차게 뛰게 하겠습니다. 지난해 혁신성장 관련 법안 통과가 지연되는 상황 속에서도, 신규 벤처투자가 4조 원을 돌파했고, 다섯 개의 유니콘기업이 새로 탄생했습니다. 200여 건의 규제샌드박스 특례 승인과 14개 시·도의 규제자유특구 지정으로 혁신제품·서비스의 시장 출시도 가속화되었습니다.

세계 최초 5G 상용화로 단말기와 장비 시장에서 각각 세계 1위와 2위를 차지했고, 전기차와 수소차 수출도 각각 두 배와 세 배 이상 증가했습니다. ICT 분야 국가경쟁력이 연속 세계 1위를 차지하는 등 혁신을 향한 우리의 노력이 하나하나 결실을 맺고 있습니다.

올해는 혁신의 기운을 경제 전반으로 확산시키겠습니다. 벤처·창업기업의 성장을 지원하여 더 많은 유니콘기업이 생기도록 하겠습니다. 시스템반도체, 바이오헬스, 미래차 등 3대 신산업 분야를 제2·제3의 반도체 산업으로 육성하고 데이터, 네트워크, 인공지능 분야 투자를 확대해 4차 산업혁명의 기반을 탄탄히 구축하겠습니다. 규제샌드박스의 활용을 더욱 늘리고, 신산업 분야 이해관계자 간 갈등도 맞춤형 조정 기구를 통해 사회적 타협을 만들어내겠습니다.

지난해 우리는 '상생의 힘'을 확인했습니다. 일본의 수출 규제 조치에 대응하여 핵심 소재·부품·장비의 국산화에 기업과 노동계, 정부와 국민이 함께 힘을 모았습니다. '아무도 흔들 수 없는 나라'라는 목표에 온 국민이 함께했습니다. 수십 년 동안 못한 일이었지만 불과 반년 만에 의미 있는 성과를 이뤄냈습니다. 이제 대일 수입에 의존하던 핵심 품목들을 국내생산으로 대체하고 있습니다. 일부 품목은 외국인투자 유치의 성과도 이뤘습니다.

올해는 소재·부품·장비산업 경쟁력 강화를 위해 지난해의 두 배가 넘는 2조 1,000억 원의 예산을 투자하고, 100대 특화 선도기업과 100대 강소기업을 지정해 국산화를 넘어 글로벌 기업으로 성장해가도록 지원하겠습니다. 우리 경제의 활력을 되찾고, 나아진 경제로 확실한 변화를 체감하도록 하겠습니다.

올해 세계경제가 점차 회복되고 반도체 경기의 반등이 기대되고 있으나, 무역갈등, 지정학적 분쟁 등 대외 불확실성은 여전합니다. 구조적으로는 잠재성장률이 하락하고 있고 생산가능인구가 지난해보다 23만 명 감소하는 어려움 속에 있습니다. 그러나 우리는 어떤 어려움도 극복할 것입니다. 올해 수출과 설비 투자를 플러스로 반등시켜 성장률의 상승으로 연결시키겠습니다.

지난해 우리는 미중 무역갈등과 세계경기 하강 속에서도 수출 세계 7위를 지켰고, 3년 연속 무역 1조 달러, 11년 연속 무역 흑자를 기록했습니다. 전기차, 수소차, 바이오헬스의 수출이 크게 증가하는 등 새로운 수출동력이 빠르게 성장하고 있습니다. 반도체도 가격이 급락한 가운데서도 수출물량이 증가하는 저력을 보였습니다. 신남방 지역 수출비중이 지난해 처음으로 20%를 돌파하고, 신북방 지역 수출도 3년 연속 두 자릿수로 증가하며 수출시장도 다변화하고 있습니다.

올해는 전체 수출액을 다시 늘리고 2030년 수출 세계 4강 도약을 위한 수출구조 혁신에 속도를 내겠습니다. 3대 신산업, 5G, 이차전지 등 고부가가치 수출을 늘리는 한편, RCEP 최종 타결 등 신남방·신북방 지역으로 새로운 시장을 넓히겠습니다. 중소기업 수출금융을 네 배 확대하고, 한류와 연계한 브랜드 K로 중소기업의 수출 비중도 더욱 늘려가겠습니다.

더 좋은 기업투자 환경을 만드는 데도 총력을 다하겠습니다. 총 100조 원의 대규모 투자 프로젝트를 가동하고, 투자촉진 세제 3종 세트와 같은 투자 인센티브를 더욱 강화하겠습니다. 23개 사업, 25조 원 규모의 국가균형발전 프로젝트를 본격 추진하는 한편, 지역민의 삶의 질을 높이는 생활 SOC 투자도 역대 최대 규모인 10조 원 이상으로 확대하여 지역경제에도 활력을 불어넣겠습니다. 아울러, K팝과 드라마, K뷰티, K콘텐츠, K푸드 등 한류를 더욱 활성화하고, 방한 관광객 2,000만 시대를 열겠습니다.

국민 여러분!

'공정'은 우리 경제와 사회를 둘러싼 공기와도 같습니다. 공정이 바탕에 있어야, 혁신도 있고 포용도 있고 우리 경제·사회가 숨 쉴 수 있습니다. 최근 공정경제에서는 차츰 성과가 나타나고 있습니다.

대기업집단의 순환출자 고리가 대부분 해소되었고 하도급, 가맹점, 유통 분야의 불공정거래 관행이 크게 개선되었으며, 상생결제 규모도 100조 원을 돌파하는 등 공정하고 건강한 시장경제가 안착되고 있습니다. 또한 법 개정이 어려운 상황에서 시행령 등의 제·개정을 통해 스튜어드십 코드를 정착시키고, 대기업의 건전한 경영을 유도할 수 있는 기반을 곧 마련할 것입니다. 「상법」 개정 등 공정경제를 위한 법 개정에도 총력을 기울이겠습니다.

최근 「공수처법」이 국회를 통과했습니다. 누구나 법 앞에서 특권을 누리지 못하고, 평등하고 공정하게 법이 적용되도록 하는 제도적 장치입니다. 수사권 조정법안이 처리되어 권력기관 개혁을 위한 법과 제도적 기반이 완성되면 더욱 공정한 사회가 되고 더욱 강한 사회적 신뢰가 형성될 것입니다. 어떤 권력기관도 국민과 함께하는 기관이라는 평가를 받을 수 있을 때까지 법적·제도적·행정적 개혁을 멈추지 않겠습니다.

나아가 교육, 채용, 직장, 사회, 문화 전반에서 국민의 눈높이에 맞게 공정이 새롭게 구축되어야 합니다. 공정에 대한 국민의 높은 요구를 절감했고, 정부는 반드시 이에 부응할 것입니다. 국민의 삶 모든 영역에서 존재하는 불공정을 과감히 개선하여 공정이 우리 사회에 뿌리내리도록 하겠습니다.

부동산시장 안정, 실수요자 보호, 투기 억제에 대한 정부의 의지는 확고합니다. 부동산 투기와의 전쟁에서 결코 지지 않을 것입니다. 주택 공급 확대도 차질 없이 병행하여 신혼부부와 1인 가구 등 서민주거 보호에도 만전을 기하겠습니다.

국민 여러분!

한반도 평화를 위한 인고의 시간입니다. 그 어느 때보다 평화를 향한 신념과 국민의 단합된 마음이 절실한 시점입니다. 우리에게 한반도 평화는 선택의 문제가 아니라 어떤 어려움도 이겨내고 반드시 가야 하는 길입니다.

우리 정부 들어 평화에 대한 기대와 희망이 어느 때보다 높아졌습니다. 2017년까지 한반도에 드리웠던 전쟁의 먹구름이 물러가고 평화가 성큼 다가왔습니다. 그러나 지난 1년간 남북협력에서 더 큰 진전을 이루지 못한 아쉬움이 큽니다. 북미대화가 본격화되면서 남과 북 모두 북미대화를 앞세웠던 것이 사실입니다. 북미대화가 성공하면 남북협력의 문이 더 빠르게, 더 활짝 열릴 것이라고 기대했기 때문입니다.

북미대화의 동력은 계속 이어져야 합니다. 무력의 과시와 위협은 누구에게도 도움이 되지 않습니다. 우리 정부도 북미대화의 촉진을 위해 할 수 있는 노력을 다할 것입니다. 그러나 북미대화의 교착 속에서 남북관계의 후퇴까지 염려되는 지금 북미대화의 성공을 위해 노력해나가는 것과 함께 남북협력을 더욱 증진시켜나갈 현실적인 방안을 모색할 필요성이 더욱 절실해졌습니다.

전쟁불용, 상호 안전보장, 공동번영이라는 한반도 평화를 위한 세 가지 원칙을 지켜나가기 위해 국제적인 해결이 필요하지만, 남북 사이의 협력으로 할 수 있는 일들도 있습니다. 남과 북이 머리를 맞대고 진지하게 함께 논의할 것을 제안합니다. 남과 북은 국경을 맞대고 있을 뿐 아니라, 함께 살아야 할 생명공동체입니다. 8,000만 겨레의 공동안전을 위해 접경지역 협력을 시작할 것도 제안합니다. 김정은 위원장도 같은 의지를 가지고 있다고 믿습니다.

'2032년 올림픽 남북 공동개최'는 남북이 한민족임을 세계에 과시하고, 함께 도약하는 절호의 기회가 될 것입니다. 남북 정상 간 합의사항이자 IOC에 공동유치 의사를 이미 전달한 국제사회와의 약속이기도 합니다. 반드시 실현되도록 지속적인 스포츠 교류를 통해 힘을 모아가길 바랍니다. 올해 우리나라에서 개최되는 제1회 동아시아 역도 선수권대회와 세계 탁구 선수권대회에 북한의 실력 있는 선수들이 참가하길 기대하며, 도쿄올림픽 공동 입장과 단일팀을 위한 협의도 계속해야 할 것입니다.

남북 간 철도와 도로 연결사업을 실현할 수 있는 현실적인 방안을 남북이 함께 찾아낸다면 국제적인 협력으로 이어질 수 있을 뿐 아니라 남북 간의 관광 재개와 북한의 관광 활성화에도 큰 뒷받침이 될 수 있을 것입니다.

비무장지대의 국제평화지대화는 남북한의 상호 안전을 제도와 현실로 보장하고 국제적인 지지를 받기 위해 제안한 것입니다. 우리는 이미 씨름을 유네스코 인류무형문화유산으로 공동 등재한 경험이 있습니다. 비무장지대는 생태와 역사를 비롯해 남북 화해와 평화 등 엄청난 가치가 담긴 곳이며, 유네스코 세계유산 공동 등재는 우리가 바로 시작할 수 있는 일입니다. 북한의 호응을 바랍니다.

평화를 통해 우리가 가고자 하는 길은 궁극적으로 평화경제입니다. 평화경제는 분단이 더 이상 평화와 번영에 장애가 되지 않는 시대를 만들어 남북한 모두가 주변 국가들과 함께 번영하고자 하는 것입니다. 저는 거듭 만나고 끊임없이 대화할 용의가 있습니다. 개성공단과 금강산관광 재개를 위한 노력도 계속해갈 것입니다. 지난 한 해 지켜지지 못한 합의에 대해 되돌아보고 국민의 기대에 못 미친 이유를 되짚어보며 한 걸음이든 반 걸음이든 끊임없이 전진할 것입니다.

올해는 6·15남북공동선언 20주년을 맞는 뜻깊은 해입니다. 평화통일의 의지를 다지는 공동행사를 비롯하여 김정은 위원장의 답방을 위한 여건이 하루빨리 갖춰질 수 있도록 남과 북이 함께 노력해나가길 바랍니다.

존경하는 국민 여러분!

지난해 정부는 한·아세안 특별정상회의와 한·메콩 정상회의를 통해 상생번영의 공동체를 위한 아세안과의 협력을 강화했습니다. 올해도 정부는 한미동맹을 더욱 공고히 하는 한편 신남방정책과 신북방정책에 더욱 속도를 내어 외교를 다변화해나가겠습니다. 미국과는 전통적인 동맹 관계를 더 높은 수준으로 발전시키고, 한반도 평화 프로세스 완성을 위해 함께 노력해나갈 것입니다.

중국과는 다양한 분야에서 교류와 협력을 강화할 것입니다. 올해 시진핑 주석과 리커창 총리의 방한이 예정되어 있는 만큼 한중관계가 한 단계 도약할 수 있도록 노력하겠습니다.

일본은 가장 가까운 이웃입니다. 양국 간 협력 관계를 한층 미래지향적으로 진화시켜가겠습니다. 일본이 수출 규제 조치를 철회한다면, 양국 관계가 더욱 빠르게 발전해갈 수 있을 것입니다.

러시아는 신북방정책의 핵심 파트너입니다. 양국 수교 30주년이 되는 올해 신북방 외교의 새로운 전기가 마련될 것으로 기대합니다.

올해 우리는 P4G(녹색성장 및 2030 글로벌 목표를 위한 연대) 정상회의와 한·

중·일 정상회의를 개최하고, 믹타(MIKTA) 의장국으로 활동하게 됩니다. 기후변화 대응과 지속가능발전을 위한 국제 협력에 있어서도 당당한 중견국가로서 책임을 다할 것입니다.

존경하는 국민 여러분!

대한민국은 민주공화국입니다. 우리 국민이 되찾고 지켜낸 민주공화국이기에 우리는 그 이름에서 가슴 뜨거움을 느낍니다. 민주공화국에 대한 우리의 신념은 우리가 들었던 촛불만큼이나 뜨겁습니다. 우리가 지난해 3·1독립운동과 임시정부 수립 100주년을 특별히 기념한 것은 그 정신이 그대로 민주공화국의 기초가 되었기 때문입니다.

민주공화국은 상생으로 더 확장되고 튼튼해집니다. 공동체의 구성원 모두가 함께 노력하고, 함께 잘살 수 있을 때 국민 주권은 더 강해지고, 진정한 국민 통합이 이뤄질 수 있습니다.

세계정세는 여전히 격변하고 있습니다. 4차 산업혁명 시대에 국제 경쟁은 더욱 치열해지고 있습니다. 보호무역주의와 기술패권이 더욱 확산될 가능성도 있습니다. 우리 사회가 내부적으로 더 통합적이고 협력적인 사회가 되어야만 경쟁에서 이겨내고 계속 발전해갈 수 있습니다. 극단주의는 배격되고 보수와 진보가 서로 이해하며 손잡을 수 있어야 합니다. 저부터 더 노력하겠습니다. 확실한 변화를 통한 상생 도약을 최우선 과제로 삼고 더 자주 국민과 소통하겠습니다.

가장 아름다운 변화는 애벌레에서 나비로 탄생하는 힘겨운 탈피의 과정일 것입니다. 지난 2년 반 우리는 새로운 질서를 만들고자 노력했습니다. 이제 나비로 확실히 변화하면, 노·사라는 두 날개, 중소기업과 대기업이라는 두 날개,

보수와 진보라는 두 날개, 남과 북이라는 두 날개로 상생도약하게 될 것입니다.

이제 새로운 100년을 시작합니다. 혁신과 포용, 공정과 평화를 바탕으로 '함께 잘사는 나라', '평화와 번영의 한반도'에 한 걸음 더 가까이 가겠습니다. 우리의 삶이 더 나아지도록 더 열심히 뛰겠습니다.

감사합니다.

다듬어 고친 글

* 3·1독립운동과 임시정부 수립 100년의 뜻깊은 해를 보내고, 올해 4·19혁명 60주년과 5·18민주화운동 40주년을 맞으며 3년 전, 촛불을 들어 민주공화국을 지켜냈던 숭고한 정신을 ~~드~~**높은 얼**을 되새깁니다.

* 경제와 사회 ~~구조의~~ 근본적인 변화와 **틀의 밑바탕을 바꾸는** 개혁으로 우리 사회에 ~~만연한~~ **널리 퍼져 있는** 반칙과 특권을 ~~청산하고,~~ 불평등과 양극화를 극복하기 위해 **깨끗이 치워버리고,** 경제와 사회의 **불평등을 넘어서려고** 흔들림 없이 노력해왔습니다. **힘써왔습니다.**

* 국민께서 불편과 어려움을 견디며 응원해주신 덕분에 정부는 '함께 잘사는 나라', '혁신적 포용국가'~~의~~ **'새롭게 바꾸고 너그럽게 얼싸안는 나라'**의 틀을 단단하게 다질 수 있었습니다.

* 자기 자리에서 ~~최선을~~ **온 힘을** 다해주신 국민께 깊이 감사드리며, 올 한 해 확실한 변화로 국민의 ~~노고에~~ **애쓰심에** 보답하겠습니다.

* 2020년은 나와 이웃의 삶이 고르게 나아지고, 경제가 힘차게 뛰어 ~~도약하는~~ **뛰어오르는** 해가 될 것입니다.

* 이를 위해 국민께서 포용·혁신·공정에서 **너그럽게 얼싸안기, 새롭게 바꾸기,** 공평한 올바르기에서 확실한 변화를 ~~체감할~~ **몸소 느낄** 수 있도록 하겠습니다.

* 먼저 '포용'**이 '너그럽게 얼싸안기'**가 우리 사회 구석구석까지 미치

게 하여미쳐서/닿게 해서 국민의 삶을 더 따뜻하게 하겠습니다.

* 지난해 정부는 일자리에 역대 최대의전에 없이 가장 많은 예산을 투입했습니다.들였습니다.

* 청년·여성·어르신에 대한 맞춤형 일자리 지원을 강화하고, **일자리를 더욱 지원하고**, 민간 일자리 창출을 위해**일자리를 새로 만들려고** 전방위적인모든/모든 갈래로 정책 노력을 기울였습니다.

* 그 결과 일자리가 뚜렷한 회복세를 보이고**뚜렷이 되살아나고** 있습니다.

* 지난해 신규새 취업자가 28만 명 증가하여늘어 역대 최고가장 높은 고용률을 기록했고, 청년 고용률도 13년 만에 최고치를 기록했습니다.

* 상용직이 크게 증가하면서늘면서 고용보험 가입자 수가 50만 명 이상 늘고넘게 늘었습니다. **또** 대·중소기업 간사이 임금 격차가 감소하는 등차이가 줄어 고용의 질도 개선되었습니다.더 나아졌습니다.

* 올해 이 추세를흐름을 더 확산시키겠습니다.퍼뜨리겠습니다.

* 특히더욱이 우리 경제의 중추인중심인 40대와 제조업 고용부진을 해소하겠습니다.없애겠습니다.

* 40대 퇴직자와 구직자에 대한 맞춤형 종합대책을 마련하고, 민간이 더 많은 일자리를 만들도록 규제혁신과 투자 인센티브를 강화하겠습니다.규제를 새롭게 바꾸고, 투자를 북돋는 혜택인 인센티브도 더 주도록 하겠습니다.

* 부부 동시 육아휴직을 도입하여끌어들여 아이를 키우며 일하기 좋

은 여건을 조성하고, 청년추가고용장려금, 고령자 계속고용장려금 지원을 통해들을 지원해 여성·청년·어르신의 노동시장 진입도 촉진하겠습니다.

* 명실상부한 선진국으로선진국 이름에 걸맞게 도약하기뛰어오르기 위해서는, 저임금과 장시간긴 시간 노동이 아닌 사람 중심의 창의와 혁신, 선진적앞선 노사관계가 경쟁력의겨루기의 원천이바탕이 되어야 합니다.

* 정부는 그동안 노동시간 단축과줄이기와 최저임금 인상 등올리기 같은 노동자의노동자 삶의 질을 높이기 위해 노력해왔습니다. 힘써 왔습니다.

* 그 결과, 통계 작성 이후뒤 처음으로 연간1년 노동시간이 2,000시간 이하로아래로 낮아졌고, 떨어졌고, 저임금근로자 비중도 20% 미만으로*밑으로 줄었습니다.

* 노동조합 조직률이 2000년 이후뒤 최고를 기록한 반면 파업에 따른 조업 손실일수는가장 높은 반면, 파업 때문에 일 못한 날짜 수는 최근 20년 이래 가장 낮았습니다.

* 지역 상생형 일자리도 광주를 시작으로 밀양, 대구, 구미, 횡성, 군산으로 확산되었습니다. 퍼졌습니다.

* 올해 국민들의 체감도를 더욱 높이겠습니다. 올해는 국민이 몸소 느낄 수 있도록 더욱 힘쓰겠습니다.

* 한국형 실업부조인 국민취업지원제도와 전 국민 내일배움카드제를 통해온 국민 내일배움카드제로 고용안전망을 더욱 튼튼하게 만들

---

* 이 책에서 '이상'은 '넘어'로, '이하'는 '아래'로, '미만'은 '밑'으로 바꿨다.

겠습니다.

* 지역 상생형 일자리도 계속 <u>잇따라</u> 늘려갈 것입니다.

* 지난해 기초연금 인상, 근로장려금 확대 <u>등</u> **같은** 포용정책의 성과로 <u>지니계수, 5분위 배율, 상대적 빈곤율 등</u> **소득 불평등을 나타내는 지니계수, 최상위계층의 평균소득을 최하위계층 평균소득으로 나눈 값인 5분위 배율, 상대빈곤율 같은 3대 분배지표가 모두 개선** <u>되었습니다.</u> **나아졌습니다.**

* 가계소득도 모든 계층에서 고르게 증가했고, 특히 <u>늘었고,</u> **더욱이** 저소득 1분위 계층의 소득이 증가세로 전환되었습니다. **오름세로 바뀌었습니다.**

* 기초생활보장제도의 부양의무자 기준을 <u>완화하여</u> **누그러뜨려** 더 많은 가구가 혜택받게 하고, 근로장려금<u>(EITC)</u> 확대와 **근로장려금(EITC)을 넓히고,** 기초연금 인상 <u>등</u> **기초연금을 올려** 저소득 취약계층에 대한 지원을 더 넓히겠습니다.

* 건강보험 보장성을 강화하고, 특히 <u>군건히</u> **하고, 더욱이** 중증질환, 취약계층, 아동 의료비 부담을 대폭 <u>크게</u> 줄여 병원비 걱정 없이 치료받을 수 있게 할 것입니다.

* 지난해 고3부터 시작한 고교 무상교육을 올해 고2까지, 내년에는 <u>전</u> **모든** 학년으로 완성하고, **넓혀 마무리하고,** 학자금 대출 금리도 낮춰 누구나 교육기회를 충분히 <u>넉넉히</u> 누리도록 하겠습니다.

* 어려움을 겪는 자영업자와 소상공인을 위해서는 금융·세제 지원과 상권 활성화 <u>상권이</u> **활발해지도록 하는** 지원을 더욱 <u>확대하겠습니다.</u> **넓히겠습니다.**

* 농정틀도 과감히 <u>전환하겠습니다.</u> **바꾸겠습니다.**

* 2016년에 13만 원 수준이던 쌀값이 19만 원으로 <u>회복되어,</u> **올라,** 농가소득 4천만 원, 어가소득 5천만 원을 <u>돌파했습니다.</u> **넘어섰습니다.**

* 농어가 소득안정을 위해 올해부터 '공익형 직불제'를 <u>새롭게 도입하고,</u> **새로 끌어들이고,** '수산 분야 공익직불제'도 <u>추진하겠습니다.</u> **밀고나가겠습니다.**

* 우리 정부는 교통사고, 산재, 자살을 예방하는 '국민생명 지키기 3대 <u>프로젝트'를</u> **계획'을** <u>추진해왔고,</u> **밀고나왔고,** 미세먼지 대응을 위해 특별법을 제정하는 <u>등</u> **것** 같은 <u>종합적인</u> **종합** 대책을 <u>강구해왔습니다.</u> **연구해왔습니다.**

* <u>기존</u> **이전** 정책을 더욱 <u>강력히 추진하고,</u> **굳건히 밀고나가고,** 어린이 안전 종합대책을 더해 국민 안전에 <u>만전을 기하겠습니다.</u> **허술함이 없도록 하겠습니다.**

* 미세먼지가 높은 겨울과 봄철, 특별대책을 <u>마련하여</u> **마련해** 3월까지 <u>강화된</u> **더 센** 선제조치를 시행하겠습니다.

* 계절관리제, 석탄발전소 가동 중단, <u>노후차량 감축과</u> **낡고 오래된 차량 줄이기와** 운행금지, 권역별 대기개선대책, 친환경 선박연료 사용 <u>등을 통해</u> **들로** 대기 질의 확실한 변화를 만들어내겠습니다.

* 국외 요인에 <u>대응하여</u> **대응해** 중국과 공조·협력도 **서로 도와 힘을 모으는 것도** 강화할 것입니다. **굳건히 하겠습니다.**

* <u>반세기 만에</u> **50년 만에** 세계 10위권 경제 강국으로 <u>도약했듯이,</u> **뛰어올랐듯이** 4차 산업혁명 시대도 우리가 <u>선도할</u> **앞장서** 이끌 수 있

습니다.

* '혁신'을 더 강화하여새롭게 바꾸는 일을 더욱 굳건히 해서 우리 경제를 더 힘차게 뛰게 하겠습니다.

* 지난해 혁신성장 관련 법안 통과가 지연되는 상황 속에서도, 신규 벤처투자가통과를 미루는 형편에서도 새 모험(벤처)사업 투자가 4조 원을 돌파했고, 넘어섰고, 다섯 개의 유니콘기업이시작한 지 얼마 안 돼 기업가치가 1조 원을 넘는 유니콘기업* 다섯 개가 새로 탄생했습니다. 생겨났습니다.

* 200여 건의 규제샌드박스 특례승인과 14개 시·도의 규제자유특구 지정으로임시규제면제 200건을 승인하고, '규제자유특구' 열네 개 시·도를 지정해 혁신제품·서비스의 시장 출시도 가속화되었습니다. 더 빨라졌습니다.

* 세계 최초 5G 상용화로세계에서 가장 먼저 5세대 이동통신(5G)을 일상에서 써서 단말기와 장비시장에서 각각 세계 1위와 2위를 차지했고, 전기차와 수소차 수출도 각각 두 배와 세 배 이상 증가했습니다. 넘게 늘었습니다.

* ICT정보통신기술(ICT) 분야 국가경쟁력이 연속잇따라 세계 1위를 차지하는 등 혁신을 향한 우리의차지해 새롭게 바꿔나가는 우리 노력이 하나하나 결실을열매를 맺고 있습니다.

* 올해는 혁신의새롭게 바꿔나가는 기운을 경제 전반으로모든 갈래로 확산시키겠습니다. 퍼뜨리겠습니다.

---

* 새로 시작한 기업이면서 10년 안에, 또 상장하기도 전에 기업가치가 1조 원을 넘는 기업을 뜻한다.

쉬운 우리말로 고쳐 읽는 대통령 연설문

* 벤처·창업기업의모험(벤처)·창업기업의 성장을 지원하여도와 더 많은 유니콘 기업이시작한 지 얼마 안 돼 기업가치가 1조 원을 넘는 기업이 더 많이 생기도록 하겠습니다.

* 시스템반도체, 바이오헬스, 미래차 등논리·연산·제어 반도체(시스템반도체), 의약의료산업(바이오헬스), 미래차 같은 3대 신산업새 산업 분야를 제2·제3의 반도체 산업으로 육성하고키우고 데이터, 정보자료(데이터), 네트워크, 통신망(네트워크), 인공지능 분야 투자를 확대해크게 넓혀 4차 산업혁명의 기반을바탕을 탄탄히 구축하겠습니다. 다지겠습니다.

* 규제샌드박스의 활용을 더욱 늘리고, 신산업임시규제면제제도* 활용을 더 늘리고, 새 산업 분야 이해관계자 간사이 갈등도 맞춤형 조정 기구를 통해거쳐 사회적사회의 타협을 만들어내겠습니다.

* 일본의 수출 규제 조치에 대응하여대응해 핵심소재·부품·장비의 국산화에장비를 우리나라에서 만들 수 있도록 기업과 노동계, 정부와 국민이 함께 힘을 모았습니다.

* 수십 년몇십 년 동안 못한 일이었지만 불과 반년 만에 의미 있는뜻깊은 성과를 이뤄냈습니다.

* 이제 대일 수입에 의존하던기대던 핵심 품목들을 국내생산으로 대체하고바꿔내고 있습니다.

* 올해는 소재·부품·장비산업 경쟁력 강화를 위해 지난해의 두 배가 넘는 2조 1,000억 원의 예산을예산인 2조1천억 원을 투자하고, 100대 특화 선도기업과 100대 강소기업을 지정해 국산화를국내

---

* 여기서는 '제도'란 낱말을 빼는 게 자연스럽다.

생산을 넘어 글로벌~~세계~~(글로벌) 기업으로 ~~성장해가도록~~**커가도록** ~~지원하겠습니다.~~**돕겠습니다.**

* 우리 경제의 활력을 되찾고, 나아진 경제로 확실한 변화를 ~~체감하도록~~**몸소 느끼도록** 하겠습니다.

* 올해 세계경제가 ~~점차 회복되고~~**점점 더 되살아나고** 반도체 ~~경기의 반등이 기대되고~~**경기도 다시 오르기를** 바라고 있으나, 무역갈등, ~~지정학적~~**한반도를 둘러싼** 분쟁 ~~등~~**같은** 대외 불확실성은 여전합니다.

* ~~구조적으로는~~**구조를 보면** 잠재성장률이 ~~하락하고~~**떨어지고** 있고 생산가능인구가 지난해보다 ~~23만 명 감소하는~~**23만 명이나 줄어드는** 어려움 속에 있습니다.

* 올해 수출과 설비 투자를 플러스로 반등시켜 성장률의 ~~상승으로 연결시키겠습니다.~~**더욱 끌어올려 성장률도 함께 올라가도록 하겠습니다.**

* 지난해 우리는 미중 무역갈등과 ~~세계경기 하강 속에서도~~**세계경기가 떨어지는 가운데서도** 수출은 세계 7위를 지켰고, 3년 연속~~잇따라~~ 무역 1조 달러, 11년 연속~~잇따라~~ 무역 흑자를 기록했습니다.

* 전기차, 수소차, ~~바이오헬스의~~**의약의료산업**(바이오헬스) 수출이 크게 ~~증가하는~~**늘어** ~~등~~(삭제) 새로운 수출동력이 빠르게 ~~성장하고~~**커가** 고 있습니다.

* 반도체도 가격이 ~~급락한~~**갑자기 떨어지는** 가운데서도 ~~수출물량이 증가하는 저력을~~**수출물량은 느는 뒷심을** 보였습니다.

* ~~신남방새~~ **남방정책** 지역 수출비중이 지난해 처음으로 20%를 돌

쉬운 우리말로 고쳐 읽는 대통령 연설문

파하고, 넘어서고, 신북방새 북방정책 지역 수출도 3년 연속잇따라
두 자릿수로 증가하며늘며 수출시장도 다변화하고여러 나라로 넓
어지고 있습니다.

* 올해는 전체 수출액을 다시 늘리고 2030년 수출 세계 4강 도약을
위한 수출구조 혁신에 속도를 내겠습니다. 4강으로 뛰어오르기 위해
수출 틀을 새로 바꾸는 일을 더 재촉하겠습니다.

* 3대 신산업, 5G, 3대 새 산업, 5세대 이동통신(5G), 이차전지 등같
은 고부가가치 수출을 늘리는 한편, RCEP 최종 타결 등역내포괄
적경제동반자협정(RCEP)을 잘 마무리해 신남방·신북방새 남북방
지역으로 새로운 시장을 넓히겠습니다.

* 중소기업 수출금융을 네 배 확대하고, 늘리고, 한류와 연계한 브랜
드 K로대한민국 상표로 중소기업의 수출 비중도 더욱 늘려가겠습
니다.

* 더 좋은 기업투자 환경을 만드는 데도 총력을온 힘을 다하겠습니
다.

* 총모두 100조 원의100조 원에 이르는 대규모 투자 프로젝트를계획
을 가동하고, 투자촉진 세제 3종 세트3종 꾸러미와 같은 투자 인센
티브를 더욱 강화하겠습니다. 투자를 북돋는 제도를 더 굳건히 하
겠습니다.

* 23개 사업, 25조원 규모의규모인 국가균형발전 프로젝트를계획을
본격 추진하는제대로 밀고나가는 한편, 지역민의지역민 삶의 질을
높이는 생활 SOC사회간접자본 투자도 역대 최대가장 큰 규모인
10조 원 이상으로 확대하여늘려 지역경제에도 활력을 불어넣겠습

니다.

* 아울러, K팝과 드라마, K뷰티, K콘텐츠, K푸드 등 한류를 더욱 활성화하고, **한국의 대중가요, 화장품, 저작물, 먹을거리*** **같은 한류가 더욱 활발해지게 하고,** 방한 관광객 2,000만 시대를 열겠습니다.

* 공정이~~공평한~~ 올바르기가 바탕에 있어야, 혁신도**새롭게 바꾸기도** 있고 포용도**너그럽게 얼싸안기도** 있고 우리 경제사회가 숨 쉴 수 있습니다.

* 대기업집단의 순환출자 고리가 대부분 해소되었고**사라졌고** 하도급, 가맹점, 유통 분야의 불공정거래 관행이 크게 개선되었으며,**나아졌으며,** 상생결제 규모도 100조 원을 돌파하는 등**넘어,** 공정하고 건강한 시장경제가 안착되고**잘 자리잡고** 있습니다.

* 또한**또** 법 개정이 어려운 상황에서 시행령 등**의 들을** 제·개정을 통해 스튜어드십 코드를**기관투자자 수탁 지침(스튜어드십 코드)을** 정착시키고, 대기업의 건전한 경영을 유도할 수 있는 기반을**대기업을 바른 경영으로 이끌 수 있는 바탕을** 곧 마련할 것입니다.

* 「상법」 개정 등**같은** 공정경제를 위한 법 개정에도 총력을**온 힘을** 기울이겠습니다.

* 누구나 법 앞에서 특권을 누리지 못하고, 평등하고 공정하게 법이 적용되도록 하는 제도적 장치입니다.**제도입니다.**

---

* 요즘 먹거리란 말을 많이 쓰는데 먹거리는 먹을거리를 잘못 쓴 말이다. 먹거리를 벼루에 가는 먹을 만드는 재료란 뜻으로 쓴다면 올바른 표현이다. 참고로 고어사전에는 먹을 것을 '머구리'나 '머그리'로 썼다고 나온다(남광우, 《교학 고어사전》, 교학사, 2014). 요즘 말법으로 쓰면 '먹울이'나 '먹을이'가 된다. '거'나 '거리'를 안 쓰고 '이'를 쓴 것은 아주 귀하게 여겼다고 볼 수 있다.

쉬운 우리말로 고쳐 읽는 대통령 연설문

* 수사권 ~~조정법안이 처리되어~~**조정법안을 처리해** 권력기관 개혁을 위한 법과 제도적 기반이 완성되면**제도의 밑바탕을 마무리하면** 더욱 공정한 사회가 되고 더욱 ~~강한~~**굳건한** ~~사회적~~**사회의** 신뢰가 형성될 것입니다.

* 어떤 권력기관도 국민과 함께하는 기관이라는 평가를 받을 수 있을 때까지 ~~법적·제도적·행정적~~**법과 제도와 행정의** 개혁을 멈추지 않겠습니다.

* 나아가 교육, 채용, 직장, 사회, 문화 ~~전반에서~~**같은 모든 갈래에서** 국민의 눈높이에 맞게 '공정'이**공정을** 새롭게 ~~구축되어야~~**쌓아나가야** 합니다.

* ~~공정에~~**공평한 올바르기에** 대한 국민의 높은 요구를 절감했고, 정부는 반드시 ~~이에 부응할~~**그런 요구에 맞추어 실천할** 것입니다.

* 국민의 삶 모든 영역에서 ~~존재하는~~**영역에 있는** 불공정을 과감히 ~~개선하여~~**고쳐** 공정이 우리 사회에 뿌리내리도록 하겠습니다.

* 부동산시장 안정, 실수요자 보호, 투기 억제에 대한 정부의 의지는 ~~확고합니다.~~**매우 탄탄합니다.**

* 부동산 ~~투기와의~~**투기를 잡는** 전쟁에서 결코 지지 않을 것입니다.

* 주택 공급 확대도 차질 없이 ~~병행하여~~**공급을 크게 늘리는 것도 어그러짐 없이 함께 실천하겠습니다.** 또 신혼부부와 1인 가구 등 ~~서민주거 보호에도 만전을 기하겠습니다.~~**같은 서민 주거를 보호하는 데도 조금도 허술하지 않게 하겠습니다.**

* 한반도 ~~평화를 위한 인고의~~**평화로 나아가려고 참고 견디는** 시간입니다.

* 그 어느 때보다 ~~평화를 향한~~**평화를 이룩하겠다는** 신념과 국민의 ~~단합된~~**하나 된** 마음이 절실한 ~~시점입니다.~~**때입니다.**

* 우리 정부 들어 평화에 대한 ~~기대와 희망이~~**평화를 바라는 꿈이** 어느 때보다 높아졌습니다.

* 그러나 지난 1년간 남북협력에서 더 큰 진전을 ~~이루지~~**크게 나아가**지 못한 아쉬움이 큽니다.

* 북미대화가 ~~본격화되면서~~**북미대화를 제대로 실천하면서** 남과 북 모두 북미대화를 앞세웠던 것이 사실입니다.

* 북미대화가 성공하면 남북협력의 문이 더 빠르게, 더 활짝 열릴 것이라고 ~~기대했기~~**바랐기** 때문입니다.

* 북미대화의 동력은 ~~계속~~**앞으로도 죽** 이어져야 합니다.

* 우리 정부도 북미대화의 촉진을 ~~위해~~**북미대화가 잘되도록** 할 수 있는 ~~노력을~~**온 힘을** 다할 것입니다.

* 그러나 북미대화의 교착 속에서**북미대화가 얽히면서** 남북관계의 후퇴까지 염려되는 지금 북미대화의 성공을 위해 ~~노력해나가는~~**힘쓰는 것과** 함께 ~~남북협력을 더욱 증진시켜~~**남북이 더 힘을 모아** 나갈 ~~현실적인~~**현실** 방안을 ~~모색할~~**찾아낼** 필요성이 더욱 절실해졌습니다.

* 전쟁불용, 상호 안전보장, 공동번영이라는 한반도 평화를 위한 세 가지 원칙을 ~~지켜나가기 위해 국제적인~~**지켜나가려면 세계 차원의** 해결이 필요하지만, 남북 사이의 ~~협력으로~~**남북이 힘을 모아서** 할 수 있는 일들도 있습니다.

* 김정은 위원장도 같은 ~~의지를~~**마음을** 가지고 있다고 믿습니다.

쉬운 우리말로 고쳐 읽는 대통령 연설문

* '2032년 올림픽 남북 공동개최'는 남북이 한민족임을 세계에 과시하고, 자랑하고, 함께 도약하는 절호의 뛰어오를 수 있는 다시 없는 기회가 될 것입니다.

* 남북 정상 간 정상끼리 합의사항이자 뜻을 모은 사항이자 IOC에 국제올림픽위원회(IOC)에 공동유치 의사를 이미 전달한 국제사회와의 국제사회와 한/맺은 약속이기도 합니다.

* 반드시 실현되도록 지속적인 잇따른 스포츠 교류를 통해 체육(스포츠) 교류로 힘을 모아가길 바랍니다.

* 올해 우리나라에서 개최되는 여는 제1회 동아시아 역도 선수권대회와 세계 탁구 선수권대회에 북한의 실력 있는 선수들이 참가하길 기대하며, 바라며, 도쿄올림픽 공동 입장과 단일팀을 위한 협의도 계속해야 이어가야 할 것입니다.

* 남북 간 사이 철도와 도로 연결 잇기 사업을 실현할 수 있는 현실적인 현실 방안을 남북이 함께 찾아낸다면 국제적인 국제 협력으로 이어질 수 있을 뿐 아니라 남북 간의 사이 관광 재개와 북한의 관광 활성화에도 관광을 다시 시작하고 북한 관광이 활발해지는 데도 큰 뒷받침이 될 수 있을 것입니다.

* 비무장지대의 국제평화지대화는 비무장지대를 국제평화지대로 만들기는 남북한의 상호 안전을 제도와 현실로 보장하고 국제적인 세계의 지지를 받기 위해 제안한 것입니다.

* 우리는 이미 씨름을 유네스코 유엔교육과학문화기구(유네스코) 인류무형문화유산으로 공동 등재한 함께 올린 경험이 있습니다.

* 비무장지대는 생태와 역사를 비롯해 남북 화해와 평화 등 같은 엄

청난 가치가 가치를 담긴 가진 곳이며, 유네스코 유엔교육과학문화
기구(유네스코) 세계유산 공동 등재는 함께 올리기는 우리가 바로 시
작할 수 있는 일입니다.

* 평화를 통해 거쳐 우리가 가고자 가려고 하는 길은 궁극적으로 평화
경제입니다. 평화경제를 마침내 이룩하는 것입니다.

* 평화경제는 분단이 더 이상 평화와 번영에 장애가 걸림돌이 되지
않는 시대를 만들어 남북한 모두가 주변 국가들과 국가와 함께 번
영하고자 번영하려고 하는 것입니다.

* 저는 거듭 만나고 끊임없이 대화할 용의가 이야기를 나누려고 마음
먹고 있습니다.

* 개성공단과 금강산관광 재개를 위한 노력도 계속해갈 이어나갈 것
입니다.

* 지난 한 해, 지켜지지 못한 합의에 대해 되돌아보고 국민의 기대에
바람에 못 미친 이유를 까닭을 되짚어보며 한 걸음이든 반걸음이든
끊임없이 전진할 앞으로 나아갈 것입니다.

* 평화통일의 의지를 다지는 공동행사를 비롯하여 비롯해 김정은 위
원장의 답방을 위한 여건이 하루빨리 갖춰질 수 있도록 남과 북이
함께 노력해나가길 힘써나가길 바랍니다.

* 지난해 정부는 한·아세안 특별정상회의와 한·메콩 정상회의를 통
해 정상회의로 상생 번영의 함께 번영하는 공동체를 위한 아세안과
의 아세안과 협력을 강화했습니다. 굳건히 했습니다.

* 올해도 정부는 한미동맹을 더욱 공고히 단단히 하는 한편 신남방정
책과 신북방정책에 더욱 속도를 내어 외교를 다변화해나가겠습니

다.여러 나라로 넓혀나가겠습니다.

* 미국과는 전통적인전통 있는 동맹 관계를 더 높은 수준으로 발전 시키고, 한반도 평화 프로세스의공정의 완성을 위해 함께 노력해 나갈힘써나갈 것입니다.

* 중국과는 다양한 분야에서여러 갈래에서 교류와 협력을 강화할굳 건히 할 것입니다.

* 올해 시진핑 주석과 리커창 총리의 방한이 예정되어 있는 만큼 한 중관계가 한 단계 도약할뛰어오를 수 있도록 노력하겠습니다. 힘쓰 겠습니다.

* 양국 간두 나라 사이 협력 관계를 한층 미래지향적으로 진화시켜가 겠습니다. 더욱 앞을 보고 발전시켜나가겠습니다.

* 일본이 수출 규제 조치를 철회한다면, 거두어들인다면 양국두 나라 관계가 더욱 빠르게 발전해 갈 수 있을 것입니다.

* 러시아는 신북방정책의 핵심 파트너입니다. 동반자입니다.

* 양국두 나라 수교 30주년이 되는 올해 신북방 외교의 새로운 전기 가 마련될 것으로 기대합니다. 새 북방외교를 새롭게 바꾸는 기회를 마련하려고 합니다.

* 올해 우리는 P4G*(녹색성장 및 2030 글로벌 목표를 위한 연대) 정상회의 와 한·중·일 정상회의를 개최하고, 열고 믹타멕시코·인도네시아· 한국·터키·호주 국가협의체인 믹타(MIKTA) 의장국으로 활동하게 됩니다.

---

  * P4G는 우리말로 '녹색성장과 세계목표 2030을 위한 연대' 다. 앞으로는 '기후위기 연대'로 줄이겠다.

* 기후변화 대응과 ~~지속가능~~**지속할 수 있는** 발전을 위한 국제 ~~협력에 있어서도~~**협력에서도** 당당한 중견국가로서 책임을 다할 것입니다.

* 우리가 지난해 3·1독립운동과 임시정부 수립 100주년을 특별히 기념한 것은 그 ~~정신이~~**얼이** 그대로 민주공화국의 ~~기초가~~**주춧돌이** 되었기 때문입니다.

* 민주공화국은 상생으로 더 ~~확장되고~~**퍼지고** 튼튼해집니다.

* 공동체의 구성원 모두가 함께 노력하고, **힘쓰고,** 함께 잘살 수 있을 때 국민 주권은 더 강해지고, **굳건해지고,** 진정한 국민통합이 이뤄질 수 있습니다.

* 세계정세는 여전히 ~~격변하고~~**빠르게 바뀌고** 있습니다.

* 4차 산업혁명 시대에 국제 경쟁은 더욱 ~~치열해지고~~**불꽃이 튀고** 있습니다.

* 보호무역주의와 기술패권이 더욱 ~~확산될 가능성도~~**퍼질 수도** 있습니다.

* 우리 사회가 ~~내부적으로~~ 더 ~~통합적이고 협력적인~~**내부에서 모두 하나가 돼서 힘을 모으는** 사회가 되어야만 경쟁에서 이겨내고 계속 발전해 갈 수 있습니다.

* 극단주의는 ~~배격되고~~**물리치고,** 보수와 진보가 서로 이해하며 손잡을 수 있어야 합니다.

* 저부터 더 ~~노력하겠습니다.~~**힘쓰겠습니다.**

* 확실한 변화를 ~~통한~~**거친** 상생 도약을 ~~최우선~~**가장 먼저인** 과제로 삼고 더 자주 국민과 소통하겠습니다.

쉬운 우리말로 고쳐 읽는 대통령 연설문

* 가장 아름다운 변화는 애벌레에서**애벌레가** 나비로 탄생하는 <u>힘겨운 탈피의</u>**바뀌는,** **힘겹게 껍질을 벗는/힘겹게** **탈바꿈하는** 과정일 것입니다.

* 지난 2년 반 우리는 새로운 질서를 <u>만들고자</u>**만들려고** 노력했습니다.

* 이제 나비로 확실히 <u>변화하면,</u>**바뀌면** 노·사라는 두 날개, 중소기업과 대기업이라는 두 날개, 보수와 진보라는 두 날개, 남과 북이라는 두 날개로 <u>상생 도약하게</u>**서로 살리는** **뛰어오르기를** 하게 될 것입니다.

2021년 신년사

2021년 1월 11일

존경하는 국민 여러분!

신축년 새해를 맞았습니다. 희망을 기원하면서도 마음이 무겁습니다. 새해가 새해 같지 않다는 말이 실감납니다. 코로나19와 기나긴 전쟁이 끝나지 않았습니다. 생명과 안전이 여전히 위협받고, 유례없는 민생경제의 어려움이 지속되고 있습니다. 일상의 상실로 겪는 아픔도 계속되고 있습니다. 고난의 시기를 건너고 계신 국민께 깊은 위로의 말씀을 드립니다.

그러나 새해는 분명히 다른 해가 될 것입니다. 우리는 함께 코로나19를 이겨낼 것입니다. 2021년은 우리 국민에게 '회복의 해', '포용의 해', '도약의 해'가 될 것입니다.

국민 여러분!

2020년, 신종 감염병이 인류의 생명을 위협했고 일상은 송두리째 바뀌었습니다. 우리 또한 예외가 아니었습니다. 세계경제도 대공황 이후 최악의 침체를 겪었습니다. 우리 경제 역시 마이너스 성장을 면치 못했습니다. 모두가 어렵고 힘들었습니다. 국민께서는 일 년 내내 불편을 감수해야 했습니다.

그러나 우리는 꺾이지 않았습니다. 위기 속에서 대한민국은 오히려 빛났습니다. 의료진들은 헌신적으로 환자를 돌봤고 국민께서는 스스로 방역의 주체가 됐습니다. 우리 국민께서는 이웃의 안전이 곧 나의 안전이라는 지극히 평범한 진실을 놀라운 실천으로 전 세계에 보여줬습니다. 국민께서 자발적으로 구상한 창의적인 방역 조치들은 신속하게 현장에 적용됐습니다. 한국의 진단키트와 드라이브 스루(drive through) 검사방법과 마스크 같은 방역 물품들은 세계 각국에 보급되어 인류를 코로나19로부터 지키는 데 크게 기여했습니다. K방역은 국민 한 사람 한 사람의 헌신과 희생 위에 세워진 것입니다. 세계 최초로 전국 단위 선거와 입시를 치러냈고, 봉쇄 없이 확산을 최대한 억제하며, OECD 국가 중에서도 손꼽히는 방역 모범국가가 된 것은 우리 국민께서 만들어낸 누구도 깎아내릴 수 없는 소중한 성과입니다.

우리 국민의 상생 정신은 경제 위기를 극복하는 데에도 가장 큰 힘이 됐습니다. 착한 임대료 운동을 시작으로 착한 선결제 운동과 농산물 꾸러미 운동이 이어졌고, 어려움을 겪고 있는 이웃들과 함께 사는 길을 찾았습니다. 노동자들은 경제 위기 극복에 앞장섰고, 기업들은 최대한 고용을 유지해줬습니다.

우리 경제는 지난해 OECD 국가 중 최고의 성장률로 GDP 규모 세계 10위권 안으로 진입할 전망이며, 1인당 국민소득 또한 사상 처음으로 G7 국가를 넘어설 것으로 예측됩니다. 주가지수 역시 2,000선 돌파 14년 만에 주가 3,000시대를 열며 OECD 국가 중 가장 높은 주가 상승률을 기록했고, 위기 속에서도 한국 경제의 미래전망이 밝음을 보여주고 있습니다. 대한민국은 결코 멈추지 않았습니다. 국민 모두 어려움 속에서 최선을 다하며 위기에 강한 대한민국의 저력을 보여줬습니다.

이제는 드디어 어두운 터널의 끝이 보입니다. 불확실성들이 많이 걷혀, 이제는 예측하고 전망하며 계획을 세울 수 있게 됐습니다. 올해 우리는 온전히 일상을 회복하고 빠르고 강한 경제회복으로 새로운 시대의 선도국가로 도약할 것입니다.

하지만 국가 경제가 나아지더라도, 고용을 회복하고 소상공인·자영업자들이 입은 타격을 회복하는 데는 더 많은 시간이 걸릴 것입니다. 코로나19로 더 깊어진 격차를 줄이는 포용적인 회복을 이루는 것이 무엇보다 중요합니다.

국민 여러분!

마스크에서 해방되는 평범한 일상으로 빠르게 돌아가는 것이 급선무입니다. 점차 나아지고 있는 방역의 마지막 고비를 잘 넘기는 것이 우선입니다. 정부는 국민과 함께 3차 유행을 조기에 끝낼 수 있도록 최선을 다하겠습니다.

다음 달이면 백신 접종을 시작할 수 있습니다. 우선순위에 따라 전 국민이 무료로 접종받을 수 있도록 하겠습니다. 우리 기업이 개발한 치료제의 심사도 진행 중입니다. 안전성의 검사와 허가, 사용과 효과에 이르기까지 전 과정을 투명하게 공개하겠습니다. 자체적인 백신 개발도 계속 독려할 것입니다. 백신 자주권을 확보하여 우리 국민의 안전과 국제보건 협력을 강화하는 데 기여할 수 있도록 하겠습니다.

경제에서도 빠르고 강한 회복을 이룰 것입니다. 이미 우리 경제는 지난해 3분기부터 플러스 성장으로 전환했습니다. 지난해 12월 수출은 2년 만에 500억 달러를 넘었고 12월 기준으로는 역대 최고치를 기록했습니다. 이 기세를 이어 우리 경제는 올해 상반기에 코로나19 이전 수준을 회복하게 될 것입니다. 민생경제에서는 코로나19 3차 확산의 피해 업종과 계층을 지원하기 위해, 오늘부터 280만 명의 소상공인, 자영업자와 특수형태근로종사자, 프리랜서, 돌봄종사자를 비롯한 87만 명의 고용 취약계층에게 3차 재난지원금을 지급합니다. 충분하지 않은 줄 알지만 민생경제의 회복을 위한 마중물이 되기를 기대합니다.

정부는 이에 그치지 않고, 민생경제 회복을 위해 앞으로도 정책역량을 총동원하겠습니다. 상반기 중에 우리 경제가 코로나19 이전 수준으로 회복될 수 있도록 확장적 예산을 신속하게 집행하고 110조 원 규모의 공공과 민간 투자 프로젝트를 속도감 있게 추진하겠습니다.

민생경제의 핵심은 일자리입니다. 지난해보다 5조 원 늘어난 30조 5,000억 원의 일자리 예산을 1분기에 집중적으로 투입하겠습니다. 특히 청년·어르신·장애인을 비롯한 취약계층을 위해 직접 일자리 104만 개를 만들 예정입니다.

함께 위기를 극복하기 위한 고용안전망과 사회안전망도 한층 강화됩니다. 청년층과 저소득 구직자들이 취업지원 서비스와 함께 생계비를 지원받을 수 있는 국민취업지원제도가 이달부터 시행됩니다. 지난해 예술인들에 이어 오는 7월부터 특수형태근로종사자까지 고용보험 적용이 확대될 예정입니다.

그동안 부양의무자가 있다는 이유로 생계급여를 받지 못했던 어르신과 한부모 가정, 저소득 가구 모두 이달부터 생계급여를 받을 수 있게 되었으며, 내년부터는 모든 가구의 부양의무자 기준을 폐지합니다. 앞으로 전 국민 고용보험제도, 상병수당 등 고용안전망과 사회안전망 확충 노력을 계속해나가겠습니다.

쉬운 우리말로 고쳐 읽는 대통령 연설문

위기일수록 서로의 손을 잡고 함께 가야 합니다. 함께 위기에서 벗어나야 일상으로 돌아가는 일도 그만큼 수월해집니다. 지난해 적극적인 일자리 창출과 저소득층 지원 노력으로 다른 나라들에 비해 고용 충격을 완화할 수 있었습니다. 저소득층에 대한 정부 지원을 대폭 늘려 재정을 통한 분배 개선 효과도 크게 늘어났습니다.

하지만 아직 부족합니다. 민생 회복과 안전망 확충을 위해 더욱 노력하겠습니다. 불편을 참고 이웃을 먼저 생각해주신 국민의 노력이 헛되지 않도록 격차를 좁히는 위기 극복으로 보답하겠습니다.

주거 문제의 어려움으로 낙심이 큰 국민께는 매우 송구한 마음입니다. 주거 안정을 위해 필요한 대책 마련을 주저하지 않겠습니다. 특별히 공급 확대에 역점을 두고, 빠르게 효과를 볼 수 있는 다양한 주택공급 방안을 신속히 마련하겠습니다.

국민 여러분!

코로나19로 인해 세계경제가 빠르게 바뀌고 있습니다. 비대면 경제와 디지털 혁신이 가속화되고 4차 산업혁명이 앞당겨지고 있습니다. 코로나19 이후 변화하는 세계시장을 선점하기 위한 각국의 경쟁도 더욱 치열해질 것입니다.

미래는 준비하는 자의 몫입니다. 우리 경제도 선도형 경제로의 대전환에 나섰습니다. 자동차·조선과 같은 우리 주력 산업들이 경쟁력을 되찾고 있습니다. 자동차 생산량은 지난해 세계 5강에 진입했고, 조선 수주량은 세계 1위 자리를 되찾았습니다. 정부가 역점을 두어온 시스템 반도체, 미래차, 바이오헬스 등 3대 신산업 모두 두 자릿수 수출증가율을 보이며 새로운 주력 산업으로 빠르게 자리매김하고 있습니다.

미래에 대한 투자도 꾸준히 늘고 있습니다. 연구·개발 투자 100조 원 시대가 열렸습니다. 세계에서 다섯 번째 규모입니다. 코로나19 상황 속에서도 제2 벤처 붐이 더욱 확산되어 지난해 벤처펀드 결성액이 역대 최대인 5조 원에 달하고, 벤처기업 증가, 고용 증가, 수출 규모 모두 사상 최대를 기록했습니다.

우리 경제의 혁신 속도는 상생의 힘을 통해 더욱 빨라질 것입니다. 우리는 대·중소기업의 협력으로 일본 수출규제의 파고를 이겨냈고, 광주에서 시작된 상생형 지역 일자리는 전국으로 확산되어 전기차·첨단소재 등 새로운 성장동력을 키우고 있습니다.

올해부터 본격적으로 추진되는 한국판 뉴딜의 핵심 또한 사람과 상생입니다. 한국판 뉴딜이 본격 추진되면 대한민국은 전국 곳곳에서 변화가 일어날 것입니다. 새로운 인재를 육성할 것이며, 새로운 성장동력과 양질의 일자리가 창출될 것입니다. 디지털 뉴딜과 그린 뉴딜은 국민의 삶의 질을 바꾸게 될 것입니다.

무엇보다 국민께서 한국판 뉴딜을 체감하고 선도국가로 가는 길에 동행하는 것이 가장 중요합니다. 한국판 뉴딜의 중점을 지역균형 뉴딜에 두겠습니다. 지역이 주체가 되어, 지방자치단체와 주민, 지역 기업과 인재들이 머리를 맞대고, 현실적이고 창의적인 발전전략을 만들 수 있도록 하겠습니다.

지역경제 혁신을 위한 노력도 더욱 강화하겠습니다. 국가·지방 협력 특별교부세 등을 활용한 재정지원과 함께 규제자유특구를 새롭게 지정하여 혁신의 속도를 높이겠습니다. 또한 국가균형발전을 위한 대규모·초광역 프로젝트를 신속하게 추진하고, 생활 SOC 투자를 늘려 지역 주민의 삶의 질을 더욱 높이겠습니다. 한국판 뉴딜이 지역균형 뉴딜을 통해 우리 삶 속에 스며들고, 기존의 국가균형발전계획과 시너지를 낸다면, 우리가 꿈꾸던 혁신적 포용국가에

성큼 다가설 수 있을 것입니다.

정부는 민간이 활발하게 참여할 수 있도록 뉴딜 펀드 조성과 제도 기반 마련에 힘쓰겠습니다. 디지털 경제 전환, 기후위기 대응, 지역균형발전 등 뉴딜 10대 영역의 핵심 입법을 조속히 추진하고, 기업과의 소통과 협력을 강화해나가겠습니다. 국민께서도 적극적으로 참여해주시기 바랍니다.

사회가 공정하다는 믿음이 있을 때 우리는 함께 사는 길을 선택할 수 있고, 실패해도 다시 일어설 수 있다는 용기로 혁신의 힘이 강해질 수 있습니다. 우리는 공정의 힘을 믿으며 그 가치를 바로 세워가고 있습니다.

권력기관 개혁은 견제와 균형을 이루는 일입니다. 법질서가 누구에게나 평등하고 공정하게 적용되도록 하는 것입니다. 우리는 지난해 오랜 숙제였던 법·제도적인 개혁을 마침내 해냈습니다. 공정경제 3법과 노동 관련 3법은 경제민주주의를 이뤄낼 것이며, 성장의 지속가능성을 높여줄 것입니다. 모두 오랜 기간 형성된 제도와 관행을 바꾸는 일인 만큼 현장에 자리 잡기까지 많은 어려움과 갈등요소가 있는 것이 사실입니다. 다양한 이해관계자들과 긴밀히 소통하고 협력하여 개혁된 제도를 안착시켜나가겠습니다. 코로나19 시대 교육격차와 돌봄격차의 완화, 필수노동자 보호, 산업재해 예방, 성범죄 근절, 학대아동 보호 등 우리 사회 각 분야에서 새롭게 제기되는 공정에 대한 요구에도 끊임없이 귀 기울이고 대책을 보완해가겠습니다.

국민 여러분!

기후변화와 같은 지구적 문제들을 해결하기 위해서도 상생의 정신이 발휘되어야 합니다. 우리 국민께서는 자신이 좀 불편해도 자연과 더불어 살아가겠다는 강한 의지를 갖고 있습니다.

올해는 기후변화협약 이행 원년입니다. 정부는 그동안 우리 경제 구조의 저탄소화를 추진해왔습니다. 그 노력을 확대하여 올해 안에 에너지와 산업을 비롯한 사회 전 분야에서 2050 탄소중립 추진계획을 구체화할 것입니다. 정부는 수소경제와 저탄소산업 생태계 육성에 더욱 속도를 내고 세계시장을 선점해나가겠습니다. 오는 5월 서울에서 열리는 제2차 P4G(녹색성장과 글로벌 목표 2030을 위한 연대) 정상회의가 탄소중립을 향한 국제사회의 의지가 결집하는 장이 될 수 있도록 국민과 함께 준비하겠습니다.

소프트파워에서도 선도국가로 도약할 것입니다. 우리 문화예술은 민주주의가 키웠습니다. 우리 문화예술의 창의력, 자유로운 상상력은 민주주의와 함께 더 다양해지고 더 큰 경쟁력을 갖게 됐습니다. BTS와 블랙핑크, 영화 〈기생충〉 같은 K콘텐츠들이 세계인들을 매료시키고, 행복을 주고 있습니다. 정부는 문화예술인들이 마음껏 창의력과 끼를 발휘할 수 있도록 예술창작 활동을 지원하고, 한류 콘텐츠의 디지털화를 촉진하는 등 문화 강국의 위상을 더욱 확실하게 다져나가겠습니다.

훌륭한 기량을 갖춘 우리 스포츠 선수와 지도자들도 그 자체로 대한민국을 알리는 K콘텐츠입니다. 지난해 손흥민·류현진·김광현·고진영 선수를 비롯한 많은 체육인이 우리 국민과 세계인들에게 희망과 용기를 전했습니다. 이제는 메달이 중요한 시대는 지났습니다. 함께 즐기는 시대입니다. 정부는 전문 체육인들과 생활 체육인들이 스포츠 인권을 보장받으면서 마음껏 스포츠를 즐길 수 있도록 간섭 없이 지원하겠습니다.

코로나19는 사회적 거리두기를 강요했지만 역설적으로 전 세계인의 일상이 하나로 연결되어 있음을 보여줬습니다. 한국은 당당한 중견국가로서 선진국과 개발도상국이 서로를 더 잘 이해하며 상생할 수 있도록 가교 국가의 역할을 다할 것입니다.

RCEP(역내포괄적경제동반자협정), 한-인도네시아 CEPA(포괄적경제동반자협정)에 이어 필리핀·캄보디아·우즈베키스탄과의 FTA에 속도를 높여 신남방·신북방 국가들과의 교류와 협력을 넓히겠습니다. 중국·러시아와 진행 중인 서비스 투자 FTA, 브라질·아르헨티나를 비롯한 메르코수르(Mercosur), 멕시코 등 태평양 동맹(Pacific Alliance)과 협상을 가속화하고 CPTPP(포괄적·점진적 환태평양경제동반자협정) 가입도 적극 검토하겠습니다. 한일관계의 미래지향적 발전을 위해서도 계속 노력해나갈 것입니다.

우리의 검증된 보건·의료 역량과 높은 시민의식, 우수한 문화 역량과 디지털기술의 발전, 탄소중립 사회의 의지, 높아진 국제사회에서의 역할과 위상을 통해 대한민국은 소프트파워에서도 책임 있는 선도국가의 길을 당당하게 걸어갈 것입니다.

국민 여러분!

올해는 남북이 유엔에 동시 가입한 지 30년이 되는 해입니다. 한반도 평화와 번영이 국제사회에도 도움이 된다는 것을 남북은 손잡고 함께 증명해야 합니다. 전쟁과 핵무기 없는 평화의 한반도야말로 민족과 후손들에게 물려주어야 할 우리의 의무입니다. 정부는 미국 바이든 행정부의 출범에 발맞추어 한미동맹을 강화하는 한편 멈춰 있는 북미대화와 남북대화에서 대전환을 이룰 수 있도록 마지막 노력을 다하겠습니다.

남북협력만으로도 이룰 수 있는 일들이 많습니다. '평화'가 곧 상생입니다. 우리는 가축전염병과 신종 감염병, 자연재해를 겪으며 서로 긴밀히 연결되어 있음을 자각하고 있습니다. 우리는 많은 문제에서 한배를 타고 있습니다. 남북 국민의 생존과 안전을 위해 협력할 수 있는 방안을 찾아야 합니다.

코로나19에 대응하는 과정에서 상생과 평화의 물꼬가 트이기를 희망합니다. '동북아 방역·보건 협력체', '한·아세안 포괄적 보건·의료 협력'을 비롯한 역내 대화에 남북이 함께할 수 있기를 바랍니다. 코로나19 협력은 가축전염병과 자연재해 등 남북 국민의 안전과 생존에 직결되는 문제들에 대한 협력으로 확장될 수 있을 것입니다. 협력이 갈수록 넓어질 때 우리는 통일의 길로 한 걸음씩 나아갈 수 있습니다.

한반도 평화 프로세스의 핵심 동력은 대화와 상생 협력입니다. 언제든, 어디서든 만나고, 비대면의 방식으로도 대화할 수 있다는 우리의 의지는 변함없습니다. 지금까지 남과 북이 함께한 모든 합의, 특히 전쟁 불용, 상호 간 안전보장, 공동번영의 3대 원칙을 공동 이행하는 가운데 국제사회의 지지를 이끌어낸다면, 한반도를 넘어 동아시아 지역을 중심으로 한 평화·안보·생명공동체의 문이 활짝 열릴 것입니다.

존경하는 국민 여러분!

마스크는 지금까지 아주 쉽게 구입할 수 있었고, 인류의 삶에서 그리 주목받는 물품이 아니었습니다. 그러나 코로나19가 닥쳐오자 마스크는 자신을 지키기 위한 보호장비이면서 동시에 배려의 마음을 표시하는 아름다운 물품이 됐습니다.

'필수노동자'라는 말도 새롭게 생겨났습니다. 코로나19를 겪으면서 보건, 돌봄, 운송, 환경미화, 콜센터 종사자와 같이 우리의 일상 유지를 위해 없어서는 안 될 필수적인 역할을 하는 분들의 노고를 새롭게 깨닫게 되었습니다. 우리는 주변에서 흔하게 보던 물품 하나가 어느 순간 가장 중요한 물품이 될 수 있다는 것을 깨달았고, 마찬가지로 우리는 꼭 필요한 역할을 하면서도 제대로 된 처우를 받지 못하는 분들이 여전히 많다는 것도 새삼 느끼게 됐습니다. 지난해 우리는 우리 사회에 정말 중요한 것이 무엇인지 돌아볼 수 있었습니다. 모두의 안전이 나의 안전이라는 사실을 되새기며 함께 행동에 나설 수 있었습니다.

2021년, 우리의 목표는 분명합니다. 회복과 도약입니다. 거기에 포용을 더하고 싶습니다. 일상을 되찾고, 경제를 회복하며, 격차를 줄이는 한 해가 될 것입니다. 코리아 디스카운트 시대가 끝나고 코리아 프리미엄 시대로 나아가는 선도국가 도약의 길을 향할 것입니다.

지난해는 위기에 강한 나라 대한민국을 재발견한 해였습니다. 2021년 올해는 회복과 포용과 도약의 위대한 해로 만들어냅시다.

감사합니다.

다듬어 고친 글

* <u>희망을 기원하면서도 마음이</u>푸르른 꿈을 꾸면서도 마음은 무겁습니다.

* <u>코로나19와의</u>코로나19와 치르는 기나긴 전쟁이 끝나지 않았습니다.

* 생명과 안전이 여전히 위협받고, <u>유례없는</u>전에 없던 민생경제의 어려움이 <u>지속되고</u>이어지고 있습니다.

* <u>일상의 상실로 겪는</u>일상을 잃어버린 아픔도 <u>계속되고</u>이어지고 있습니다.

* 2021년은 우리 국민에게 '<u>회복의 해</u>'되살리는 해', '<u>포용의 해</u>'너그럽게 얼싸안는 해', '<u>도약의 해</u>'뛰어오르는 해'가 될 것입니다.

* 2020년, 신종 <u>감염병이</u>새 감염병이 인류의 생명을 위협했고 <u>일상은</u>일상을 송두리째 <u>바뀌었습니다.</u>바꿨습니다.

* <u>우리 또한 예외가 아니었습니다.</u>우리도 벗어날 수 없었습니다.

* 세계경제도 대공황 이후 <u>최악의</u>뒤 가장 안 좋게 <u>침체를 겪었습니다.</u>가라앉았습니다.

* 우리 경제 역시 마이너스 성장을 면치 <u>못했습니다.</u>뒷걸음질쳤습니다.

* 국민께서는 일 년 내내 불편을 <u>감수해야</u>겪어야 했습니다.

* 의료진들은 <u>헌신적으로</u>마음을 다해 환자를 돌봤고, 국민께서는 스

스로 방역의 주체가주인공이 됐습니다.

* 우리 국민께서는 이웃의 안전이 곧 나의내 안전이라는 지극히 평범한 진실을 놀라운 실천으로 전온 세계에 보여줬습니다.

* 국민께서 자발적으로 구상한 창의적인스스로 생각해낸 반짝이는 방역 조치들은 신속하게재빠르게 현장에 적용됐습니다.

* 한국의 진단키트와진단도구, 드라이브 스루(drive Through)*차 탄 채 받는 검사방법과 마스크입마개 같은 방역 물품들은물품을 세계 각국에 보급되어여러 나라에 퍼뜨려 인류를 코로나19로부터코로나19에서 지키는 데 크게 기여했습니다.이바지했습니다.

* K방역은한국 방역은 국민 한 사람 한 사람의 헌신과 희생 위에 세워진 것입니다.

* 세계 최초로세계에서 가장 처음으로 전국 단위 선거와 입시를 치러냈고, 봉쇄 없이 확산을 최대한 억제하며,억누르며, OECD경제협력개발기구(OECD) 국가 중에서도가운데서도 손꼽히는 방역 모범국가가 된 것은 우리 국민께서 만들어낸 누구도 깎아내릴 수 없는 소중한 성과입니다.

* 우리 국민의 상생 정신은 경제 위기를 극복하는넘어서는 데에도 가장 큰 힘이 됐습니다.

* 착한 임대료 운동을 시작으로 착한 선결제 운동과 농산물 꾸러미 운동이 이어졌고, 어려움을 겪고 있는 이웃들과이웃과 함께 사는 길을 찾았습니다.

---

* '승차 검사'로 쓸 수 있으나 이 낱말은 누가 차에 타서, 검사를 하는 건지 받는 건지 알 수 없다.

＊ 우리 경제는 지난해 <u>OECD</u>**경제협력개발기구**(OECD) 국가 중<u>가운</u>
데 <u>최고의</u>**가장 높은** 성장률로, GDP**국내총생산**(GDP) 규모 세계 10
위권 <u>안으로</u>**안**에 진입할<u>들</u> 전망이며, 1인당 국민소득 또한 사상 처
음으로 <u>G7 국가를</u>**앞선 일곱 나라인** G7을 넘어설 것으로 <u>예측됩니</u>
<u>다.</u>**예측합니다. /보입니다.**

＊ 주가지수 역시 <u>2,000선 돌파</u>**2,000선을 넘어** 14년 만에 주가
3,000시대를 열며 <u>OECD</u>**경제협력개발기구**(OECD) 국가 중<u>가운데</u>
가장 높은 주가 상승률을 기록했고, 위기 속에서도 한국 경제의 미
래전망이 밝음을 보여주고 있습니다.

＊ 국민 모두 어려움 속에서 <u>최선을</u>**온 힘을** 다하며 위기에 강한 대한
민국의 <u>저력을</u>**뒷심을** 보여줬습니다.

＊ 이제는 드디어 어두운 <u>터널의</u>**동굴의** 끝이 보입니다. <u>불확실성들이</u>
<u>많이 걷혀,</u>**불확실성으로 자욱하던 안개가 걷히고,** 이제는 예측하
고 전망하며 계획을 세울 수 있게 됐습니다.

＊ 올해 우리는 온전히 일상을 <u>회복하고</u>**되찾고,** 빠르고 <u>강한</u>**굳건한**
경제회복으로 새로운 <u>시대의 선도국가로 도약할 것입니다.</u>**시대를**
앞장서 이끄는 나라로 뛰어오를 것입니다.

＊ 하지만 국가 경제가 나아지더라도, 고용을 <u>회복하고</u>**되살리고** 소상
공인·자영업자들이 입은 타격을 <u>회복하는 데는</u>**손해를 되찾으려면**
더 많은 시간이 걸릴 것입니다.

＊ 코로나19로 더 깊어진 <u>격차를</u>**벌어진 소득 차이를** 줄이는 <u>포용적인</u>
<u>회복을 이루는 것이너</u>**그렇게 얼싸안는 되살리기가** 무엇보다 중요
합니다.

* <u>마스크에서</u>**입마개에서** 해방되는 평범한 일상으로 빠르게 돌아가는 것이 <u>급선무입니다.</u>**서둘러서 해야 할 일입니다.**

* <u>점차</u>**점점** 더 나아지고 있는 방역의 마지막 고비를 잘 넘기는 것이 <u>우선입니다.</u>**먼저입니다.**

* 정부는 국민과 함께 3차 유행을 <u>조기에</u>**일찍** 끝낼 수 있도록 <u>최선을</u> **온 힘을** 다하겠습니다.

* <u>우선순위에 따라 순서대로</u>**매긴 차례에 따라** <u>전</u>**온** 국민이 무료로 접종받을 수 있도록 하겠습니다.

* 우리 기업이 개발한 치료제의 심사도 <u>진행 중입니다.</u>**진행하고 있습니다.**

* <u>안전성의</u>**안정성** 검사와 허가, 사용과 효과에 이르기까지 <u>전</u>**온** 과정을 <u>투명하게 공개하겠습니다.</u>**속속들이 훤히 볼 수 있게 하겠습니다.**

* <u>자체적인</u>**우리가 스스로 하고 있는** 백신 개발도 계속 독려할 것입니다.

* 백신 자주권을 <u>확보하여</u>**확보해** 우리 국민의 안전과 국제보건 협력을 <u>강화하는 데</u>**굳건히 하는 데** <u>기여할</u>**이바지할** 수 있도록 하겠습니다.

* <u>경제에서도</u>**경제도** 빠르고 강한 회복을 <u>이룰</u>**굳건하게 되살릴** 것입니다.

* 이미 우리 경제는 지난해 3분기부터 <u>플러스 성장으로 전환했습니다.</u>**성장하는 쪽으로 바뀌었습니다.**

* 이 기세를 이어 우리 경제는 올해 상반기에 코로나19 이전 수준을

회복하게 될<u>되찾</u>을 것입니다.

* 민생경제에서는 코로나19 3차 확산의 피해 업종과 계층을 <u>지원하기</u>**돕기** 위해, 오늘부터 <u>280만 명의 소상공인</u>**소상공인 280만 명**, 자영업자와 특수형태근로종사자, <u>프리랜서,</u>**자유계약인**, 돌봄종사자를 비롯한 <u>87만 명의 고용 취약계층</u>**고용 취약계층 87만 명**에게 3차 재난지원금을 <u>지급합니다.</u>**드립니다.**

* <u>충분하지</u>**넉넉하지** 않은 줄 알지만 민생경제의 <u>회복을</u>**민생경제 되살리기를** 위한 마중물이 되기를 <u>기대합니다.</u>**바랍니다.**

* 정부는 이에 그치지 않고, 민생경제 <u>회복을</u>**되살리기를** 위해 앞으로도 정책역량을 <u>총동원하겠습니다.</u>**모두 동원하겠습니다.**

* <u>상반기 중에</u>**상반기에** 우리 경제가 코로나19 이전 <u>수준으로 회복될 수준을 되찾</u>을 수 있도록 <u>확장적</u>**확장** 예산을 <u>신속하게</u>**빠르게** 집행하고 <u>110조 원 규모의 공공과 민간 투자 프로젝트를</u>**공공과 민간 투자 계획도 110조 원 규모로** <u>속도감 있게 추진하겠습니다.</u>**빠르게 밀고나가겠습니다.**

* 민생경제의 <u>핵심은</u>**알맹이는** 일자리입니다.

* 지난해보다 5조 원 늘어난 <u>30조 5,000억 원의 일자리 예산을</u>**일자리 예산 30조 5천억 원을** 1분기에 집중적으로 투입하겠습니다.**집중해서 쓰겠습니다.**

* <u>특히</u>**더욱이** 청년·어르신·장애인을 비롯한 취약계층을 위해 직접 일자리 104만 개를 <u>만들 예정입니다.</u>**만들려고 합니다.**

* 함께 위기를 <u>극복하기</u>**넘어서기** 위한 고용안전망과 사회안전망도 <u>한층 강화됩니다.</u> **더욱 굳건히 하겠습니다.**

* 청년층과 저소득 구직자들이 취업지원 서비스와 함께 생계비를 지원받을 수 있는 ~~국민취업지원제도가~~**국민취업지원제도를** 이달부터 ~~시행됩니다.~~**시행합니다.**

* 지난해 ~~예술인들에~~**예술인에** 이어 오는 7월부터 특수형태근로종사자까지 고용보험 ~~적용이~~**적용을** 확대될 ~~예정입니다.~~ **넓히려고 합니다.**

* 그동안 부양의무자가 있다는 ~~이유로~~**까닭으로** 생계급여를 받지 못했던 어르신과 한부모 가정, 저소득 가구 모두 이달부터 생계급여를 받을 수 있게 되었으며, 내년부터는 모든 가구의 부양의무자 기준을 ~~폐지합니다.~~ **없앱니다.**

* 앞으로 ~~전~~**온** 국민 고용보험제도, 상병수당 ~~등~~**같은** 고용안전망과 사회안전망 확충 노력을 ~~계속해나가겠습니다.~~**이어나가겠습니다.**

* 위기일수록 ~~서로의~~**서로** 손을 잡고 함께 가야 합니다.

* 지난해 ~~적극적인~~(삭제) 일자리 창출과 저소득층 ~~지원~~ 노력으로**지원에 온 힘을 다해** 다른 ~~나라들에 비해~~**나라에 견줘** 고용 충격을 ~~완화할~~**누그러뜨릴** 수 있었습니다.

* 저소득층에 대한 정부 지원을 ~~대폭~~**크게** 늘려 재정을 통한~~거친~~ 분배 개선 효과도 크게 늘어났습니다.

* 불편을 참고 이웃을 먼저 생각해주신 국민의 노력이 헛되지 않도록 ~~격차를~~**소득 차이를** 좁히는 위기 극복으로 보답하겠습니다.

* 주거 문제의 어려움으로 ~~낙심이 큰~~**마음이 크게 상한** 국민께는 매우 송구한 마음입니다.

* 주거 안정을 위해 필요한 대책 마련을 ~~주저하지~~**머뭇거리지** 않겠습

니다.

* 특별히유달리 공급 확대에 역점을 두고, 힘을 들여, 빠르게 효과를 볼 수 있는 다양한여러 가지 주택공급 방안을 신속히재빨리 마련하겠습니다.

* 코로나19로 인해코로나19 **때문에** 세계경제가 빠르게 바뀌고 있습니다.

* 비대면 경제와 디지털컴퓨터를 활용한 혁신이 가속화되고더 **빨라지고** 4차 산업혁명이 앞당겨지고 있습니다.

* 코로나19 이후 변화하는뒤에 **바뀌는** 세계시장을 선점하기 위한 각국의 경쟁도앞서 차지하기 위해 여러 나라가 겨루는 것도 더욱 치열해질불꽃이 튈 것입니다.

* 미래는앞날은 준비하는 자의 몫입니다.

* 우리 경제도 선도형 경제로의 대전환에앞장서 이끄는 경제로 나아가는 큰 전환'에 나섰습니다.

* 자동차·조선과 같은 우리 주력산업들이 경쟁력을겨루는 힘을 되찾고 있습니다.

* 자동차 생산량은 지난해 세계 5강에 진입했고, 들어섰고, 조선 수주량은 세계 1위 자리를 되찾았습니다.

* 정부가 역점을 두어온힘쓴 시스템 반도체,논리 · 연산 · 제어 기능 반도체(시스템 반도체, 비저장반도체), 미래차, 바이오헬스의약의료산업(바이오헬스) 등같은 3대 신산업새 산업 모두 두 자릿수 수출증가율을 보이며 새로운 주력산업으로 빠르게 자리매김하고 있습니다.

* 미래에앞날에 대한 투자도 꾸준히 늘고 있습니다.

* 코로나19 상황 속에서도 제2 벤처 붐이제2모험사업 유행이 더욱 확산되어퍼져 지난해 벤처펀드모험사업기금 결성액이 역대 최대인 5조 원에 달하고,이르고, 벤처기업모험기업 증가, 고용 증가, 수출 규모 모두 사상 최대를 기록했습니다.

* 우리 경제의 혁신 속도는 상생의 힘을 통해힘으로 더욱 빨라질 것입니다.

* 우리는 대·중소기업의 협력으로대·중소기업이 힘을 모아 일본 수출규제의 파고를수출규제란 높은 파도를 이겨냈고, 광주에서 시작된시작한 상생형 지역 일자리는 전국으로 확산되어퍼져 전기차·첨단소재 등같은 새로운 성장동력을 키우고 있습니다.

* 올해부터 본격적으로 추진되는제대로 밀고나갈 한국판 뉴딜의경제부흥정책의 핵심알맹이 또한 사람과 상생입니다.

* 한국판 뉴딜이경제부흥정책을 본격 추진되면제대로 밀고나가면 대한민국은 전국 곳곳에서 변화가 일어날 것입니다.

* 새로운 인재를 육성할키울 것이며, 새로운 성장동력과 양질의 일자리가 창출될일자리를 새로 만들 것입니다.

* 디지털 뉴딜과컴퓨터를 활용한 경제부흥정책과 그린 뉴딜은녹색 경제부흥정책은 국민의국민 삶의 질을 바꾸게 될 것입니다.

* 무엇보다 국민께서 한국판 뉴딜을경제부흥정책을 체감하고 선도국가로 가는 길에 동행하는몸소 느끼고 앞장서 이끄는 나라로 나아가는 길에 함께하는 것이 가장 중요합니다.

* 한국판 뉴딜의경제부흥정책의 중점을 지역균형 뉴딜에경제부흥정책에 두겠습니다.

* 지역이 주체가 되어, 지방자치단체와 주민, 지역 기업과 인재들이 머리를 맞대고, ~~현실적이고~~**현실에 바탕을 둔** ~~창의적인~~**반짝이는** 발전전략을 만들 수 있도록 하겠습니다.

* 지역경제 혁신을 위한 노력도 더욱 ~~강화하겠습니다.~~**굳건히 하겠습니다.**

* 국가·지방 협력 특별교부세 ~~등을~~**들을** 활용한 재정지원과 함께 규제자유특구를 새롭게 ~~지정하여~~**지정해** 혁신의 속도를 높이겠습니다.

* ~~또한~~**또** 국가균형발전을 위한 대규모·초광역 프로젝트를 신속하게 추진하고, **계획을 재빠르게 밀고나가고,** 생활 ~~SOC~~**사회간접자본**(SOC) 투자를 늘려 지역 ~~주민의~~**주민** 삶의 질을 더욱 높이겠습니다.

* 한국판 ~~뉴딜이~~**경제부흥정책이** 지역균형 ~~뉴딜을 통해~~**경제부흥정책**으로 우리 삶 속에 스며들고, ~~기존의~~**이전** 국가균형발전계획과 ~~시너지를~~**더하기** ~~효과를~~ 낸다면, 우리가 꿈꾸던 ~~혁신적 포용국가에~~**새롭게 바꾸고 너그럽게 얼싸안는 나라에** 성큼 다가설 수 있을 것입니다.

* 정부는 민간이 활발하게 참여할 수 있도록 ~~뉴딜 펀드~~**경제부흥정책 기금** 조성과 제도 기반 마련에 힘쓰겠습니다.

* 디지털 경제 전환, **컴퓨터를 활용한 경제로 바꾸기,** 기후위기 대응, 지역균형발전 ~~등같은~~ 뉴딜**경제부흥정책** 10대 영역의 핵심 입법을 ~~조속히 추진하고,~~ **재빨리 밀고나가고,** ~~기업과의~~**기업과** 소통과 협력을 ~~강화해~~**굳건히 해** 나가겠습니다.

* 국민께서도 ~~적극적으로~~**적극** 참여해주시기 바랍니다.

* 우리는 지난해 오랜 숙제였던 법·제도적인 법제도의 개혁을 마침 내 해냈습니다.

* 다양한여러 이해관계자들과 긴밀히가까이 소통하고 협력하여힘을 모아 개혁된 제도를 안착시켜나가겠습니다.

* 코로나19 시대 교육격차와 돌봄격차의 완화, 필수노동자 보호, 산 업재해 예방, 성범죄 근절, 뿌리 뽑기, 학대아동 보호 등같은 우리 사회 각 분야에서갈래에서 새롭게 제기되는 공정에 대한 요구에도 끊임없이 귀 기울이고 대책을 보완해가겠습니다.

* 기후변화와 같은 지구적지구의 문제들을문제를 해결하기풀기 위해 서도 상생의 정신이 발휘되어야서로 살리는 정신을 펼쳐야 합니다.

* 올해는 기후변화협약 이행 원년입니다. 기후변화협약을 이행하는 첫해입니다.

* 정부는 그동안 우리 경제 구조의 저탄소화를 추진해왔습니다. 틀에 서 탄소 줄이기를 밀고나왔습니다.

* 그 노력을 확대하여넓혀 올해 안에 에너지와 산업을 비롯한 사회 전 분야모든 갈래에서 2050 탄소중립 추진계획을 구체화할구체로 만들 것입니다.

* 정부는 수소경제와 저탄소산업 생태계 육성에 더욱 속도를 내고생 태계를 더 빨리 키우고 세계시장을 선점해나가겠습니다. 앞서 차지 해나가겠습니다.

* 오는 5월 서울에서 열리는 제2차 P4G(녹색성장과 글로벌 목표 2030을 위한 연대)기후위기 연대인 P4G 정상회의가 탄소중립을 향한탄소 중립으로 나아가는 국제사회의 의지가 결집되는 장이한데 모이는

마당이 될 수 있도록 국민과 함께 준비하겠습니다.

* 소프트파워에서도[*]문화와 예술의 힘에서도 선도국가로 도약할앞장
서 이끄는 나라로 뛰어오를 것입니다.

* BTS비티에스(BTS)와 블랙핑크, 영화 〈기생충〉 같은 K콘텐츠들이
세계인들을 매료시키고, 한국 저작자와 저작물이 세계인의 마음을
사로잡고, 행복을 주고 있습니다.

* 정부는 문화예술인들이 마음껏 창의력과 끼를 발휘할펼칠 수 있도
록 예술창작 활동을 지원하고, 한류 콘텐츠의 디지털화를 촉진하는
등저작물을 컴퓨터를 활용한 저작물로 만드는 걸 재촉해 문화강
국의 위상을 더욱 확실하게 다져나가겠습니다.

* 훌륭한 기량을재능을 갖춘 우리 스포츠체육 선수와 지도자들도 그
자체로 대한민국을 알리는 K콘텐츠입니다. 한국이 내세울 만한 내
용입니다.

* 지난해 손흥민·류현진·김광현·고진영 선수를 비롯한 많은 체육인
이 우리 국민과 세계인들에게 희망과푸르른 꿈과 용기를 전했습니
다.

* 이제는 메달이상패가 중요한 시대는 지났습니다.

* 정부는 전문 체육인들과체육인과 생활 체육인들이체육인이 스포츠

---

* 군사력, 경제력 같은 하드파워와 견주어 쓰는 말이다. 다시 말해 문화의 힘을 뜻하는
말이다. 조지프 나이(Joseph S. Nye) 하버드대학 교수가 생각해낸 말로 국가의 문화, 가
치, 정당한 국제정책 같은 세 가지 뿌리에서 나오는 힘을 말한다. 여기서는 문화와 예술
의 힘으로 풀 수 있다. 10월 9일 한글날 연설 제목이 '소프트파워 한글'이다. 한글 앞에
소프트파워란 다른 나라 말을 붙인 건 세계 사람들이 알아듣기 쉽게 하느라 그랬다고
쳐도 너무 나갔다고 본다. 차라리 '문화와 예술의 힘, 한글'이라고 쓰고 나서 괄호 치고
영어로 쓰면 될 일을.

체육 인권을 보장받으면서 마음껏 스포츠를**체육을** 즐길 수 있도록 간섭 없이 지원하겠습니다.

* 코로나19는 사회적**사회** 거리두기를 강요했지만 역설적으로 전**거꾸로** 온 세계인의 일상이 하나로 연결되어**이어져** 있음을 보여줬습니다.

* 한국은 당당한**어엿한** 중견국가로서 선진국과 개발도상국이 서로를 더 잘 이해하며 상생할 수 있도록 가교 국가의 역할을**다리 국가 노릇을** 다할 것입니다.

* RCEP(역내포괄적경제동반자협정), **역내포괄절경제동반자협정(RCEP),** 한-인도네시아 CEPA(포괄적경제동반자협정)**포괄적경제동반자협정 (CEPA)**에 이어 필리핀·캄보디아·우즈베키스탄과의**우즈베키스탄과 맺은 FTA**자유무역협정(FTA)에 속도를 높여 신남방·신북방 국가 들과의**국가들과** 교류와 협력을 넓히겠습니다.

* 중국·러시아와 진행 중인**진행하고 있는** 서비스 투자 FTA**,자유무 역협정(FTA),** 브라질·아르헨티나를 비롯한 메르코수르(Mercosur), 멕시코 등**같은** 태평양 동맹(Pacific Alliance)과**동맹과** 협상을 가속화 하고**더 빨리 진행하고,** CPTPP(포괄적·점진적 환태평양경제동반자협정) **포괄적·점진적 환태평양경제동반자협정(CPTTP)** 가입도 적극 검토 하겠습니다.

* 한일관계의 미래지향적 발전을 위해서도 계속 노력해나갈**한일관계 가 앞을 보면서 발전할 수 있도록 더욱 힘써나갈** 것입니다.

* 우리의 검증된 보건·의료 역량과 높은 시민의식, 우수한**뛰어난** 문화 역량과 디지털기술의 발전**,컴퓨터를 활용하는 기술의 발전,** 탄

소중립 사회의 의지, 높아진 국제사회에서의 역할과 ~~위상을 통해~~ **위상으로** 대한민국은 ~~소프트파워~~에서도 책임 있는 선도국가의 길을 ~~당당하게~~**문화와 예술에서도 책임지는 앞선 나라의 길로 떳떳하게** 걸어갈 것입니다.

* 정부는 미국 바이든 행정부의 출범에 발맞추어 한미동맹을 ~~강화하는~~**굳건히 하는** 한편 멈춰 있는 북미대화와 남북대화에서 ~~대전환을~~ **큰 전환을** 이룰 수 있도록 마지막 노력을 다하겠습니다.

* 우리는 가축전염병과 ~~신종 감염병~~, **새 감염병**, 자연재해를 겪으며 서로 ~~긴밀히~~**가까이** 연결되어 있음을 ~~자각하고~~**스스로 깨닫고** 있습니다.

* 남북 국민의 생존과 안전을 위해 ~~협력할~~**힘을 모을** 수 있는 방안을 찾아야 합니다.

* 코로나19에 대응하는 과정에서 상생과 평화의 물꼬가 트이기를 ~~희망합니다.~~**바랍니다.**

* 코로나19 협력은 가축전염병과 자연재해 ~~등~~**같은** 남북 국민의 안전과 생존에 ~~직결되는~~**곧바로 이어지는** 문제들에 대한 협력으로 확장 ~~될~~**넓혀질** 수 있을 것입니다.

* ~~한반도 평화 프로세스의~~**한반도 평화 공정의** 핵심 동력은 대화와 상생 협력입니다.

* ~~마스크는~~**입마개는** 지금까지 아주 쉽게 ~~구입할~~**살** 수 있었고, 인류의 삶에서 그리 주목받는 물품이 아니었습니다.

* 코로나19를 겪으면서 보건, 돌봄, 운송, 환경미화, ~~콜센터~~**민원실** 종사자와 같이 우리의 일상 유지를 위해 없어서는 안 될 ~~필수적인~~

<u>역할을</u> **꼭 필요한 일을** 하는 분들의 노고를 새롭게 깨닫게 되었습니다.

* 우리는 주변에서 흔하게 보던 물품 하나가 어느 순간 가장 중요한 물품이 될 수 있다는 것을 깨달았고, 마찬가지로 우리는 꼭 필요한 <u>역할을</u>**일을** 하면서도 제대로 된 처우를 받지 못하는 분들이 여전히 많다는 것도 새삼 느끼게 됐습니다.

* 2021년, <u>우리의</u>**우리** 목표는 분명합니다.

* <u>회복과</u>**되살리기와** <u>도약입니다.</u>**뛰어오르기입니다.**

* 거기에 <u>포용을</u>**너그럽게 얼싸안기를** 더하고 싶습니다.

* 일상을 되찾고, 경제를 <u>회복하며,</u>**되살리며,** <u>격차를</u>**소득 차이를** 줄이는 한 해가 될 것입니다.

* <u>코리아 디스카운트</u>**한국 저평가** 시대가 끝나고 <u>코리아 프리미엄</u>**한국 고평가** 시대로 <u>나아가는</u>**나아가겠습니다. 또** 선도국가 도약의 길을 향할 것입니다. **앞장서 이끄는 나라로 뛰어오르겠습니다.** *

* 2021년 올해는 회복과 포용과 <u>도약의</u>**되살리고, 너그럽게 얼싸안고, 뛰어오르는** 위대한 해로 만들어냅시다.

부록: 찾아보기

이 책에서 다듬은 내용을 찾아보기 쉽게 가나다 차례로
적었다. 다만, 글 다듬기는 앞뒤 문장을 보면서 하는 일이므로
사전과 뜻이 다를 수 있다는 점을 밝힌다.
다른 나라 말은 뒤에 따로 적었다. 글을 다듬을 때마다 여기에 더 보태서
우리말 다듬기 사전을 함께 만들어가면 좋겠다.

ㄱ

가교 다리, 다리를 놓다

가동하다 움직이다

가급적 되도록

가능하다 −를(을) 할 수 있다

가산 집안 재산

가입하다 들어가다

가하다 주다

각(各) 여러

각자의 저마다 제

각고 몹시 애를 씀

각국 여러 나라

각별히 유달리

각자 저마다

각지 곳곳

간 사이, 동안, 끼리

　→ 정상 간 정상끼리

간곡히 마음을 다해

간직하다 가슴 속 깊이 지니다

감내하다 참고 견디다

감당하다 견뎌내다

감사 고마움

감소하다 줄다, 줄어들다

감수(甘受)하다 겪어야만 하다, 겪다

감시하다 지켜보다

감축 줄이기

강구(講究)하다 연구하다

강력하다 굳건하다

강점하다 강제로 차지하다

강조하다 힘주어 말하다

강직하다 굳세다

강하다 굳다 굳세다 튼튼하다

강화 굳건히

강화하다 굳건히 하다

개관하다 열다

개선하다 더 낫게 고치다(바꾸다), 더
　　　좋게 고치다(바꾸다)

개소(個所) 군데

개정하다 고치다

개척하다 일구다, 활짝 열다

개최하다 열다

개편하다 다시 짜다

거대한 크나큰

거점 중심

건강하다 튼튼하다

건립하다 세우다, 짓다

건설하다 세우다, 짓다

검사 살피기

검토하다 헤아려보다

격려하다 힘을 북돋우다

격의 없다 마음을 열다

격변하다 빠르게 바뀌다

격차 사이의 차이

　→ 임금 격차 임금 사이의 차이

결국 마침내

결별하다 끊다, 끊어 내다, 헤어지다

결속하다 한 덩어리가 되다

결연한 옹골찬, 꿋꿋한

결집하다 한데 모이다

경시하다 가벼이 여기다

경의 존경, 존경하는 마음

경쟁력 겨루는 힘

경쟁하다 겨루다

경탄시키다 깜짝 놀라게 하다

경험하다 겪다

계속 잇따라

계속하다 이어가다

계승하다 잇다 이어가다

계절 철

고귀하다 드높다

고난 괴로움

고난도 매우 어려운

고립되다 외따로 떨어지다

고용유발인원 고용을 일으키는 인원

-고자 -려고

　→ 배우고자 하는 배우고 싶어하는

　→ 키우고자 키우려고

고조되다 높아지다

공고하게 하다 단단하게 다지다

공동번영 함께 잘살기

공동으로 함께

공동의 모두 함께

공존하다 함께 살다

과감히 꼭

과거의 지난

과로사회 지나치게 일하는 사회

과반 절반을 넘다

과소평가 낮추어보기

과시하다 자랑하다

-과(와)의 과(와), 과(와) 한, 과(와) 맺
　은, -를 잡는

→ **국제사회와의 약속** 국제사회와
맺은 약속

→ **주변국과의 협력을 바탕으로**
주변국과 힘을 잘 모아서

→ **코로나와의** 코로나와 치르는

→ **투기와의** 투기를 잡는

관통하다 꿰뚫다, 꿰뚫고 지나가다

광복 나라를 되찾다

교착 얽힘

교체하다 바꾸다

교훈 가르침

구가하다 누리다

구상 생각

구입하다 사다

구조 틀

구하다 찾다

구호 말로 외치다, 말로만 외치다

구축하다 만들다, 쌓다, 다지다

국가 나라

국호 나라 이름

귀가하다 집으로 돌아가다

규명하다 밝히다

그

→ **그들은** 그분들은

→ **그의** 그분의

그리고 또

그간 그동안

그리고 또

극복하다 넘어서다 이겨내다

극심하다 아주 심하다

근간 뼈대, 뿌리, 뿌리와 줄기

근절하다 뿌리 뽑다

근원 밑바탕, 뿌리

금기 꺼리기

급락하다 갑자기 떨어지다

급선무 서둘러서 해야 할 일

기개 씩씩한 기운

기념하다 마음에 품다

기대 바람

기반 바탕, 밑바탕

기여하다 이바지하다

기원하다 빌다

기점 출발점

기조 바탕, 밑바탕

기존 이전

기(基)한 바탕을 둔

기초 밑바탕, 주춧돌

긴밀하다 매우 가깝다, 사이좋다

ㄴ

낙관하다 밝게 내다보다, 앞(날)을 밝게 보다

낙수효과 앞선 기업의 성과가 뒤진 기업으로 떨어지는 효과

낙심 마음이 크게 상함

낭독하다 소리 내 읽다

낭보 반가운 소식

내(內) 안

노고 애씀

노력하다 힘쓰다

노후 낡고 오래된, 노인의 삶

ㄷ

다수 여럿

다양한 여러 가지

단시간 짧은 시간

단절되다 끊어지다

단초 실마리

단축하다 줄이다

달하다 이르다

달성하다 이루다

-당 -에

→ **한 가마당** 한 가마에

당당하다 떳떳하다, 어엿하다

당면하다 눈앞에 닥치다

당부하다 꼭 부탁하다, 단단히 부탁하다

당시 그때

당초 처음에는

담대하다 통 크다

대우 대접

대두하다 다가오다

대립하다 맞서다

대면 만남

대부분 거의, 거의 다

대장정 먼 걸음

대전환 큰 전환

대체하다 대신하다, 바꾸다, 바꿔내

다

대하다 다루다

대항하다 맞서다

더불어 함께

도달하다 다다르다

도모하다 꾀하다

도발하다 문제를 일으키다, 문제를

　　일삼다

도약하다 뛰어오르다

도입하다 끌어들이다

도출하다 이끌어내다

돌파하다 넘어서디

동등한 똑같은

동시 같은 때

동참하다 함께하다

-들 (삭제)

　→ **국민들** 국민

　→ **사람들** 사람

　→ **시민들** 시민

　→ **선대들이** 선대가

　→ **약속들을** 약속을

　→ **젊은이들** 젊은이

　→ **지식인들** 지식인

　→ **후손들을** 후손을

-들이 -끼리

등(等) 같은, 들

등재하다 올리다

또 하나의 또 다른

또한 또

ㄹ

-(라)고 (라)는 -고, -는

-로부터 -부터, -에서 퍼져

-를(을) 통해 -으로, -을 거쳐

　→ **항쟁을 통해** 항쟁을 거쳐

-를(을) 향해 -로, -로 나아가는,

　　-로 떠나다

　→ **미래를 향해** 앞을 보고

　→ **미지를 향한** 아직 모르는 우주

　　로 나아가는

　→ **세계를 향해** 세계로 나아가려

　　고

　→ **통일을 향해** 통일로 나아가는

　→ **파리를 향하다** 파리로 떠나다

→ **평화를 향한** 평화로 나아가는

ㅁ

막강하다 매우 튼튼하다

막론하다 따지지 않다

만연하다 널리 퍼져 있다

만전 허술함이 없다

만행 야만스러운 행동

매년 해마다

매 순간 순간마다

매일 날마다

매혹 반함

먹거리 먹을거리

면책 책임에서 벗어나기

명백하다 아주 뚜렷하다

명시하다 분명하게 드러내다

명실상부 이름에 꼭 맞다

명예롭다 자랑스럽다

명확하다 뚜렷하다

모국어 우리말

모색하다 찾다

모욕하다 깔보고 욕하다

목도하다 보다

몰입하다 깊게 파고들다

무궁무진 끝이 없음

무모하다 생각 없이 문제를 일으키 다

무소불위 함부로

무시하다 알아주지 않다, 업신여기 다

무의미하다 아무런 뜻이 없다

무한한 끝없는

묵묵히 말없이

미래 앞날

미만 밑

미완 이루지 못한

밀접하다 가깝다

밀집하다 빽빽하게 모여 있다

및 과, 이나

ㅂ

-바 -적(이)

→ **중단한 바** 멈춘 적이

반등 다시 오르기

반목하다 서로 미워하다

반복하다 되풀이하다

반성하다 돌아보다

발견하다 찾다

발굴하다 찾다

발생하다 일어나다, 생기다

발전하다 나아가다

발족하다 발을 떼다

발하다 빛나다

발휘하다 떨치다

방문하다 찾다

방지하다 막다

방치하다 놔두다, 그냥 놔두다, 그대로 놔두다

배격하다 물리치다

배려하다 보살피다

배출하다 나게 하다, 태어나게 하다, 내보내다, 내뿜다

배타 남을 물리침

배포하다 나눠주다

번성하다 꽃피다

변형 모습을 바꿈

변화하다 바뀌다

변화시키다 바꾸다

별도로 따로

보고(寶庫) 보물창고

보고하다 알리다

보다 좀 더

보루 버팀목

보유하다 갖다

보위하다 보호하고 적의 공격에서 지켜내다

보전하다 보호하고 유지하다

보호 지키기

복원하다 되살리다

본격 제대로

본받다 닮다

부담 짐

부르다 말하다, 딱지를 붙이다

부분적으로 드물게

부상 다침

부유식 뜨는, 떠 있는

부응하다 요구에 맞추어 실천하다

부침(浮沈) 바뀜, 오르내림

부흥시키다 다시 일으키다

분리하다 나누다

분명하다 뚜렷하다

분배하다 나누다

분야 갈래

분쟁 다툼

분출 터져나옴

불과하다 지나지 않다

불굴 굽히지 않음

불문하다 안 가리다, 안 따지다

불사한 마다하지 않는

불용하다 받아들지 않다

불의 정의에 어긋나다

붕괴하다 무너지다

비교하다 견주다

비방하다 헐뜯다

비약시키다 뛰어오르게 하다

비장하다 슬프지만 씩씩하다

비적 도적떼

비해 견줘

빈곤 가난

ㅅ

사고(思考) 생각

사례 보기

사상(史上) 역사에서

사수하다 목숨을 걸고 지키다

사용하다 쓰다

산적하다 산더미 같다, 산처럼 쌓이다

상봉 만남

상생 서로 살리기

상세히 속속들이

상실하다 잃다

상용 일상에서 씀

상향하다 높이다

상호 서로

상환하다 빚을 갚다

상황 형편

생명 목숨

생존 살아 있음

서문 머리말

선도하다 앞장서 이끌다

선두 앞자리

선령(船齡) 배가 운항할 수 있는 기
간, 배의 나이

선점 앞서 차지함

선정하다 뽑다

선진 앞선

선후 앞뒤, 어느 것이 앞서냐

설치하다 두다

성사되다 이루다

성숙하다 무르익다

성원(聲援) 뒷받침

성장하다 자라다, 크다, 커가다

성찰하다 반성하다

성취 열매

성취하다 이루다

새로운 새

서서히 천천히

설립하다 세우다

세기 백 년

세심한 빈틈없는

소망하다 애타게 바라다

소모 쓸데없이 써서 없애기, 쓸데없
는 짓

속도감 빠르기

수(數) 몇

→ 수십 년 몇십 년

수감되다 갇히다

수고하다 힘쓰다, 애쓰다

수급 공급과 수요

수렴하다 한데 모으다

수립하다 세우다

수사(修辭) 말치레

수시로 늘

수행하다 실천하다

숙원 오랜 바람

숙의민주주의 함께 의논해 결정하는
민주주의

순교 종교를 위해 목숨을 바침

순방 나들이

순탄하다 쉽다

소요되다 걸리다

숭고하다 드높다

승자독식 이긴 사람이 다 먹어 치우
는

승화 뛰어넘음

시기 때

시련 어려움

시정하다 바로잡다

식탁 밥상

신규 새, 새로

신뢰 믿음

신산업 새 산업

신생 새로 태어남

신설하다 새로 만들다

신속하다 재빠르다

실사구시 사실에 바탕을 두고 진리를 탐구함

실종되다 생사를 알 수 없게 되다

실현하다 이루다, 꿈을 이루다

실효 실제 효과

ㅇ

악용하다 나쁘게 쓰다

악화 나쁘게

안착하다 잘 자리 잡다

압도하다 따라올 수 없다

압박하다 내리누르다

양국 두 나라

양극화 경제와 사회의 불평등

양산(量産) 대량생산

양성하다 기르다, 길러내다

억압하다 억누르다

언어 말과 글

엄중하다 무겁다

업무 일

없어지다 사라지다

-에도 불구하고 -를 딛고
  → 패배에도 불구하고 -패배를 딛고

-에 있어서도 -에서도
  → 협력에 있어서도 협력에서도

-에 의하다 -에 따르다, -하시길
  → 말씀에 의하면 말씀하시길

여생 남은 삶

역경 어려움

역량 힘

역점 중심

역할 할 일, 노릇

연결 잇기

연상하다 떠올리다

연속 잇따라

연이어 잇따라

열거하다 낱낱이 말하다

열광하다 미치도록 좋아하다

열망 불꽃 같은 바람, 애타게 바라는
마음

열악하다 매우 나쁘다, 몹시 안 좋다

염려하다 걱정하다

염원 간절한 바람, 애타는 바람

영광된 영광스러운

영령 넋, 희생자의 넋

영전 넋 앞

영토 땅

예방하다 미리 막다

예상하다 미리 생각하다, 미리 알다

예우하다 마음을 다해 모시다, 대접
하다

예외 없이 어김없이

예정이다 -를 하려고 하다

오염시키다 더럽히다

옥고 옥살이

온난화 더워짐

완료하다 마치다

완성하다 이루다, 꼭 이루다, 이룩하

다, 마무리하다

완수하다 마치다, 잘 마치다

완화하다 부드럽게 누그러뜨리다

왜곡하다 비틀다, 억누르고 비틀다,
사실과 다르게 말하다

외국 다른 나라

외면하다 눈감다

외부 바깥

외에도 말고도

용기 씩씩함

용납하다 받아들이다

용의 하려고 마음먹음

용이하다 쉽다

우려 걱정, 걱정거리

우려사항 걱정거리

우선하다 먼저 내세우다, 앞서다

우선순위 매긴 차례

우수하다 뛰어나다

우월하다 더 낫다, 더 뛰어나다

원년 시작하는 해, 첫해

원천 뿌리

원하다 바라다

원활하게 잘

유도하다 이끌다

유례없는 전에 없는

유발하다 낳다, 생겨나게 하다, 일으
　　키다

유일하다 하나뿐이다

유치(誘致)하다 끌어들이다

육성하다 키우다

위국헌신군인본분 나라에 헌신하는
　　게 군인의 본분

위대한 훌륭한

위법 법을 어김

위용 씩씩한 모습

위임히다 맡기다

위축시키다 움츠리게 하다

유린하다 함부로 짓밟다

유예하다 미루다

육성하다 키우다

-(으)로부터 에서, 부터, -때부터

　→ -으로부터 부여받은 -이 주신

　→ 바깥으로부터 바깥에서

　→ 정치로부터 정치에서

　→ 그로부터 그때부터

-(으)로서의 -(으)로서

　→ 제도로서의 민주주의가 제도로
　　서 민주주의, 민주주의 제도가

-(으)로 인한 -때문에

　→ 코로나로 인해 코로나 때문에

은폐하다 숨기다

응원하다 힘을 북돋다

-의

　→ 각고의 몹시 애를 쓰는

　→ 각자의 저마다 제

　→ 감사와 존경의 고맙고 존경한
　　다는

　→ 고통의 고통스러운

　→ 공동의 모두 함께

　→ 과거의 지난

　→ 국민과의 국민과 맺은

　→ 나의 내

　→ 대화의 장 대화 마당

　→ 발전의 발전할 수 있는

　→ 분쟁의 다투고 있는

　→ 선후의 어느 것이 앞서냐 하는

　→ 성공의 성공하는

　→ 앞의 앞에 놓인

　→ 야만의 야만스러운

쉬운 우리말로 고쳐 읽는 대통령 연설문

인하 낮추기

인하하다 낮추다

일각(一角) 한 귀퉁이

일각(一刻) 한순간

일관되다 한결같다, 꾸준하다

일방적인 제 주장만 하는

일정 부분 어느 정도

일환 하나

일회성 한 번으로 끝나는

입각하다 바탕을 두다

입장 처지

ㅈ

자급하다 스스로 마련하다

자긍심 떳떳함, 스스로 자랑하고 싶
  은 마음

자기의 저마다 제

자각하다 스스로 깨닫다

자발적으로 스스로

자율적으로 스스로

자존 품위를 스스로 높이다

자행하다 저지르다

작년 지난해

작동하다 움직이다

작별하다 헤어지다

작성하다 만들다, 쓰다, 적다

잔재 찌꺼기

잠재력 숨은 힘

장 마당

  → 대화의 장 대화 마당

장삼이사 평범한 사람

장시간 긴 시간

장애 걸림돌

재개하다 다시 열다, 다시 나누다,
  다시 시작하다

저감 줄임

저력 뒷심, 숨은 힘

저렴하다 싸다

저의 제

저하 떨어지기, 낮아지기

-적

  → 가급적 되도록

  → 결정적인 중요한

  → 국제적 공조 국제 공조

→ **권위적** 권위를 내세우는

→ **근본적인** 근본이 되는

→ **대표적인** 대표로 볼 수 있는

→ **모범적인** 모범이 되는

→ **문화적인** 문화를 드높이는

→ **미래지향적** 앞을 보고 나아가는

→ **민주적** 민주, 민주주의, 민주스러

→ **범정부적인** 정부 모든 부처가

→ **보편적** 보편, 보편스러운

→ **본격적** 제대로

→ **비민주적인** 민주주의를 거스르는

→ **사회적** 사회의

→ **상시적인** 늘

→ **세계적인** 세계에 자랑할 만한

→ **-에 부수적** -에 따른

→ **역동적인** 힘찬

→ **역사적** 역사에 남을, 역사에 빛날

→ **연례적** 해마다 일어나는

→ **영웅적인** 영웅다운

→ **인도적** 사람으로서 마땅히 해야 할

→ **인위적** 억지로

→ **일반적** 보통

→ **일방적인** 제 주장만 하는

→ **자체적인** 우리가 스스로 하고 있는

→ **잠정적인** 한때뿐인

→ **전통적인** 전통 있는

→ **전폭적** 모든

→ **지정학적** 세계 곳곳의 지역

→ **천문학적인** 엄청난

→ **초당적** 당을 뛰어넘는

→ **초법적인** 법을 넘어서는

→ **추가적인** 추가로

→ **치명적** 한순간에 사람의 목숨과 재산을 앗아가는

→ **친환경적이지도** 친환경이지도

→ **편법적** 손쉬운

→ **평화적** 평화, 평화스러운

→ **필수적인** 꼭 필요한

→ **합리적** 이치에 맞게

→ **항구적** 영원한, 변함없는

→ **현실적이고** 현실에 바탕을 둔

적대행위 적으로 맞서는 짓

적립하다 모아놓다

-적으로

　→ **경제적으로** 값싸게

　→ **구조적으로는** 구조를 보면

　→ **궁극적으로** 마침내

　→ **대조적으로** 정반대로

　→ **문화적·역사적으로** 문화나 역
　　사에서

　→ **본격적으로** 제대로

　→ **부분적으로** 드물게

　→ **비약적으러** 놀랄 만큼

　→ **선제적으로** 앞서서

　→ **순차적으로** 차례대로

　→ **실천적으로** 실천으로

　→ **실천적으로 겪다** 실천 속에서
　　깨닫다

　→ **실효적으로 발휘되어야** 실제로
　　효과를 내야

　→ **안정적으로** 안정되게

　→ **역설적으로** 거꾸로

　→ **원천적으로 억제할 수** 뿌리부

터 잘라낼 수

　→ **의무적으로** 반드시

　→ **자율적으로** 스스로

　→ **자발적으로** 스스로

　→ **적극적으로** 적극

　→ **전국적으로** 전국에서

　→ **전략적으로** 전략을 세워

　→ **전면적으로** 모두

　→ **전적으로** 모두가

　→ **정기적으로** 날을 정해

　→ **주도적으로 해결하다** 주인이
　　돼서 풀다

　→ **중장기적으로** 중장기 계획을
　　세워

　→ **지속적으로** 잇따라

　→ **체계적으로** 체계 있게

　→ **획기적으로** 이전과 뚜렷이 다
　　르게

적절하다 알맞다

적폐 부패 더미, 부패 덩어리

전(全) 온, 모든

전대미문 이제껏 들은 적 없는

전락 떨어짐

주저하다 머뭇거리다

주체 주인공

주행하다 달리다

준수하다 잘 지키다

중 가운데, 속

-중 -하다가, -하고 있다

  → 취재 중 취재하다가, 취재하고
    있다

중단하다 멈추다, 그만두다

중추 중심

즉각 곧바로

증가세 오름세

증가하다 늘다

증오 미워함

증진하다 더 좋게 하다

지급하다 주다

지속가능하다 지속할 수 있다, 이어
    갈 수 있다, 앞으로 죽 이어가다

지속하다 이어가다

지연되다 미뤄지다

지원 도움

지원하다 돕다

지정학적 세계 곳곳의 지역

지지 뒷받침

지체하다 미루다, 질질 끌다

지향하다 -로 나아가다

직결되다 곧바로 이어지다

직면하다 부닥치다, 부딪히다, 마주
    하다

직시하다 똑바로 보다

진심으로 참으로

진실 참

진입하다 들어서다

진전 발걸음

진정한 마음을 다한, 참된

진출하다 나아가다

진행되다 나아가다

집중하다 한데 모으다

증가하다 늘다

ㅊ

차단하다 막다

차질 어그러짐

착공을 시작하다 공사를 시작하다

착취 빼앗고 부려먹음

참혹하다 끔찍하다

창달 거침없이 뻗어나가다

창설하다 새로 만들다

창조하다 새로 만들다

창출하다 새로 만들다

채무 빚

책무 책임과 의무

처우 행위

처하다 몰리다, 맞다

척도 가늠자

천명하다 뚜렷이 밝히다

철시(撤市) 시장이나 가게 문을 닫다

철야 밤샘

철저히 속속들이, 속속들이 꿰뚫어

철회하다 거두어들이다

첨예하다 날카롭다

청사진 푸르른 꿈

청산하다 깨끗이 치우다, 깨끗이 없
애다

청운의 뜻 푸른 꿈

체감하다 몸소 느끼다

체계 틀

초월하다 뛰어넘다

촉진하다 재촉하다

총(總) 모두

총력 온 힘

총성 총소리

최고 가장 높은

최근 요즈음

최대 가장 큰

최상 가장 훌륭한, 가장 좋은

최우선 가장 먼저

최선 온 힘

최소 가장 적음

최초 가장 처음, 맨 처음

최후 마지막, 가장 마지막, 맨 마지
막

추가하다 보태다

추격하다 좇다

추경 추가경정예산, 고친 예산, 바뀐
예산

추구하다 좇다, 이루려고 힘쓰다

추방하다 쫓아내다

추세 흐름

추진하다 밀고 나가다

추출하다 뽑아내다

축적하다 쌓다

출범하다 일을 시작하다

출연하다 내다

충만하다 꽉 차다

충분히 넉넉히

충실하다 알차다, 알차고 단단하다

취지 뜻

측정하다 재다

치열하다 불꽃 튀다, 불꽃 같다, 불
　　길 같다

치유하다 아물게 하다, 치료해서 낫
　　게 하다

치하하다 고마움을 전하다

침묵 말이 없음

침체되다 가라앉다

침탈하다 침략해 빼앗다

타인 다른 사람

탄생하다 태어나다, 생겨나다

탄압하다 힘으로 꼼짝 못하게 억누
　　르다

탈석탄 석탄 안 쓰기

탈피하다 벗어나다, 껍질을 벗다

태동하다 싹트다

토대 바탕, 밑바탕, 주춧돌

통칭하다 통틀어, 통틀어 말하다

통합 하나 됨

퇴출하다 없애다

투명성 속까지 환히 보임

투옥되다 갇히다

투자하다 들이다

투쟁하다 싸우다

특단의 특별한, 이전과 확 다른

특별히 유달리

특히 더욱이, 더구나

ㅌ

ㅍ

타개하다 풀어내다, 마무리하다

타산지석 교훈, 가르침　　　　　파고 높은 파도

파괴하다 부수다

파독 간호사 독일로 일하러 갔던 간
    호사

편법 손쉬운 방법

폄훼하다 헐뜯다

평가하다 치다

평화적 평화, 평화스러운

포기하다 그만두다, 버리다

포상하다 상을 주다

포용 너그럽게 얼싸안기

포함하다 들어 있다

폭로하다 들추어내다

폐기하다 버리다

폐지하다 없애다

폐쇄하다 문을 닫다

포상 상을 줌

폭염 불볕더위

표명하다 또렷이 드러내다

ㅎ

하(下) 아래

하강하다 떨어지다

하락하다 떨어지다

학살하다 끔찍하게 살인을 저지르다

학살당하다 끔찍하게 죽임을 당하다

한시 한순간

한층 더, 더욱

합심 힘을 모음

항거 맞서 싸움

항상 늘, 언제나

−하고자 −하려고

−하에서는 −에서는

향상되다 나아지다

향유하다 누리다

향하다 바라보다

향후 앞으로

해결하다 풀다, 밝히다, 마무리하다,
    넘어서다

해소되다 사라지다

해소하다 없애다

해체하다 없애다

핵심 알맹이

헌신하다 몸 바쳐 일하다, 마음을 다
    하다

헌화 꽃을 바침

혁신하다 새롭게 바꾸다

혐오 싫어함

협력하다 힘을 모으다

호혜 서로 돕기

혹한 몹시 추운 날씨

혼신 마음과 몸

혼신의 힘 온 마음과 힘

-화

　→ 가속화되다 더 빨라지다

　→ 구체화하다 구체로 만들다

　→ 다변화하다 여러 갈래로 펼치
　　다, 여러 갈래로 넓어지다

　→ 무인화 사람 없이 처리하기

　→ 민주화 민주주의

　→ 박제화된 박제된

　→ 백지화하다 없애다

　→ 법제화 법으로 만들다

　→ 비무장화 비무장하기

　→ 비핵화 핵 없애기

　→ 산업화 산업주의, 산업으로

　→ 상용화 일상에서 쓸 수 있게

　→ 악화 나쁘게

→ 양극화 경제와 사회의 불평등

→ 온난화 더워짐

→ 일상화되다 일상이 되다

→ 자동화 자동처리로 바꾸기

→ 저탄소화 탄소 줄이기

→ 정규직화 정규직으로 바꾸기

→ 정상화 정상으로 (되)돌리다

→ 제도화하다 제도로 만들다

→ 제로화하다 하나도 없게 하다

→ 활성화하다 활발해지게 하다

화상 영상

확산되다 퍼지다

확산시키다 퍼뜨리다, 퍼트리다

확신하다 굳게 믿다

확장하다 크게 넓히다

확대하다 크게 넓히다

확대되다 널리 퍼지다

확고하다 탄탄하다

확보하다 갖다

확산하다 퍼뜨리다

확실히 틀림없이

환수 돌려받기

환영하다 반갑다

활로 살길

활약 눈부신 활동

활용하다 살려 쓰다

회귀하다 돌아가다

회복하다 되찾다

획기적 이전과 뚜렷이 다름

후 뒤

후순위 뒷전

훈격(勳格) 공로의 품위

흉금 마음속에 있는 생각

훼손하다 망가뜨리다

희망 꿈, 푸른 꿈, 푸르른 꿈

희망하다 바라다

흔적 발자취

다른 나라 말

ㄱ

규제샌드박스 임시규제완화제도

그린 뉴딜 녹색 경제부흥정책

글로벌 세계(의)

ㄴ

네트워크 통신망

노블리스 오블리제 사회의 지위에
　　　걸맞은 책임과 의무를 다한다는
　　　뜻

노하우 쌓인 기술

뉴딜사업 경제부흥사업

ㄷ

대화 테이블 대화 마당

데이터 정보자료

드라마 방송극

드라이브 스루 차 탄 채 검사받기

드론 무인 날틀

디지털 컴퓨터를 활용한, 이진법을
　　　활용한

ㅋ

코리아 디스카운트 한국 저평가

코리아 프리미엄 한국 고평가

클러스터 지역, 지구

콜센터 민원실

클럽 단체

킬 체인 상대가 미사일을 쏘기 전에
미리 알아내 부숴버리는 미사일
방어체계, 한미연합선제타격체
계(Kill Chain)

ㅌ

터널 굴, 동굴

테스트베드 시험환경

투어 둘러보기

트램 전차

트럭 짐차

ㅍ

파트너 동반자

파트너십 협력틀

펀드 기금

패러다임 틀

패럴림픽 장애인국제경기대회

페이지 장, 쪽

포럼 토론회

프로그램 과정

프로세스 공정

프로젝트 계획

프리랜서 자유계약인

플랫폼 열린 정보처리

플러스 성장 더하기 성장

핀테크 정보통신기술금융

다른 나라 말 약자

CEPA 포괄적경제동반자협정
CPTPP 포괄적점진적환태평양경제
　　동반자협정
DNA 유전자, 핵산
ESG 환경, 사회의 책임, 협치
G7 세계 선진국 그룹(G) 7국가를 뜻
　　한다. '앞선 일곱 나라'로 줄일
　　수 있다.
G20 세계 선진국 그룹(G) 20국가를
　　뜻한다. '앞선 스무 나라'로 줄일
　　수 있다.
GDP 국내총생산
ICT 정보통신기술
IMF 국제통화기금
IOC 국제올림픽위원회
K방역 한국 방역
K뷰티 한국 화장품
K브랜드 대한민국 상표
K콘텐츠 한국 저작물
K팝 한국 대중가요 케이팝(K-pop)

K푸드 한국 먹을거리
KAIST 한국과학기술원
KAMD 한국형 미사일 방어체계
KMPR 상대가 미사일 공격을 할 경
　　우 대규모 미사일로 보복하는
　　체계
KTX 한국고속철도
LNG 액화천연가스
LPG 액화석유가스
MRI 자기공명영상검사
NDC 국가온실가스감축목표
ODA 정부개발원조
OECD 경제협력개발기구
R&D 연구개발
RCEP 역내포괄적경제동반자협정,
　　아시아태평양다자간자유무역협
　　정
RE100 2050재생에너지선언
P4G 녹색성장과 세계목표 2030을
　　위한 연대, '기후위기연대'
SOC 사회간접자본
UN 유엔, 국제연합
5G 5세대 이동통신